猎凶者 1

范亮◎著

天津出版传媒集团

天津人民出版社

图书在版编目（ＣＩＰ）数据

猎凶者 . 1 / 范亮著 . —— 天津 : 天津人民出版社，
2019.6

ISBN 978-7-201-14775-8

Ⅰ . ①猎… Ⅱ . ①范… Ⅲ . ①侦探小说 – 中国 – 当代
Ⅳ . ① I247.5

中国版本图书馆 CIP 数据核字 (2019) 第 105702 号

猎凶者 1

LIE XIONG ZHE 1

出　　版	天津人民出版社
出 版 人	刘　庆
地　　址	天津市和平区西康路 35 号康岳大厦
邮政编码	300051
邮购电话	（022）23332469
网　　址	http://www.tjrmcbs.com
电子邮箱	tjrmcbs@126.com

责任编辑	赵　艺
策划编辑	小　瘦
装帧设计	新艺书文化

印　　刷	三河市华润印刷有限公司
经　　销	新华书店
开　　本	710 毫米 × 1000 毫米　1/16
印　　张	18
字　　数	250 千字
版次印次	2019 年 6 月第 1 版　2019 年 6 月第 1 次印刷
定　　价	45.00 元

目录 contents

第一案 天桥下的不归路

第一节 午夜凶杀

刚进入 11 月，天就冷得不像话。

深夜 1 点半，温度极低。窗外大风夹杂着雪花呼啸，听起来就好像是狸猫叫一般，使人抓心挠肝般难受，除此之外，整个城市都仿佛陷入了沉睡，寂静无声。

我在键盘上敲下新书的最后一行字，关掉 word 文档，松了口气，下意识想要抽根烟，可是拿起烟盒，却发现烟不知道什么时候已经抽完了。

半分钟后，我看了看烟灰缸，实在馋得不行，硬着头皮又选出来半根能抽两口的，小心翼翼地点上，抽一口。一瞬间，温度好像悄悄地提升了那么一些。

"滴滴……"

这时候，电脑右下角提示有新的邮件接收，我原本都打算关电脑了，但还是鬼使神差地点了这个半夜发来的邮件。

下一刻，我的心跳骤然加速，指尖丝毫不受控制地颤抖了起来。

邮件里是一个短视频。黑暗中有一个年轻女人，她穿了一身很时尚的白领 OL 服装，只不过此时已经衣衫不整，上衣被撕裂，露出白皙的皮肤。她看上去至少有一米七左右的身高，头发很长，此刻披头散发，仰头躺在椅子上；双臂和双腿扭在一块，表情看上去十分痛苦，整个人的四肢都在以一个不可思议的角度缠绕在一起；脸色惨白，好像一张蜡纸一般看不出一丝的血色。

她的整个身子，被人以一种古怪恐怖的姿势捆绑在一张旋转椅上，转椅还在慢慢地转动着，随着椅子的转动，血不断地往下滴落。

我没由来地瞳孔一缩，手上的半截香烟掉在了地上。

她的眼睛瞪得老大，绝对不是正常人睁大眼睛能做到的弧度。那双眼空洞地看着镜头，没有呼吸，没有心跳，就好像是透过屏幕在呆呆地看着我，一动不动。画面中，还时不时地传来转椅"吱吱呀呀"的声音……

就在这时候，一股冷风吹开了我的窗户，窗帘像是唱戏的幕布，刺骨的寒风仿佛能顺着皮肉吹进骨头缝里，我瞬间觉得头皮发炸，后背发凉，下意识地打了个寒战。

视频里面，血流得遍地都是，白色的办公桌上还有挣扎留下的血迹。照片的背景是一扇窗户，窗外有雪花飘进来，落在女人的身上，而后又被重新冻上，结成冰碴附着在发梢。发梢上还有血水和雪水的混合物滴落下来，一点一点，滴落在地上。

紧接着，这个只有 14 秒钟的视频便已播放完毕。

视频并不是很清晰，不知道是因为录制视频的仪器有问题还是案发在深夜的缘故，或者两者都有。可以断定的是，这个视频录制时间应该就在今晚，至少天气状况很是符合。

"呼！"

我趴在桌子上大口大口地喘息着，根本没办法平静下来。

"叮叮叮……"

就在这时候，黑暗中，我的手机响了起来。

我吓得打了个激灵。长这么大，头一回觉得铃声那么刺耳和可怕。

我颤抖着把手机拿起来，手机冰凉冰凉的，像一块寒铁。

"喂？"我尽可能让自己平静一些。

不过，对方并没有说话，只是话筒里面传来了一声喘息，那种喘息很重，像是刚刚干了重活的人一样，一呼一吸，毫无节奏可言。

"你是谁？"

我因为惊恐而好奇，因为好奇而大胆，居然还抬高了些音调。

就在这个时候，电话另一端传来一阵奇怪的声音，就像有只猫在用爪子挠门板一样，让人耳朵很不舒服，我甚至还能听到对方握着手机的颤抖声。

看得出，对方好像也很紧张。我突然间冒出一个想法：给我打电话的这个人，和给我发恐怖视频的那个人，应该是同一个人！而且，明显是个不正常的人。

这时，话筒里又传来了一种奇怪的声音，像是正常人在经历极致的寒冷或者是恐惧时，牙齿碰撞时候发出的那种声音，清晰得很。

"说话！"

"请、请问，你、你是叶小川吗？"终于，对方开口说话了，声音颤抖得厉害。

"你是谁？"我问道，"你再不说话我挂了！"

"呵呵……"

对方没有回答我，只是，语气带着一点嘲讽。听得出，他根本不屑于我挂断电话。

的确，我的书其实卖得还不错，他们都称我为"畅销书作家"。虽然我本人不敢自称名人，但平时也挺注重隐私，一般人不会同时掌握我这么多信息。在这个时间点里，能给我发邮件又能打通我的私人电话，不得不说，这个人很有手段。换句话说，就算是我把电话关机了，他肯定还能以其他方式找到我。

就在这时候，那沙哑的嗓音又传来了，他问道："视频你看到了吧？那是个该死的女人，我用餐叉摘了她的舌头……"

"你……"我打了个冷战，几乎都快要崩溃了，"你是谁？你到底想干什么？"

可是他毫不配合，依旧答非所问。

"你一定觉得那个女人死得很惨吧？呵呵呵……但是你错了，她没有我惨，没有我惨！"

话筒里再次传来了猫爪的声音，嘶哑而又短促，带着命令的语气："你，现在应该能把我写进书里了吧？畅销书作家，叶小川，没错吧？呵呵……"

这个人，简直在一步一步地挑战我的底线！

"去你的！"我也不知道哪里来的勇气，歇斯底里地吼道，"你简直就是个神经病！我告诉你，你再这样我报警了！"

对方也没说话，挂断了电话。

接下来，我火速拨打了报警电话。

差不多二十分钟之后，几个警员穿着军大衣，浑身已经湿透，冒着风雪敲响了我的公寓门。

他们一共来了三个人，为首的个头很高，身子壮得跟牛一样，我跟他打交道不止一次了，他叫王剑飞，是阳城刑警大队的现任队长。

"视频呢？"王剑飞问道。

他的助理小胡道："打给你的手机号是哪个？"

我指了指电脑，邮件还没有关闭，示意让他们自己看，又把手机解锁递给他们。

之后，我又拍了下王剑飞的胳膊说："给我根烟。"

王剑飞看了我一眼，直接把身上的半包烟扔给我，迅速地围过去看视频。

我点上一根烟，狠狠地抽上几口。

在我抽烟的半分钟内，王剑飞和助手小胡已经把视频看了两遍，同时又让那个女警拷贝了视频和我电脑里的部分资料，当场定位了打给我的手机号。

遗憾的是，一无所获。

"是个境外号码，显示地点是突尼斯，很显然做过 IP 掩码。"

那女警似乎对我印象并不好，做完了这一切之后，转过身，黑着脸问我："视频里的女人你认识？"

我摇头说："不认识。"

"那凶手为什么单单把视频发给你呢？"

"我怎么知道为什么要发给我，你想知道你去问凶手啊！我也是受害者好不好！"

这个女警情绪很是激动，恨不得吃了我，伸手拍了拍我书桌上刚刚出版的新书，大声喝道："你的作品全都是暗黑风格的小说，像你这种人，凶手不找你找谁？我有理由认为你叶小川和神经病是同一类人！"

听到她这么说，我顿时就气不打一处来，重新站起来，忍不住转身看着王剑飞道："警察同志，我请求你们赶紧彻查！这大晚上的这么吓人，正常人也得吓疯了！还有，我也是受害者，麻烦你们明确这件事，好吗？"

王剑飞长出了口气，皱着眉头，刚想开口说什么呢，手机就响了起来。

电话只通了几秒钟，王剑飞却更加紧张了起来，冲着助理道："犯罪现场查清楚了，在福田广场写字楼的一家公司里。二队的人已经过去了，我们走。"

"老大，他呢？"那个助手上下打量了我一眼，问道。

王剑飞盯着我说："小川，你也跟我们一起吧，现场侦查你也有经验，再说了，这件事也跟你有关系，毕竟凶手把第一现场的视频发给了你。"

"这跟我有个什么关系？我一个靠写作吃饭的……"我忍不住开始爆粗口。

王剑飞苦笑一声，拍了拍我肩膀说："走吧，辛苦你跟我走一趟吧，你也说了，你是受害者，不是吗？"

最后，我无话可说，锁了门，老老实实地跟着他们去了现场。

赶到现场的时候，红蓝的警灯晃得直叫人睁不开眼睛，整个楼层都拉起了警戒线，好在这是半夜，没什么人，要不然，天知道还要生出多少麻烦来。

去现场的时候，那个名叫夏兮兮的小女警冷冷地盯着我，道："我说，你们这些所谓的畅销书作家，平时总是写那些'纯属虚构'的犯罪故事，久而久之心理上会不会有些变态啊？嗯？"

我翻了个白眼，心说，你到底会不会说人话？但是话到嘴边又咽了下去，长出口气，冷冷地反问道："警官，这也是询问笔录的内容？"

夏兮兮被我这么一说，尴尬一笑，说："不，我就随便问问。"

"那我拒绝回答。"

"好吧……随你了。"

之后，几个人迅速赶往第一现场。

我叫叶小川，如夏兮兮所说，是刑侦罪案方面的、所谓的畅销书作家。但事实上我不知道什么是所谓的畅销书，且同时，我也不认同夏兮兮所说的"纯属虚构"四个字。我爷爷和我父亲全都是刑侦和法医学方面的专家，本来在刑警学院毕业之后，我也是要继承父辈遗志，成为一名奋战在一线的公安干警的，但是很遗憾，我阴差阳错地成了一名作家。我写作的素材，全部来自于爷爷和父亲留下的刑侦笔记。换句话说，并非"纯属虚构"。最重要的是，我对案件的切入和剖析角度，常常不太能被科班出身的刑侦或律法人员所能接受。不过事实证明，大多数情况下，我的推断并没有出错。

因为调查父亲被害的案子，前年和去年里，我无意间帮王剑飞破了两个大案。所以，从两年前到现在，王剑飞一直都在极力说服我去警局工作，只不过我从未点头。

没多久，我们来到了犯罪现场。

刺鼻的血腥味儿已经弥漫了整个现场，夏兮兮以及王剑飞身边那个助手小胡都有些不同程度的干呕，我倒是没什么感觉，而且我也没有理由凑近了去看，索性就站在警戒线外面抽烟。

大概五分钟之后，王剑飞和法医组的人交流过后，直接走到了我这边。

"案件排除自杀，死者为女性，二十六岁，右腿和右臂被锐器砸断，和电话里说的情况一致。死者舌头被连根拔起，下阴部有严重的挫伤，死亡前后应该都遭遇过性侵。初步判定，这应该是一场有意识的谋杀案，具体的致命原因需要解剖之后才能确定。凶手作案动机和死者身份信息，也要等确定了死者的社会关系之后再具体处理。"

说着，王剑飞也拿着一根烟抽了一口。

"你有什么看法？这女人死得很惨……"

"我？我能有什么看法？我一个老百姓我能有什么看法？"我直接没给王剑飞好脸色看，"我就想知道我什么时候能回去睡觉！于情于理于法，我都不能出现在这种犯罪现场吧，王警官？"

王剑飞嘴角抽搐了一下，点了点头，看着远处白茫茫的大雪，狠狠地抽了口烟说："小川，你爷爷当年是我的教官，你父亲生前更是我的老领导，按理说，你叫我一声哥你也不吃亏。我知道他们的死对你打击很大，甚至让你一度排斥这类职业。当然了，这也是你的权利和自由。可是我觉得，你没必要一直为这件事耿耿于怀，对吗？"

"你别跟我扯这些没用的……"

我胡乱摆了摆手，正想说什么呢，这时候，一个穿着警服的人慌里慌张地跑了过来，冲着王剑飞说道："头儿！有发现！好像……"

"好像什么？"王剑飞也没工夫理我了，声音都大了好几个分贝。

不过我注意到，跑过来那个小警官说话的时候声音都变味儿了，声音都有些颤抖。

"好、好像……和上个月的人骨雕塑案有很大程度的相似性，难、难道又……又是鬼、鬼杀人？"

"放你的屁！什么鬼杀人？这是你该说的话？"

"我……对不起，可是头儿，这件事跟前些日子的鬼……咳咳，跟前些日子的人骨雕塑案真的很有相似之处啊！"

"闭上你的臭乌鸦嘴！"

王剑飞听了那个小警官的话，瞬间就大发雷霆，对着他一顿臭骂。

我知道王剑飞是个暴脾气，不过，"鬼杀人"三个字却瞬间牵动了我的神经。

想及此处，我戳了戳王剑飞："办案要紧，别废话了。还有，人骨雕塑案是什么意思？"

王剑飞长出口气，跟我解释道："上个月，我们在一栋楼里发现了一具尸体。尸体的皮肉全部被剥离，只剩下一具完整的人骨，惨不可言。但是奇怪的是……我们接手这个案件后，在完全封锁了现场而且丝毫没有人为闯入痕迹的情况下，那具人骨，每天晚上都会出现新的刀刻痕迹，就像有人要完成一件没有完成的艺术品一样。背后那黑暗的手，非要把这副作品完成，还能做到神不知鬼不觉。这个案子到现在还没有破案，传言都说是鬼在杀人刻骨，舆论都快要控制不住了，所以我的压力也很大。"

王剑飞简单地说完，不等我开口，赶紧黑着脸指了指助手小吴的手提电脑，说道："先不说人骨案，你有什么发现？赶紧说。"

"是是是。"

第二节　消失的黑衣人

那哥们儿大气也不敢出，赶紧打开电脑监控录像，把屏幕一分为四，解释道："头儿，法医那边初步判断死者死亡时间在一个半小时之间，我们调查了案发之前两个小时内这整栋楼出入口的所有监控，我们发现，在夜里23点02分的时候，有一个人从电梯上楼了，你看，就是这个人……"

说着，那哥们儿指了指屏幕上的一个黑影，我刚好在旁边站着，只看了个大概，穿黑衣服的人身子有些佝偻，不像是年轻力壮的年纪，他戴着一顶黑色的鸭舌帽，帽檐往下压得很低，以至于黑暗中只能拍到一张上扬的嘴角，分辨不出来年纪，但是看身材应该只有一米六的样子。如果说他就是凶手的话，那么这个人应该是个矮子。

"电梯里面的监控呢？"王剑飞着急地问道。

"这个写字楼比较老旧了，所以电梯里面没监控，我们初步判断受害人应该是在公司加班，这个时间点，整栋楼都没人了，其他出入口监控也没有拍到任何人进来，所以几乎可以判定，这个黑衣人就是杀人凶手！"

王剑飞挠了挠头发说："那不就是有杀人凶手吗？我可警告你啊小吴，身为公职人员，话可不能乱说，什么'鬼杀人'，胡说八道是要受处分的知不知道？这是纪律！"

从王剑飞这段话里面我可以听出来，既然这个案件他认为有杀人凶手，那么，是不是可以理解为，他也觉得那个所谓的找不到凶手的人骨雕塑案真的是"鬼杀人"？

"不是啊，头儿……我话还没说完呢！"

那小吴一脸紧张地继续说："头儿，这个黑衣人上电梯之后，可是一直都没有出去啊……"

"没出去？"

王剑飞明显紧张了起来："你什么意思，凶手还在这栋楼里？"

"按照逻辑判断，确实如此。"小吴解释道，"可是我们的人拉上警戒线之后已经四处搜寻过了，整栋楼都没有门窗撬动的痕迹，厕所、更衣室全部都找过了，没有发现他的踪迹。"

"也就是说，这个人没出去，也找不到了？"王剑飞倒吸了一口冷气，整个人当场愣在原地了。

"这……是、是的！所以我才说，这行凶的……实在是太、太诡异了……"小吴嘟囔着点了点头，似乎是为了证明自己的判断，又迅速操作监控录像，"你看，头儿，写字楼四周的监控都没有被损坏，继续往后看，从那个人上楼，一直到我们的人发现到出现场的录像都在，根本就没有那个人离开过的痕迹。可是我们又找不到……这和人骨雕塑案真的很像！"

"找！所有人立刻去找，整栋楼所有边边角角都不要放过！另外，把这栋楼的值班保安带过来问话。"王剑飞恶狠狠地咬了咬牙，直接把手上半截烟屁股扔地上，"另外，立刻通知局里加派人手，只要这小子没走，掘地三尺我也要找到他！什么鬼杀人，老子才不信！"

"是！"小吴庄重地点了点头，之后迅速投入工作。

我跟着王剑飞去了保安值班室，一路上王剑飞脚步很快，我都有点儿跟不上他，好在我们还没走到，小吴就带着值班保安过来了。

保安是一个四十多岁的中年男人，个头不高，看到警察明显有些害怕，听说里面死人了之后更是紧张得声音发颤，站在王剑飞面前腿都在打战。

"今天夜里这栋楼是你值班？"

"是，是警官……"

"有没有看到看起来可疑的人或者车进去，或者听没听到什么异常的声音？"王剑飞问道。

"没有，我一直……巡逻之后……一直都在睡觉了，警察同志，到底出什么事儿了，真的死人了吗？"

"不该问的别问，"王剑飞恶狠狠道，"你什么时候巡逻的？"

"23 点吧，一般 23 点巡逻之后，我、我们就可以休息了。"

"去了哪一层？"

"整栋楼，每一层都去了。"

"3 楼 304 室，你也路过了？"

"对，路过过，我路过的时候还有一个小姑娘在办公室里加班，我还提醒她早点回去休息，她还点了点头回应我了呢。"

"回应你了？"王剑飞可能觉得有些蹊跷，眉角挑了挑，思考了片刻，"大概是什么时间？"

这时候，王剑飞转身小声跟我说："根据法医的判断，23 点的时候受害人很可能已经是死人了。"

保安继续说道："这我哪里知道啊，警官，没别的事儿我就回去休息了，其他的事儿我可什么都不知道了……"

"休息？这么多人都没休息，你去休息？呵呵，我看你今晚还是别休息了！"

"啊？我……不是，警官，这事儿可跟我没什么关系啊！我就是一个值班的保安，我……"

我长出口气，拍了拍王剑飞的肩膀，问他："你这么问话，能问出什么来？"

"嘿。"王剑飞诡谲一笑，盯着我喘了口气，"我就知道，你小子一到现场来就忍不住！说说，你是有什么想法了吗？"

我白了王剑飞一眼，没说话，之后对那个保安老伯说："老伯你放心，我们知道这不关你的事，你只需要配合我们查案就行了。实话说，你巡逻见到的那个加班的姑娘，已经遇害了。"

"啊？什么？"

那老伯瞬间瞪大了眼睛，全身都跟着颤抖了起来："这……不可能啊！那时候她还跟我说话呢，这怎么这么快就……人就死了呢？"

我立刻察觉到了有些不对劲儿，咬了咬牙："什么？她还跟你说过话？说了什么？"

没想到，老伯居然愣了愣，一脸为难地挠了挠头，半天后才支支吾吾地说："你看，我这年纪大了，老糊涂了，我也忘记了她跟我说什么了，好像是说马上就下班之类的话吧，我、我记不清了。"

"你说你是23点整开始巡逻的，而且每一层都查了一遍？"

"是、是的，雪下得大，我主要是检查门窗的。"保安点头，"一层都没有落下，这一点我可以保证的，这是我的工作。"

"这样，你别紧张，带着我们再巡逻一遍，还原一下现场的情况，就按照你正常的速度，你正常情况下巡逻时候会做什么，现在继续做什么，包括点烟、提鞋、撒尿这些动作都不要忽略，好吗？"

我注意到，在王剑飞问话的短短两分钟内，这个保安一直都在抽烟，从发黄的指甲上可以看出，这个老头是个老烟民了，烟瘾很大。所以，为了准确判断出受害人被杀的时间，任何一个细节都不能忽略。

"啊？可是我、我有点害怕啊……"

"这么多人跟着，你怕什么？"王剑飞厉声说道，"你支支吾吾的，是不是知道受害人的什么事儿？"

"不不不！我不知道！我什么都不知道！好，我巡逻，我跟着你们巡逻就是了……"保安说完，颤抖着手掐灭了烟赶紧就走。

王剑飞看了我一眼，我们俩赶紧跟上。

出发之前我看了一眼时间，从保安室出发的时间是 2 点 07 分。

进入楼道之后，冷飕飕的狂风呼啸着，王剑飞在前面走，我走在第二个，助手小胡和小吴警官在后面跟着，我们仔细地查看四周，想要寻找点有用的线索。

此时已经是深夜 2 点了。夜深了，好像更冷了，温度都降低了好几度，清冷的楼道里静悄悄的，除了我们几个的脚步声之外再无其他，每一脚落地发出的沙沙声都能传得老远老远。所有人都不说，但是我知道，所有人心里都有些发毛。

一楼都转了一圈之后是 2 点 12 分，二层楼巡逻完后是 2 点 17 分。平均一层楼五分钟。

受害人的办公室在第三层楼第四个房间。

也就是说，保安在正常 23 点巡逻的时候，见到受害人的时间，应该是夜里 23:10 到 23:15 分之间，前后相差的时间应该不超过两分钟。

整个普通员工办公区都是玻璃镶嵌式的，透过落地窗玻璃，从外面可以清楚地看到里面的状况。走到第四个房间的时候，里面静悄悄的，因为保护现场的关系，法医取证拍照之后就撤出去了，现场维持着原样。

保安老伯走在最前面，他看上去有些害怕，不敢往里面看，却还是忍不住好奇心四处瞅瞅。

这时，原本静悄悄的走廊忽然就热闹起来。

"对对对……就是这样的！我看到林倩倩的时候，她就是这么坐着的！"

保安的声音忽然放大了许多，王剑飞立刻上前一步，问："你确定就是这个姿势？"

"没错，我确定！"保安老伯擦了擦脑门上的汗珠，"警官，我敢肯定，她那时候就是这么坐的。"

王剑飞下意识地看了我一眼。

他的意思我明白。如果这个保安没有说谎，那么这个王倩倩在保安巡逻的时候就已经是个死人了。这也符合法医初步的判断，死者的死亡时间大概是在深夜 1 点半之前的一个半小时之内。

可是这时候……我忽然间心头一震。

不对！这肯定不对！

如果说当时保安巡逻的时候受害人王倩倩已经死了，那么回应保安的人又是谁？刚才保安回忆的时候明明说过，当时他巡逻到这里时还催促王倩倩早点下班，王倩倩还说马上就走。要是这样的话，逻辑上就有问题了！难不成死人还能跟保安说话？

王剑飞也意识到不对劲儿了，下意识地给不远处的夏兮兮使了个眼色，夏兮兮从一侧小心翼翼地离开了。

这时候，王剑飞说："老伯，麻烦你再仔细想一想，你当时跟受害人说的是什么，重新再演绎一遍，好吗？"

"我……好、好吧。"不过，这保安老伯说话时候已经明显不配合了，"我可以配合，但是我告诉你们，我可必须赶紧去睡觉了！我年纪大了，我还有高血压，不能熬夜，我要是因为你们身体出现问题了，我可要投诉你们！"

王剑飞没说话，示意所有人都往后退几步，打气十二分精神来。

保安狠狠地吞了几口吐沫，尽量使自己保持平静，走到门口，"砰砰砰"敲了敲玻璃门，轻声还原现场，说道："姑娘，这么晚了，该、该下班了啊……"

敲玻璃的声音在走廊里回荡，夹杂着风雪呼啸的声音，所有人都不约而同地打了个寒战……

第三节　谁在说谎

这时候，众目睽睽之下，那坐在凳子上的女尸竟然开了口。

"好，谢谢，我马上就走了。"

"啊！"

看到这一幕，保安下意识地尖叫一声，瞪大了眼睛，整个人跟跟跄跄地迅速后退，要不是王剑飞早有准备，托住了他后背，他就要撞在墙上了。

此时，他浑身都在颤抖，嘴角抽搐，好像受到了极大的惊吓。

"不是的！不对！她没有回应我，她没有跟我说话，我想起来了！"

这保安看到那"女尸"说话之后，仿佛被击溃了心理防线一般，当场就语无伦次了起来。

王剑飞眼神彻底放在了这保安身上，可能他已经发现点儿什么了。

为了避免这保安受到惊吓而出现意外，我第一时间敲了敲玻璃门，大声道："夏兮兮，赶紧出来！"

"哦。"

这时候，夏兮兮才小心翼翼地从办公区走了出来，吃惊地看着我，好像是在问我怎么知道是她在扮演受害人一样。

我直接没理她。

在案情重演之前，王剑飞给夏兮兮使了个眼色，夏兮兮从一侧悄悄溜走的时候，我就看出王剑飞的用意了。这个保安说的情况前后有些偏差，他让夏兮兮扮演受害人，让案情重演，是想要刺激一下这个保安，现在看来，效果很是显著。至少保安如果真的和案情无关或者他什么都不知道的话，不应该有这么强烈的反应。况且，他这个表现，或许说明他知道林倩倩已经死了。那这就不对劲儿了，保安若真是一个没来过现场的人，不可能知道真实情况。

我之前在楼下只提到受害人遇害了，可是"遇害"也分很多种，未必就是死人了。

他根本没有意识到，我提前留下的这个"扣"，已经悄无声息地拴住了他。

不过，对于"扮演受害者"这件事，我个人是有点不太赞同的，万一这保安真的被吓到的话，他王剑飞可负不起这个责任。

很快，王剑飞长出了一口气，盯着保安，声色俱厉地问："既然她没跟你说话，那她都做什么了？"

"她……她就冲着我摆了摆手，什么都没说，然、然后我就走了。"保安吓得腿软，情绪稍稍缓和一点，但是已经极度不配合了。

"你确定她只是冲着你摆了摆手，再没有其他的表现了？"王剑飞再次问道。

"对，是的。"

"我再跟你强调一遍，所有和案情有关的细节你必须给我说明白，一点都不能忽略，这很有可能关乎着重要的破案线索，明白了吗？"

"你……我、我什么都不知道！我什么都不知道！"这时候，保安反应过来，情绪也稍微缓解了一点，立刻就暴躁起来，"我说你这个警官怎么这样，我说过了，我只是一个保安，我看到的就是这样，你还想让我做什么？你再这样我就要去警察局投诉你了，我投诉你恐吓我！"

保安情绪激动，一时间唾沫四溅，拿出手机就要打 110 了。

"你！"

王剑飞办案心切，着急了点儿，张了张嘴，气得一句话也说不出来。

"好了。"这时候我赶紧站了出来，看着保安道，"老伯，你知道的，命案必破，这位同事是有些着急了点儿，方式不对，也请你谅解一下。我代他向你赔个不是，给你添麻烦了，现在你可以回去睡觉了。"

"不行！我要报警！我要投诉！我要打 110！"

我无语，苦笑道："你投诉有什么用呢？他就是 110，他就在你面前站着呢。"

夏兮兮也是无奈地耸了耸肩，又示意我继续。我一番好言相劝，费尽了力气，才算是把这保安的情绪给稳定下来。

最后，保安指着我威胁道："我告诉你们，我这活了大半辈子了，就没有见过你们这么办案的。这次我可以原谅你们，但是没有下次了，再有下次，我一定投诉你们！"

"好了老伯，您先去休息吧，回头再有什么需要，我们再过去找您配合。"

之后，那老头儿满脸不情愿地扭头就走，速度极快，好像根本没听到我说的话。

等到保安走了之后，王剑飞、夏兮兮还有小胡几个人面面相觑，都是无奈地摇头苦笑。

"这保安有问题。"王剑飞笃定道，"他一定是知道点儿什么。"

但是，按规矩办事，有问题要拿出证据，没有证据，即使再合理的分析也不能拿他怎么样。

于是乎，王剑飞这个工作狂直接挥了挥手，说："不废话了，分析案情！

小川，说说你的意见吧。"

我摇了摇头说："你们先聊着，我先四周看看。"

"行吧。"

王剑飞长出口气，也不拦着我，之后他们迅速聚成一团，在灯丝发黄的走廊里形成了一个临时案情分析室。

而我，则是以一个旁观者的身份在四周检查了起来。

即使是有预谋的案件，凶手也未必有明显的作案动机。他们可能因为一句话或者是一件微不足道的小事而激情杀人、冲动作案，这种情况下，对于凶手来说，得到的只不过是报复后的心理满足感罢了。不过，再完美的犯罪现场也一定会留下些许蛛丝马迹，虽然极难发现，但一旦找到，就会成为整个案件侦破的关键。

我站在保安刚才所在的位置往里面观察受害者的尸体。尸体的状态很是古怪，四肢以一个不可思议的方式缠绕在一起，这也从侧面说明了杀手的变态。

记得父亲曾经跟我说过，你离尸体越近，那么离真相也就越近。于是我死死地盯着那具尸体，之后鬼使神差地越过了警戒线，走到了尸体面前。

我蹲下来和她对视，这时候，我居然感觉不到任何该有的害怕和脊背发凉。

死者的眼睛瞪得很大，空洞无神，死之前像是经历了极度恐惧的事情。而眼神的方向，则刚刚好是玻璃门这边……

我蹲下来之后，办公室的灯忽明忽暗了一下。我下意识地站起来，这时候我发现桌子上距离尸体较远的地方有一道血迹。血迹划得很长，像是蘸了血的手指的划痕。

我迅速查看了周围，血迹只有这一道。而这个距离，恰好也是林倩倩手臂所能触碰的最长距离。

这应该是她求救时留下的。人在极度危险紧张的情况下，肢体活动范围能达到极限，王倩倩的手臂伸得极长，一定是在求救的时候做到的。从血迹的分摊和滴落情况看，可能因为四肢被扭曲捆绑，所以她很快彻底失去了求救的机会……

求救行为，有且只有一次！

"开灯！"我大喊了一声。

下一刻，办公室灯火通明，恍如白昼。

"有什么发现？"王剑飞着急地走过来，又给我递上一根烟。

我摆了摆手，没有去接那根烟，道："死者先是被割喉，手指上的血来自喉咙，她曾经试图求救。但这里没别人，所以她只能是向保安求救。保安说她在向他挥手，这个应该是存在的。可是挥手了之后发生了什么，那就不一定了。"

王剑飞倒吸了一口凉气，说："也就是说，保安在路过的时候王倩倩已经遇害但是还没死？"

"对！"我点头。

"那会不会是保安并没有发现王倩倩已经遇害呢？"

我笑着摇了摇头说："保安说他看到了有人在加班，那么办公室肯定是开了灯的，那么你出来，站在这个角度看……"

说完，我拉着王剑飞走出办公室。

"在开灯的情况下，即便灯光昏暗，但里面的情况，就算是有其他写字台的遮挡，也可以看清楚个大概，当时林倩倩只能单手挥手求救，说明她已经被捆绑了。在这么诡异的捆绑姿势之下，只要是个正常人，就一定能看得出来里面的异样。所以很显然，保安说了谎。"

分析完了之后，我长出口气，拍了拍王剑飞的肩膀。

"林倩倩的确没有回应他，但是她求救了。而且，保安看出了异样甚至知道她在求救，却无动于衷。还有一种情况是他也进来查看了，但是却跟我们说他什么都不知道。"

"我就知道这个老头儿肯定有问题！"王剑飞说完，直接挥了挥手，"小胡！小吴！快点！去保安室！"

"是！"

这时候，小吴补充道："会不会保安就是杀人凶手？"

小胡摇了摇头说："他要是杀人凶手早就跑了，谁还会留在现场等着警察来抓？"

"不一定。"夏兮兮摇头说道，"往往在特大凶杀案中，凶手杀人之后都会重返现场寻求当时的快感和刺激，在犯罪心理学中这叫'现场刺激'。

在杀人凶手眼中，杀人是艺术，杀人现场是他的完美作品，所以有些凶手不仅不会跑，甚至……"

说到这儿，夏兮兮声音变得很轻，悄悄道："说不定，真正的凶手，此刻还在某扇窗户后面看着我们呢。"

"我去……"小胡打了个寒战，"兮兮姐你别吓人啊你！"

"她没有吓你。"我摇了摇头，"保安几乎不可能是凶手。从他的行为来判断，至少他的心理承受能力不足以控制他完成如此变态的割喉、杀人、性侵、捆绑、录像等一系列过程，只不过我觉得他一定知道点什么，甚至还有可能和凶手打过照面。而且，既然监控和所有细节显示凶手没出去，那他一定还在这栋大楼里。"

王剑飞点了点头说："一组二组，不要放松警惕，继续搜查，着重搜查厕所和更衣室，小胡，跟着我们去保安室！"

"是！"

第四节 天桥下

有了这个分析之后，我、王剑飞、夏兮兮、小胡、小吴第一时间直接冲向了保安室。

这一次我们的目的很明确，见到这个保安之后必须要立刻将他控制起来。虽然我认为这个保安有很大可能不是凶手，但是他一定知道点儿什么。没想到，我们几个人紧张兮兮地冲到保安室的时候，发现保安室亮着灯，人却不见了！

保安室后面就是一间小休息室，保安上夜班的时候一般都在这里休息。

小吴跑进休息室伸手摸了摸被窝然后立马又出来，说："头儿！那保安跑了！被窝一点温度都没有，我想，我们询问了之后他根本就没回来，直接跑了！"

王剑飞皱了皱眉头，大声道："他肯定走不远！分头找！其他人不要放松警惕，凶手很有可能还在这栋楼里，不要忘记重点！"

"是！"

一时间，所有人的情绪都紧张了起来，本来就不是一个简单的案子，可是此时变得更加迷雾重重了。

我们几个人兵分三路，从写字楼外围的丁字路口开始搜寻。

深夜，温度越来越低，雪也是越下越大。

夏兮兮跟我被分在一个小组。她工作干练得很，出了保安室直接就冲进了漫天大雪的世界里。我倒是没那么着急，这倒不是因为我不紧张，很多时候越是着急反而越失控，到头来被各种情绪冲昏头脑，最终反而发现不了什么对案情有利的细节。况且雪下得这么大，天气状况很糟糕，线索被破坏的可能性很大。留给我们的时间根本就不多。

夏兮兮冲我喊了一声："注意观察四周，机灵点儿！有情况立刻给我打电话！"

这个女警花向来都对我不太友好，我们俩哪怕成了"临时战友"，她也几乎没跟我有任何的交流。

我刚"哦"了一声，这警花直接就先我一步，加速前进了！

就在这时候，我看到天桥下面有一团黑色正在蠕动，看起来像是个人。

这大冷天儿的，谁会在桥洞下面？

我下意识地走了过去，打开手电筒。地上的雪已经有半尺厚了，脚踩积雪，发出咔咔的声音。

我靠近之后才看清楚，那的确是人。不过不是一个人，而是两个。男子看起来大概四五十岁的样子，胡子拉碴，头发也因为脏和油粘成了一团，看到我灯光照着的时候，他浑身都在打战，也不知道是因为冷还是因为害怕。他的旁边还放着两个干馒头，一桶剩汤已经被冻结成冰。在他破旧的行李和被褥里面蜷缩着一个半大的孩子，看起来也就五六岁的模样，孩子看起来很慌张，瞪大着眼睛惊恐地看着我，似乎是因为我这个"不速之客"的到来，打搅了他们的休息。在这一老一少旁边还有一只流浪猫，同样脏兮兮的，但是温驯地窝在那脏被褥里面，努力地往里面挤，似乎想要多找到一丝温热。

两人一猫，三双眼睛，在黑夜里齐刷刷地都看着我，一时间，我竟有些不知所措。

看得出，这男人和那个孩子都是残疾人，四肢都有一定程度的扭曲。

看着这一幕，我的心里感慨万千。只能说这个城市实在是太大了，富豪们拥有豪宅别墅、花园洋房，车来车往。但这座城市也太小了，小到一对残疾父子居然没有一寸容身之处，在一个大雪纷飞的夜晚，在天桥下面苟且偷生。

天桥挡得住雪和雨，却挡不住风与霜。

这时候，那孩子似乎是冷了，清澈的眸子里面有些光晕闪过，他打了个冷战，往破旧的被子里面缩了缩。

"先、先生，恁有啥事啊？"那男人说着一口方言，好像才刚刚反应过来，一脸怯懦地看着我。

"哦，没事儿，刚好路过。"不知为何，看到他们，我突然间有种特别的感觉，就好像是在哪儿见过一样，总觉得有些别扭。

下一刻，我拿出了身上所有的现金，一共是两百多块钱，蹲下来，放在了那小男孩的手心。

"没什么事儿， 大晚上的，天这么冷，你找个好地方住，孩子会受不了的。"我说道。

"谢谢！谢谢你！你是个好人！好人啊……"

那男人鼻子一酸，因为残疾无法站立，亦或是因为习惯性了乞讨，他下意识就要给我磕头。

我转过身，快速地离开了这里。

很快，夏兮兮折返回来了，她的速度依旧很快，雷厉风行。

"怎么了？"我问。

夏兮兮说："那个保安抓到了，我们立刻回去。"

"好。"

我点了点头，夏兮兮已经再次先我一步往回走了，临走之前，我回头看了一眼那残疾男子。风雪中，他小心翼翼地给孩子盖上被褥，眼睛好像时不时地往我这边瞄。

我没再说什么，冲着夏兮兮喊了一句"等等我"，之后快速跟了上去。

我们重新回到保安室的时候，保安室里面热闹得很。那保安的态度很是恶劣，已经和王剑飞吵了起来。

"我就是要投诉你们！我现在就投诉！你们警察办案还有没有一点公德心？我都已经这么大年纪了，我也已经配合你们查案了，你们这么大晚上的还找我啊？我说了我有高血压了，我……"

"呵呵，这大晚上的，你既然有高血压，回来之后不老老实实地睡觉，跑什么呢？嗯？"王剑飞问道。

"死人了啊！我能不跑吗？"保安情绪很是激动，"死人了我还不赶紧走？拜托，我不是你们，我不是警察，我就是一个老百姓！我经不起惊吓好不好，警官？再说了，查案是你们的事儿，跟我有什么关系？我不管，我今天一定要投诉你！你叫什么名字，你跟我说说你的警号。"

"你！"王剑飞也是个暴脾气，直接指了指自己的警号，"好，来来来！你投诉！来呀！你投诉我呀！"

"哎！别这样！"这时候，我赶紧拉住了王剑飞。我示意他先出去冷静冷静，查案要紧。

最后，他也算是以大局为重，点了根烟直接出去了，站在保安室门口大口大口地喘着粗气。

我长出了口气，示意他们都往后退一点，不要让保安有什么心理压力。

小胡、小吴以及夏兮兮都知道我当年破过好几起大案，所以对我的侦破能力还是有那么一点点认可的，况且其实我跟他们一样也是科班毕业的，只不过没有加入警局罢了。

见我示意，他们都老老实实地往后退了几步。

我从旁边拉了一个小凳子坐在那保安前面，说："老人家，配合查案也是你作为一个公民应尽的义务，我们冒雪查案，你晚上也不能睡觉，大家都不容易。咱们双方相互配合，不耽误时间，对大家都好，你觉得呢？"

"我有什么义务？"保安的情绪依旧很暴躁，一点也没有配合的意思，"我就一个保安我有什么义务？查案是你们的事！"

但是我知道，他越是暴躁说明内心越是脆弱，也恰恰说明他想要掩饰什么。这是人在紧张情绪下的下意识行为，也是人性的弱点。

我并没有着急，继续解释道："查案是我们的事，这没错，但是你至少要把你在案发现场看到的情况完整地告诉我们。"

"可是我已经告诉你们了！"保安争辩道。

"你说得并不完整，"我直接加重了语气，"我说的是——完整地告诉我们！"

说这话的时候，我一字一顿说得极其郑重。之后，我紧密地观察着这保安的所有微动作和微表情。

果不其然，他的眼皮跳动了一下，手也不由自主地抓了一下裤角。这在心理学上是典型的心虚的表现。他一定有事情在瞒着我们！

"我……"那保安咬了咬牙，摇了摇头，"我听不懂你在说什么！我……我知道的已经全部告诉你们了，你们还想我怎样？我该说的都说了！我求求你们放过我这个老年人吧，好吗？"

"呵呵，是吗？"我冷笑一声，"该说的都说了，其他什么都不知道了是吗？"

"对！我，我其他的什么都不知道了！"保安异常的笃定！但是，说话声音明显已经有些颤抖。

"好！"我打了个响指，"既然你已经什么都不知道了，那我索性再告诉你一些你不知道的事情吧。"

"你……你什么意思？"保安眼警觉地看了我一眼。

我说："23 点 15 分的时候，你经过了王倩倩正在加班的办公室门口，你看到了她在向你求救。你走进了办公室，你以为现场只有你和她两个人，事实上你进了办公室之后，看到的的确是只有你们两个人。月黑风高，大雪纷飞，你以为你做什么都不会有人发现，一切都可以神不知鬼不觉。可是你怎么也没想到，凑近了一看，王倩倩浑身都是血！可你应该想不到吧，恰恰就在你站在王倩倩面前不知所措的时候，真正的杀人凶手……也在你背后站着，窥视着你！"

话音落下，我盯着保安的眼睛，说："这个，你好像也不知道吧？"

保安顿时面如死灰。

第五节 丢失的手机

"啊!"

听到我这么说,那保安惊呼了一声,浑身颤抖起来,心理防线显然已经渐渐崩塌了,但是这个老油条就是咬死了不开口。

"不……是啊,我是不知道啊!我、我都听不懂你在说什么鬼话……"

"是吗?"

"那我再找点你能听懂的。"

说完,我直接从小胡手上接过一部诺基亚 5500 带拍照录像功能的手机。

"这是你的手机吗?"我问。

保安眼皮跳动了一下,摇了摇头,又点了点头,说:"是……是我的。"

我找到通讯录,打给了一个里面备注为"老伴"的手机号。

电话里面嘟嘟了两声,很快接通了。接电话的是一个声音沙哑的女人,语气听上去有些慵懒:"你今晚不是值班吗?打电话弄啥……"

听到这个声音之后,我直接把手机放在了保安的手上,说:"这是你老婆吧?呵呵,她还在等你回家呢!你是选择把你知道的都说出来,还是继续这么咬死不说呢?我知道你不是凶手,我只是很好奇你为什么要包庇凶手。如果你选择继续隐瞒一些并没有必要隐瞒的实情,我只能把你列为重大嫌疑犯了。这个家,你恐怕是再也回不去了。"

"不是!不是的……我没有!我没有!"

此话一出,这保安是彻底受不了了,疯狂地挥手,动作幅度很大,外面站着的王剑飞担心我有危险,立刻冲了进来。

我冲他摇头表示没事。

"喂?喂?你怎么了?你没事吧?你那边怎么好像好多人啊?"

保安颤抖着手指,满脸恳求地看着我,抓着冰凉的手机捂住通话口说:"我说我说，我什么都说，能不能先让我给我老伴儿通个电话？"

我长舒了口气，点了点头。

这时候，保安这才小心翼翼地把手机放在脸颊，清了清嗓子说："咳咳，老伴儿，没什么，我跟几个同事在打麻将呢，打电话是……咳咳……问问你睡了没有。"

"就要睡了，我还以为你要回来呢，这么大雪就别回来了，不安全。"

"嗯，好，你睡吧，不用担心我。"

保安说了一通之后迅速挂断了电话，然后看了看我，又看了看王剑飞，支支吾吾地问道："我……这是我的手机，怎么会……"

王剑飞没有说话，示意小吴把手机拿走装起来当证物，之后示意保安坐下来，说："你把你知道的全都说出来吧。"

这时候，夏兮兮小声跟我解释道："手机是小吴在绿化带花坛里找到的，被雪水泡了有一会儿了。不过，这诺基亚质量太好了，并没有损伤，根据技术判定，你收到的视频就是这部手机发给你的，也就是这个保安的手机。"

"嗯。"我点了点头。

这时候，王剑飞愣了愣道"这位老先生，希望您能配合我们的工作，好吗？这次你可以说了吧？"

"好好好……我说！"保安迅速疯狂地点头，之后又摇头，满脸为难，"但是，我说是可以说，可是警察同志，人真的不是我杀的啊！我进去的时候她就已经死了，我还吓了一大跳，谁知道大晚上的人怎么就死在那了呢？"

"你为什么要进去？"王剑飞问道。

"因为……因为……"保安说的时候脸上多多少少有些为难，"这话……你叫我咋说哩！说来话长啊……"

"说来话长就慢慢说！"小胡大声说道。

保安搓了搓军大衣的衣角，难为情地点了点头："好好，我说。警察同志，我要是都说了，这个事儿，算不算我的立功表现啊？"

"废话真多！"小胡都快要受不了了，"你刚才逃走不配合警察查案就已经错了，你还想立功？戴罪立功吧你？"

"砰砰砰！"

王剑飞敲了敲桌子，把桌面敲的啪啪直响，一双毒蛇一般的眼睛让保安打了个寒战。

保安也不敢再废话，道："那我从哪儿说起呢？"

"姓名！"

"张、张岳，我叫张岳。"保安紧张地说道。

原来，这个王倩倩在公司的名声非常不好。王倩倩是三个月前来实习的，跟她同期来实习的还有十几个人，但是最终只有她一个留下来了。但是她跟其他来实习的人比起来，条件其实是最差的，人品也不怎么样，跟同事们的关系相处得也很不融洽。每次公司团建或者有什么集体活动，她向来都是不参加。可是最终偏偏她就赢了所有人，留下来了。

王倩倩的顺风顺水，在公司所有人眼里都是一个谜。由于王倩倩长得漂亮，为人又傲慢刁钻，所以背后说她什么的都有。后来，不知道是哪天，王倩倩突然就被人爆出来，说她跟公司大老板有一腿，有人大白天的撞见她跟大老板在办公室里暧昧不清。在那之后，所有人看王倩倩的眼神都变了，不少人对她指指点点。

保安说："这件事闹得沸沸扬扬的，很快全公司上下都知道了，那大老板的老婆为此还来公司大闹一场。一开始王倩倩也不太在意这种传闻，可是自从她被大老板的老婆当众打了一个耳光之后，王倩倩对公司所有人都充满了敌意。对我们保安，更是没有给过一个好脸色……"

王剑飞点了点头说："那你巡逻的时候看到了什么？又做了什么？"

保安咽了一口唾沫，说："全公司都说王倩倩做了大老板的情人。实话说，这个王倩倩是真漂亮，大高个，跟个模特一样，公司里吃不到葡萄说葡萄酸的人太多了。我也是挺好奇的，而今晚我巡逻的时候路过那一层，其实，我是特意往里面看了两眼的。就在那时候，我发现这个王倩倩的桌子上开着台灯，坐在凳子上的姿势很是怪异，手脚各种弯曲，像是被捆绑着一样。我看、看着，就、就……就像是那种电影上演的那种一样……警察同志，你们能明白我的意思吧？我、我当时以为老板也在这儿呢，所以就想拿出手机拍个照片，回头自己……自己私下里偷偷看一看，警官同志，我可真的没有杀她啊！"

"后来呢？"

"我录像的时候离她越来越靠近，发现这个王倩倩一动不动的，我当时没有意识到什么，叫了她一声，她也没搭理我。我就下意识打开灯看了一下……就在那时候，灯一亮！我看到了她浑身都是血！眼睛瞪得老大，已经、已经死了！当时我真的是吓坏了，我就赶紧跑了，警察同志，我说的都是实话啊，我扔了手机就跑了！"

说到这儿，那保安出了一脑门子的冷汗，说完长出了口气，惊魂未定。

"就、就这些了……"

"哼，你恐怕是想录像保留证据，以后用来威胁王倩倩跟你做点什么，或者是威胁老板吧？"小胡冷哼一声道。

"我……不不！我没有，我没有啊！"

"说完了？"

"对，说完了……"保安点了点头，"警察同志，我说的都是实情……没有一点隐瞒！"

这时候，夏兮兮冲着我点了点头道："手机如果从办公室的窗户往下扔，的确是能落到发现手机的那个花坛里。"

王剑飞问保安："你把手机扔楼下去了？"

"不不不！不是的！我就……我就那么一扔，手机就掉地上了，绝对没有扔下楼去！绝对没有！"

夏兮兮恍然瞪大了眼睛，道："也就是说，办公室还另有其人！"

夏兮兮这么一说，王剑飞迅速看了我一眼。

我的判断是对的，当时，那个房间里一定还有一个人在看着这一幕。而那个人，就是真正的杀人凶手。

王剑飞又问保安："你进入办公室的时候，有没有看到办公室有其他的什么人？或者是在那个时间段，有没有在那个楼层里面见到其他什么可疑的人？"

"没有……"保安摇了摇头，"什么人都没有，我可以确定。"

夏兮兮道："办公室开灯之后一览无余，我估计，当时保安突然出现后凶手并不意外，相反，他还非常淡定。或许他就在某个桌子下面蹲着，在张岳跑了之后就站起来了。视频是保安录的，他受到惊吓，来不及删除便扔了手机，然后，被真正的杀人凶手拿起来，然后把视频发给了你……"

可是这时候，夏兮兮把目光对准了我，皱了皱眉头，问："知道你邮箱和手机号的人，不多吧？"

我解释道："邮箱在我出版的书上面都有。手机号的话……狂热粉或许会有。"

夏兮兮皱眉道："帮你们这种'名人'处理案子真麻烦！"

我没说话。

就在这时候，搜查整个楼层的二队和三队全部完成了工作，过来向王剑飞汇报。

"头儿，整栋楼全部都搜过了，更衣室、办公区、厕所、消防楼梯、通风管道、门窗都没有任何被破坏的痕迹。或者说，除了保安之外，根本就没有任何人进入过现场。"

"啊？"保安瞬间瞪大了眼睛，"不是，这不对啊，这肯定不对！警察同志，你要救救我，人真的不是我杀的，我真的不是凶手啊！"

王剑飞握了握拳头看向了我，盯着我问："叶小川，你说他不是凶手，那凶手到底在哪儿呢？"

第六节 红 S

听了王剑飞这么说，实话说，我也很头大。

所有人都默不作声，我知道，他们都在同一时间又想起了"鬼杀人"这三个字。

夏兮兮打了个寒战，迅速把那部装在塑料袋里的诺基亚 5500 收了起来，吩咐小胡道："带回局里做痕检，看看能不能提取到其他的指纹。"

"好。"小胡点点头。

气氛出奇的怪异。

王剑飞知道这案子暂时是遇到麻烦了，他们重案组虽然是重案组，可是案子遇到瓶颈期无从下手那是常有的事儿。尽管心情十分不美丽，但他还是有条不紊地安排了下一步计划，先是封锁现场，紧接着又安排人给凶杀现场做痕迹检验，拍照，固定尸体位置，之后法医组把尸体带回局里解剖检验。最后，他命人把保安张岳也带回去。

安排好了这一切，王剑飞开上了他那一辆黑色的 jeep 车，让我上车。

"走吧，先送你回去吧，你总得睡觉吧。"

我此刻一点困意也没有，便问他："下一步你打算怎么做？"

王剑飞点上一根烟，皱着眉头抽了一口，说："没办法，每当案子遇到了瓶颈期，我们唯一能做的就是回到案子本身。明天我打算开始从王倩倩的社会关系开始查，逐一排除作案嫌疑。"

但是，他说话的时候明显有些苍白无力，因为案件的调查如果又回到原点，很大程度上意味着自己把自己绕进去，想破案就更难了。

"命案必破，这是规矩。"王剑飞蹙眉道，"如果三天之内没什么消息，这个案子就要转移到'红S'那边去了。我估计，到时候这个案子就和人骨雕塑案一样，又要成为无法破解的悬案，我们一辈子也不知道凶手究竟是谁了。"

我知道王剑飞很难受。他大我两岁，我们俩算是一块儿长大的，在警校读书的时候他是我的学长，方方面面都是佼佼者，毕业之后不到三年就当上了重案组组长，后来还成为我父亲的得力干将。

我了解王剑飞，他的梦想就是能够侦破每一个大案要案，将凶手绳之以法。以前我还听我父亲说过，王剑飞之所以把他的一切精力和梦想都放在刑侦方向，成为一线干警，就是因为他的双亲当年也是因为一桩悬案含冤而终。后来在我父亲出事之后，我渐渐地能理解了王剑飞这种执着，同时也知道他毫无头绪的时候有多自责。

不过，我也不知道怎么安慰他，倒是他说的"红S"引起了我的注意，因为我的确不知道是什么意思。

"红S是什么？"我问道。

王剑飞看了我一眼，欲言又止。

我赶紧摆手，道："我知道规矩的，如果不能说，你就当我没问。"

"你什么都懂，倒也没什么不能说的。"王剑飞抽完最后一口烟，颓废地搓了把脸，之后打着火，"我先送你回去，边走边说吧。"

黑暗中，王剑飞的车飞驰在公路上，跟我解释："红S，全称是'红色S级凶案调查小组'，是市局专门成立的诡案调查局，归市局和省厅的领导直接管理。除此之外它不听命于任何一个部门。"

红色，意味着血。血，就意味着死亡。而S，一是代表大案要案，同时也是英文"secret"的首字母，意味着秘密。

而我，哪怕同样毕业于警校，但也是头一次听说这个神秘的"红S"。我能理解，红S应该就是处理一些连他们重案组也处理不了，出了人命找不到凶手的特大凶杀案！

"重案组无法破案，就自动转入红S了？"我问道。

"嗯。"王剑飞点头，"只要是限期破案，我们又解决不了的话就自动转入红S，档案封存、资料交接，之后我们重案组就再也无法接触到案子的详细细节。可是我知道，红S的那群人根本就是扯淡！我没听说什么时候我们破不了的案子交给他们就顺风顺水地解决了，很大概率就是直接封存。如果真把这个案子交给他们，那我估计，那个张岳稀里糊涂地就完蛋了！"

我知道王剑飞的意思。事实情况确实如此，所有证据都跟那个保安脱不了干系，哪怕他根本就没跟凶手打过照面。没办法，视频是他的手机录制出来的，而那栋大楼除了死者王倩倩之外，那个时间点又只有他出现过。

不管是重案组还是红S，办案都是讲究证据的，哪怕我们觉得保安张岳再无辜，除非找到真凶，否则就没有证据来证明张岳的无罪。

说到这儿，王剑飞心里更是憋屈，叹了口气道："就在刚才，大半夜的，市局领导给我打了电话了，又是限期破案！三天！"

这一次，我没有接王剑飞的话茬，而是放倒了副驾驶的座椅，轻轻地揉了揉太阳穴，闭上眼睛感受着车子的速度，再一次在脑海中分析这个案子。

首先，凶手杀人猥亵，又把受害人绑成一个诡异的姿势，这一点很值得考究：他这么做究竟是为什么？为什么杀手心理扭曲能到这个地步？难道是这个凶手特别恨这个王倩倩？但是正常来看，一个公司里即使跟同事之间关系再怎么不好，也不至于恨到杀人这个地步吧？那么，王倩倩，一个二十来岁的普通小白领，又怎么能跟这种疯子、变态扯上关系呢？

其次，根据现在所掌握的情况来看，凶手进去过却没见出去，警察们在楼里翻了个彻底都没见到人，凶手到底怎么消失的？他藏在哪里？

线索这么多，可明显全都是断的，我也找不出头绪。

"这个凶手，好像是在跟我们玩儿捉迷藏啊。"王剑飞冷不丁来了这么一句。

以往他说起"我们"的时候，我总会提醒他，你是你，我是我。但是这一次，我没继续说。

我起身拍了拍王剑飞的肩膀，道："我能不能看一看小胡说的那个人骨雕塑案？"

我觉得两个案子一定是有相似之处的，至少，两个案子都是变态凶杀，而重案组都没能见到凶手。

王剑飞一脸惊喜地看着我说："你终究还是感兴趣……"

我提醒道："你别忘了，我也是受害者。"

换句话说，即使不是我的事儿也成我的事儿了，搞不清楚，以后我连睡觉都睡不好。眼下这种局面，哪怕我很着急，可也没办法，做事总要按规矩来，况且我也不是体制内的人，一切还要靠王剑飞牵线搭桥。

王剑飞把我送回家之后立刻就开车赶回去了，他打算让法医连夜检验尸体，看看能不能有其他的发现。

我说："你是个工作狂，不能让法医组、痕检组那么多人都跟着你连轴转吧？"

王剑飞冲着空气挥了一拳，暗骂道："关键我着急啊！就给三天时间，可是现在一点儿线索都没有，我的天！"

王剑飞说话的时候都像是快急哭了一样。

"行了，走了。"不等我说话，王剑飞直接上车，点火走人。

我目送他的车尾灯渐渐远去，而后转身去 24 小时便利店买了两包烟这才上楼。发生了这么大的事儿，本来就昼夜颠倒、生物钟错乱的我，今天晚上怕更是睡不着了。

回到家之后，我锁好门窗，再次打开电脑，登录 QQ，打开邮箱。

QQ 闪过了编辑的催稿消息，消息是深夜 1 点发来的，我没回复，直接打开了邮箱的那个视频，看看能不能再发现点儿什么。或者说，哪怕刺激一下灵感也是好的。

视频打开，依旧是那个场景，依旧是十四秒。我下载到桌面，开始了循环播放，眼神死死地盯着屏幕，心里好像有一种预感：只要我多看几遍，一直看，就一定从这个视频上发现点什么线索。

时间一分一秒地过去，视频里，窗户被风吹动，雪花落进办公室里发出呜咽的声音，椅子转动发出咯咯吱吱的声音，死者瞪着眼睛盯着摄像头……这些画面一遍一遍地重复，无休止地循环播放着……

而就在这时候，我忽然间打了个寒战！

不对！

我忍不住脊背一冷，迅速地摁下了暂停键！

这个王倩倩被捆绑的怪异姿势，我好像在哪儿见过……

第七节 亡灵代言人

我的脑海中，一个可怕的画面一闪而过，一幕幕，就像是过电影一般，无比清晰。雪花从半空中纷乱飘落下来，天桥下面，一老一少两个男子，还有一只猫……历历在目。

天桥不会漏雨，能挡得住霜雪，但是却挡不住寒冷。

那个残疾的孩子蜷缩在被子里，身体虽然被那薄薄的被褥盖着，但是我看得出来，那个孩子的四肢变形得很厉害，盖在他身上的那破旧被褥无法伸展开，只能勉强掩住他的全身。那个孩子的眼睛很清澈，但是也很空洞，他似乎不知道什么叫希望，也不知道什么叫失望，我站在他们面前的时候，父子两人都是那么呆呆地看着我。

而那个孩子的姿势恰是如此，和死者王倩倩被捆绑的姿势如出一辙！

"没错，是这样……"

我下意识地合上电脑，穿上一件厚厚的风衣和防滑战地靴，关好公寓门，重新冒着风雪出门了。

窗外依旧大风呼啸，不一会儿，我的黑色风衣上就堆积了一层厚厚的积雪。

到下半夜了，雪似乎一点儿也没有停下来的迹象，雪都还没融化就又被低温冻成了固体状，附着在了地面上，路很难走，一步一滑，我每走一步都要小心翼翼，一不留神就要四仰八叉地躺在地上。

但是我必须要找到他们，或许我就要找到真相了。

按理说，我发现这一线索之后应该立刻通知王剑飞，而且重案组此时此刻一定在加班，只要我拨通王剑飞的手机号，十秒钟之内肯定有人接。

不过我却并没有这么做。一个多小时之前我跟夏兮一块追保安的时候，在天桥下面见到那一老一少一猫，当时还有一个细节，我在那破旧的被褥里面，发现了一本书的一角……那是我自己的作品，出版封面也是我亲自设计的，所以，即使光线再不好，我还是能一眼认出来！

也就是说，那一老一少，其中至少有一个是我的读者。倒不是因为他们是读者、他们欣赏我的作品我就不报案，而是我觉得哪怕他们真的跟这件案子有莫大的关系，他们也一定有话要说。

我之所以冒雪出发，就是想让他们把要说的话赶在重案组的人找到他们之前说出来。而且这一天根本不会太远。到时候，他们说的一切就再也没什么意义了。

凌晨4点钟，我浑身积雪，却跑得满头大汗，浑身热乎乎的。

但是天桥下面早已没了人影。

"大晚上的，跑了？"

我皱了皱眉眉头，四下看了看，远处雾蒙蒙的一片，除了雪还是雪，并不明亮的路灯把灯光附近的雪花照得披上了一层金光。

我点了根烟，在天桥下面抽了两口，之后迅速从离开天桥顶棚处，开始寻找脚印。这个并不难。

雪从2点钟一直下到现在。

2点钟之后天桥下面早就没有人路过了，我几乎不费吹灰之力就找到了一个一深一浅的脚印，脚印很深，我判断，那个男子应该是背着那个孩子和行李离开的。

他的那双跛脚留下来的脚印很有辨识度，也很能说明问题。

我顺着脚印迅速追上去，走了大概两公里，到了一片棚户区。

国家的棚改计划如火如荼地进行着，但是大面积的棚户区想要短时间内旧貌换新颜显然不切实际。这就造成了一个很尴尬的局面，一边是媲美大都市的高楼大厦，灯火通明，霓虹闪烁，一副欣欣向荣的都市气息，而短短两公里外的另一边，屋舍简陋，垃圾成山，污水横流，与边上的高楼格格不入。

天堂和地狱，仿佛就离得这么近。

我找到他们的时候，天已经蒙蒙亮了。当时那个男人还没睡，正捧着那本我去年出版的叫《亡灵代言人》的书阅读着，翻页的时候很是小心翼翼，可是因为天色依然灰蒙蒙的，字迹看不清楚，他眼睛睁得很大。那只流浪猫和孩子都在一处破旧的窝棚深处睡着了，窝棚外面的墙壁上，还写着一个大大的"拆"字。

"看书呢？"我拿出了两根烟，走上去，递给了那男子一根。

男人好像对我的到来并不意外，看了我一眼，下意识地扭头瞅了孩子一眼，似乎是担心我的到来惊扰已经熟睡的孩子。

确定没问题之后，他点上了烟，蜷缩在角落处抽了一口，道："太冷了，天桥住不成，孩子冻得直哭，没办法。"

"为什么不早点来这里住？"我问道。

"这里昼夜不分地在施工，要不是今晚雪下得太大，这里的拆迁工程晚上也不会停。住在这里随时会被轰走。我怕影响孩子睡觉，睡觉的时候，孩子什么都忘了，没有自卑，没有白眼，所以我都不希望任何人打扰孩子睡觉。"

"这是你儿子？"我问道。

"嗯，亲生儿子。"男人点头说。

自始至终，他对于我的到来一点都没表现出意外，好像是意料之中似的。

孩子是他亲生的，这一点我也看出来了。除了一个父亲之外，没有什么理由能让他冒着雪、背着孩子和几十斤的行李走上好几公里，找一个稍微不那么冷的地方避寒。

"这本书就是你写的吧？"男人指了指《亡灵代言人》的封皮，搓了搓胡子拉碴的脸，咧嘴笑了，"写得真好，我看完了。"

"你知道是我？"

"听你的声音比较像。"男人说，"之前那个电话是我打的。我很想成为书里的人物，只不过没办法当正面人物了，所以只能当大反派，呵呵。"

说着，男人自嘲般地笑了笑，再次深情地看向了孩子，道："我知道你们肯定会找到我的，只是没想到这么快。"

"你有什么想说的都说出来吧，我不做笔录，我也不是警察。"我说。

"你要真是警察，我也不跟你聊这么多。"男人再次拿起了那本书，"我知道你是个好人，我能看懂你的书。"

说完，他艰难地用胳膊挪动了一下发麻的腿，我注意到他的腿里面有钢板，而且整个右腿几乎没有行动能力。

"人是我杀的，但是我一点都不觉得她惨。"那男人把最后一口烟抽完，小心翼翼地摁在地上掐灭，"你能再给我一根吗？"

"好。"

我又递过去一根给他点上。

"我是冀东人，儿子五岁那年，我带着他去上班，结果被一辆挂车轧了，两条大腿粉碎性骨折，手术费需要六十万。我的右腿也废了，手术费需要三十万。三条腿，九十万！每条腿整整三十万！大货车司机跑了，最终肇事司机也没能抓到，备案、立案之后就完事儿了。我老婆以泪洗面，坚持了不到三个月，最后丢下我跟儿子跑了。我一点也不怪她，她走了是应该的。我没本事，孩子我来养，少一张吃饭的嘴，我的负担也轻，这样挺好的。"

我没说话。

男人继续说道："当时医生让我马上准备手术费，我和孩子都还有救。可是，九十万啊！我一个中级工，一个月底薪1350元，加班费13块钱一个小时，怎么可能凑够九十万？医生说，没有手术费就不能做手术，让我们办理出院。没办法，我只好带着孩子出院了……我对不起他。"

说到这儿，男人哭了，眼眶血红血红的。

"好在老天爷没把事做得那么绝，虽然没有做手术，可是我儿子的腿居然神奇地恢复了一点知觉，除了佝偻变形、无法直立行走之外，他基本上还是个全乎人，不至于成为一个只有下半身的怪物。我打听了，只要有钱，等到他成年，可以装假肢。家里什么都没有了，没有工厂愿意要我了，我只能一路乞讨，从冀东一直到现在的东阳市，爬了两千多公里。我不在乎任何人的白眼，每见到一个人，我都会向他们讨钱。我不在乎他们给不给，至少我为我的孩子努力了，我没有放弃任何一丝希望，也算是对得起他……为了不让孩子自卑，影响他成长，我把我的腿和他的腿都包了起来，用滑板在地上爬。所有人都知道我们是残疾人，可是他们不知道我们究竟为什么残疾。孩子过得很快乐，他什么都不懂，他甚至不知道我们为什么要向别人要钱，可是只要有人给钱他就会笑，笑得很开心。可是昨天，我遇到一个女人，她背着漂亮的包包，穿着打扮非常时尚，我知道她没有义务给我钱施舍我，但是为了孩子，我请求她行行好……可是你万万想不到她做了什么、说了什么！"

说到这儿，男人浑身上下都开始颤抖，情绪变得非常激动，眼睛出现了血丝，说："那个女人打开手机，蹲下来给我的孩子录像。她笑得很开心，一边笑一边说：'现在的乞丐，装残疾装得可真像！'拍完之后，头也不回地走了！我不知道她拍这个录像之后能得到什么快感，可是，她这么轻贱我的孩子，我饶不了她！我要杀了她！"

"杀人是要偿命的。"我摇头，"这是你的错。"

男人把地板捶得砰砰响，双眼血红，盯着我，说："我杀人偿命，没问题！但是，叶先生，你说她还是人吗？"

第八节 还有一个人

这个男人讲完，一根烟也刚好抽完。

听完这个故事之后，我浑身都在打战，不知道是不是因为气温更低的缘故。

我只是感觉，他杀了王倩倩的理由简直耸人听闻，甚至根本称不上是所谓的作案动机。如果真的要为事情的发生盖上一个理由的话，那大概是这个男人太极端了，车祸的不幸，司机的逃逸，妻子不辞而别，医院因为交不起手术费而拒绝手术，警方立案了却无法侦破逃逸案……，他已经濒临崩溃，再也经不起一丝的打击。王倩倩的出现，则成了压死骆驼的最后一根稻草。最终，王倩倩付出了血的代价。

我会同情他，但是我不会问他打算怎么办，因为我们不是一路人。

"我劝你去自首。"我说，"重案组的人很快就会找到你的，这一点，你要相信，会很快。"

"是啊……我也没想到会这么快，叶先生，你帮了他们很大的忙吧？"

我没说话，立刻警觉地看着他，怕他再突然恨上我、对我下杀手。虽然他跛脚，但是他很疯狂，我不得不防。犯罪，能上瘾。

不过，他好像对我并没有什么排斥情绪，长出口气，盯着我说道："呵呵，你就不打算问问，我杀了人之后怎么出去的？"

我说："我想知道的事情已经全都知道了，其他的我没什么兴趣。"

"好吧，谢谢你能听我说这么多。"

这个男子很有礼貌地冲我轻微点了点头，我想，他在没有出车祸之前应该也算是个知识分子。

我没说话，转身就要出去，至少抓人不是我的业务，甚至重案组能把案件做到什么程度跟我一点儿关系都没有。虽然我非常同情这么一个可怜人，但是我却改变不了他是个杀人犯的事实，我能做的只有劝他去自首。

外面的雪，不知道什么时候停了。

我走出这个窝棚，紧了紧领口，打算离开。

恰恰是这时候，那男人冲着我的背影喊道："你这段时间小心点，他输了，可是他不会认，你会有麻烦的！"

"什么？"

我听到他这一句古怪的话，下意识心头一震，回头盯着他："你什么意思？他？你说的'他'是谁？"

男子惊讶地看了我一眼，似乎对我的反应很是不可思议："你居然不知道？

好吧，那他真是个天才，你能这么快抓到我，却没发现他的痕迹……"

我瞪大了眼睛，下意识打了个激灵，三步并作两步直接折返回去，问："什么意思说清楚点，哪个男人？凶手不止你一个人？"

男子摇了摇头："我不知道他有什么目的，甚至我根本不知道他是谁，不过，他对你，似乎很不友好。"

这时候，我的脑海突然间回想起案件的两个细节。

第一，这个男人刚才提到的，杀人行凶之后，他是怎么离开的？要知道，警方并没有在现场发现任何痕迹！他是个残疾人，连正常走路的条件都达不到，又怎么会说消失就消失？一定有人帮他！第二，进写字楼的电梯的时候，监控录像中出现的那个黑衣男子，到底又是谁？

这个男人是跛脚，走路一瘸一拐的，况且身高体型也跟那个人的体貌特征不符，是不是可以理解为，我眼前的男子是凶手没错，可是凶手……却不止一个？

这时候我才知道，我把一切都想得太简单了，甚至我以为我本身和这件事情一点儿关系都没有，现在看起来，根本就是大错特错！

我抑制不住激动，直接吼了出来："你原原本本告诉我他是谁！快点！"

"就在昨天夜里 23 点左右，写字楼里。我杀了那个死女人之后还强奸了她！呵呵，可是就在那个时候，外面传来了一阵脚步声，我以为是有人来了，跑不掉了，索性拼一把，打算再杀一个。可是这时候，有一个穿着黑风衣的人像是鬼一样出现在了我身边……他好像能知道我想做什么一样，先是捂住了我的嘴，然后一拳打在了我的胃部，我疼得站不起来，趴在了地上。紧接着，我看到那保安蹑手蹑脚地走进来，先是拿着手机在拍照，可是很快他扔下手机惨叫一声就跑了。这时候，我才悄悄地站起来，那穿着黑衣服戴着黑口罩的男人也站了起来，我看不见他长什么样，只记得他的眼睛总像是带着笑一样……不过，他帮我成功躲过了保安的眼睛。"

"然后呢？"我越听越觉得恐怖，脊背发凉，整个人的神经都紧绷成了一条线！

"他让我帮他一个忙，他可以帮我全身而退，至于重案组能不能查得到我，看我的造化。我当时想到了我的孩子，就答应了他。"

"帮什么忙？"我问。

"给你打电话，说那几句奇怪的话。呵呵，不过如果你能把我能写进你的作品里，我挺荣幸的。"男子笑着说道。

这一刻，我浑身如雷击，我想到了那个电话！

当时，我听到旁边还有猫爪子挠门板一般的声音，现在才明白那根本不是猫在挠，而是跛脚男人说话的时候，抓着手机的手在剧烈颤抖！

"他好像挺恨你的，还顺手捡起手机鼓捣了一会儿，我估计也是发给你了，不过，他的确帮我全身而退了。"说着，跛脚男人咧嘴笑了笑，"重案组应该没能在监控录像上看到我和他出入的痕迹吧？事实上我们真的是大摇大摆走出去的，他的手段跟你一样，太不可思议了！我没想到他真的能让我们两个大活人从监控下面走过去，但是监控上面却什么都显示不出来。我更没想到，你能在这么短的时间内就准确地找上我，你们两个，都是我很佩服的那种人……"

"到底什么意思？这……到底怎么回事儿？"

听完了之后，我大口大口地喘着粗气，浑身都在颤抖，整个人像是掉入了冰窖一样，顿时周围黑暗中好像有无数双眼睛在盯着我看。

我控制不住自己的情绪，吼道："他到底是什么人？他要干什么？"

跛脚男人摇了摇头说："兄弟，我真不知道他是什么人、要干什么。甚至在我杀那个女人的时候，我都不知道居然还有人在背后看着我的杀人过程。你要非问我他是什么人，或许他是个变态吧，太可怕了！我都不知道他什么时候出现在那个办公室的，我明明确定没人了才进去动手的。"

我下意识地爆了个粗口，下意识就要打给王剑飞！我想报警！

"你别打电话……"这时候，男人看了我一眼，拦住了我，"明天一大早，我把孩子送到福利院门口之后我就去自首，行吗？你现在要是打电话，我孩子就没人管了。"

"你……"

我咬了咬牙，却一点办法都没有，只能挂断了电话。之后，迅速离开了这棚户区。

回到家，许久，我的心情依旧没有平复下来。到底是什么变态会盯着我？

这时候，耳边像炸雷一般轰响了起来，我忽然想起一件事。

王剑飞说起的那个人骨雕塑案，我曾经在我的邮箱里面见到过。那是一个匿名邮箱，以文字形式发给我的……可是我当时以为那个邮件只是热心读者给我提供的素材而已。

我迅速打开电脑，第一时间打开邮箱，奈何我的公共邮箱里面邮件实在是太多了，一个月之前的邮件早就被压到了好几十页后面。

我不停地搜寻，不断地往下翻页。大脑似乎不自觉地把王剑飞口中的人骨雕塑案和今晚的凶杀案结合起来，我感觉这两个案子跟我都脱不了关系。

"我不管你是什么人，我一定找到你！"

我冒着冷汗，盯着电脑频繁操作着。就在这个时候，我感觉到背后忽然间一丝凉意。那种感觉，就好像是有一双眼睛在我背后看着我一样。要知道，这是我的独租公寓！

我突然间想起那跛脚男人说过，那个穿黑风衣的人当时出现在杀人现场的时候，他完全感觉不到，就像鬼魂一样，不知道什么时候就站在了他的后面，甚至在黑暗处无声地目睹他的整个杀人过程。甚至，还像是看小丑演戏一样，在边笑边看。

下意识地，我猛然间转头！

窗户外面，一个黑色的影子正在外面站着，一动不动地盯着我的房间，盯着我的位置。我能判断出他穿着风衣，正面对着我，甚至嘴角还有些上扬，甚至脑袋还在往窗户玻璃上贴，就好像是要更靠近我一样。

我顿时头皮发炸，这时候，我的手一不小心碰到了鼠标，王倩倩凶杀现场的画面再次在我电脑屏幕上播放了起来。

"咯吱吱……咯吱吱……"

视频中，王倩倩坐着的凳子扭转的声音顿时充斥了我整个房间。我瞬间浑身哆嗦。

而那张印在窗帘上的脸，却越发清晰了起来……

第九节 失灵的监控

这时候，我摸了摸脑门儿，额头上已经渗出了一层密密麻麻的汗珠。

那个男人依旧那里站着，盯着我看，也不会动，就是一直笑。

我不能坐以待毙，虽然古语有云："百无一用是书生。"但事实上我的体力和身体素质并不错，毕竟我在从事写作之前，也是从警校正大光明毕业出来的。

下意识地，我从桌子上抄起了烟灰缸站起来，装作若无其事地进了里面的房间，那是我的卧室。但是我并没有真的进去，而是在进了卧室之后赶紧蹲下来，捏着烟灰缸蹲在地上，悄悄地靠近那扇窗户。

我现在只想看看这个人到底是谁，我甚至有预感，他就是那个亲眼看见王倩倩被杀全过程的人。

我小心翼翼地蹲在地上，尽量抑制住呼吸，慢慢地朝着窗户靠近……

越是走近，我便越发觉得那笑容冷飕飕，就好像我的动作他全部都在看着一样。

不过，在我"走进了卧室"之后，我明显看到他的脑袋在左右摆动，似乎是在努力地搜寻我的所在。这就说明我的想法是成功的。他只知道我起身离开了客厅去了卧室，远离了他的视线，却并不知道我非但没有走远，反而是越发靠近了。

当我快要靠近窗户的时候，外面的男人好像有些着急了，甚至我清楚地听到手指抓挠窗户的声音，他想要掀开我的窗帘看一看。只不过窗帘在玻璃里面，他根本够不着。

窗外，雪明明已经停了，可是风好像变得更大了，呜呜呼啸着，哪怕已经到了凌晨四五点钟，外面还是很黑，伸手不见五指。

近了。

越是近，我就越是发抖，仿佛身上的汗毛都一根一根地竖起来了，一大波冷气顺着我的汗毛缝往里面钻，就好像是大夏天开了冰箱门一样。

我眼睛都不敢眨一下，等到距离足够近的时候，我鼓足勇气，迅速拉开窗帘！

"谁？我弄死你！"

可是，几乎是在那一瞬间，窗外的影子突然消失了。

我忍不住爆粗口骂了一句，直接冲向了旁边的大门，追了出去……

可是，四周却空无一人。

我租的是独栋的公寓，因为我的收入尚可，为了给自己创造一个良好的写作环境，我的生活条件也算是可以。独栋公寓有点小别墅的性质，出门之后是一个台阶楼梯，远处是绿化带，站在台阶上往远处看，几乎是一览无遗。远处的路灯发出黄色的微弱光，矗立在道路两侧。

我猜测他可能是躲在绿化带里了。

这时候，我也不知道自己是哪来的这么大胆量，直接冲了过去。从他跑开到我开门追出来，前后的时间绝对不超过五秒钟。距离我家最近的绿化带也有二十米以上，五秒钟的时间，他一定是冲进那个绿化带了。

"出来！"

"我看到你了！"

"你今天跑不掉了！"

到了那绿化带之后，我一直不停地在叫喊，我觉得我此时就像是一个疯子！

可是，却一个人都没有。回应我的除了风声还是风声……

我不相信，疯狂地找，速度加快，尽可能地把整片绿化带全都搜一遍。同时，我这个举动也迅速惊扰了独栋公寓群的值班保安，两个保安拿着手电筒直接朝这边冲过来了。

认出是我来之后，两个穿着军大衣的保安看着我的眼神有些不对，在我面前晃了晃手电筒，小心翼翼道："叶先生，出什么事了吗叶先生？"

"噢……"

我喘了口气，狠狠地甩了甩脑袋。

"叶先生你怎么了？"两个保安紧张不已。

"你们有没有看到一个人出去？"我来不及说那么多。

"……没有啊。"其中一个保安一脸狐疑地看看我，又看看同事，"小张，你看到了吗？"

"绝对没有。这三更半夜的，哪有人？"两个保安信誓旦旦地向我保证，"叶先生，咱们这是高档公寓，我们都是24小时值班的……而且夜间值班时间，安保人员也不会偷偷睡觉的，这一点你尽管放心。我可以保证，绝对没人。"

"我的房子外面有监控吗？"我尽量让自己的情绪稳定。

"有的，全方位监控都有。"

"带我去看！"我激动地说道。

"没问题叶先生，不过，都这么晚了，您还是先回房穿件衣服吧，天儿怪冷的。"

这时候我才注意到，我只穿了一件衬衫就冲了出来。

我再扫了一眼绿化带……这时候，一片黑乎乎的地方，有一双眼睛蹲在地上在看着我笑，笑我没有找到他，笑他赢了！

"我看到他了！"

两个保安也是吓得一个激灵，跟着我的脚步冲了过去。

可是我们冲过去的时候，那角落里根本就没人，那双眼睛也消失了，好像根本就没存在过。

"你们去值班室等我，我马上去看监控。"我攥紧拳头说道。

"好的叶先生，那我们等你。"

我回房间，两个保安也往回走。可我清楚地听到他们刚一转身就开始议论我："怎么回事儿？明明什么都没有，这叶先生是不是精神上……"

"嘘！"另一个保安严厉地呵斥他，"怎么说话呢你？"

"不好意思队长，我不是那个意思，我就是觉得……有点儿不正常啊，哪有人这么神神道道的……"

这时候，另一个保安小声道："我听说这个叶先生是个作家，时间长了，容易精神恍惚的，前段时间我还看到他大晚上的一个人在阳台那边站着，一动不动，很吓人的……"

后面他们说的什么，我已经听不到了。

我回房间随便穿了一件衣服之后直奔保安室。可是结果和我预想的一样，我房子周围的全方位监控一个人都没有。我着重让保安看了我房间周围，还是什么都没有。

最后，两个保安无奈地相互看了一眼，道："叶先生，您最近是不是没有休息好啊？我说，工作再忙也别忘了休息，身体才是革命的本钱，我晚上巡逻的时候常看到你房间的灯亮着，一猜你就是在熬夜，呵呵。"

我心乱如麻，一点寒暄的兴趣也没有，摆了摆手道："谢谢，我能不能把监控录像视频拷贝一份？"

那保安队长皱了皱眉头，考虑了一下，说："行倒是行，不过这要等明天白天让物业的李经理到总监控台授权才行，现在我们拷贝不出来的。"

"好。"我点了点头，"明天一大早，麻烦你们帮我拷贝一份。"

"好吧。"另一个年纪小的保安答应我的请求，"不过叶先生，我多嘴一句，这视频你也看了，根本就什么都没有，你拷贝一份干什么呢？这不是……多此一举么？"

我没说话，那队长以为我不高兴了，又是训斥了两句，说："没关系，业主的要求我们物业都是无条件提供帮助的，而且这也不是什么难事，他是新来的，叶先生不要介意。"

"嗯，谢谢。"我点头示意之后，转身就要离开。

"叶先生，最近又出新书了吧？我看你总熬夜的……"我刚一转身，那个队长笑呵呵地冲着我说道。

我皱皱眉头，打了个冷战。温度好像更低了，我随便搪塞一句便匆匆回到了房间。

回到房间之后，我左思右想，觉得不对劲儿。监控上明明没显示什么东西……怎么会这样呢？难不成人还能不翼而飞了？还是说——真见鬼了？

我使劲地拍了拍脑袋，觉得自己脑子都有些不够用了。

可是，就在这时候，一拍，我忽然想起了一件事！

那跛脚男人刚刚还跟我说过，那个穿黑风衣的男人是在他杀了王倩倩之后，带着他大摇大摆地从监控下面走过去的。

"不，不对……"

我忽然想到，即使是在科技手段越来越发达的今天，我们也不能再偏信监控这种东西了，或者说，监控根本就不可信！

就在这时候，房间内忽然发出一声巨响！我的窗户打开了，风太大了，雪夹杂着一阵狂风，不偏不倚，直接吹进了我的客厅，我书架上立着的一盆仙人掌掉在地上，吓得我差点精神失常。

同时，一大把雪花吹在我脸上，瞬间融化，我脸上冰凉冰凉的。

"雪！对，雪！"

我忽然想到，躲在暗处的这只"鬼"，或许可以让监控变成废品！

可是，下了这么厚的雪，总该留下点儿什么吧？至少，脚印擦不掉。

想及此处，我几乎是三步并作两步冲出房间。

窗户外面，雪地上的脚印，是那么清晰刺眼。

第十节 人骨雕花案

这一刻，我觉得我全身的血液刹那间全部朝着头顶开始往上冲，眼睛瞪得生疼。

我四下看了看，风声依旧，昏黄色的灯杆还安安静静地矗立着，好像是个能看见一切真相，又无法说出来的巨人一般。

我锁好门窗，回到房间，连续抽了半包烟，在剧烈的咳嗽中坐在凳子上睡着了。

第二天一大早，我睁开眼睛时已经是8点半了，眼睛酸疼。我来不及洗漱，第一时间把电话打给了王剑飞。电话拨通之后，不到三秒钟，话筒里面传来王剑飞痛快的笑声："哈，小川，刚好，我正要给你打电话呢！有好事儿！"

"什么事儿？"我揉了揉眼睛问道。

"凶手抓到了！"王剑飞停顿了一下，"今天一大早就有人来投案自首了，是个残疾人，证据指向都对得上，他什么都承认了！局长刚刚到局里就已经表扬整个重案组了，十二小时破案，简直神速！"

"恭喜你了。"我并没有说我见过那残疾人的事情，只是敷衍了一句。

"对了，你找我有事吗？"王剑飞问道。

"方便的话，我想跟你见一面。"我说。

"方便啊，重案组今天全员放假，不算在年假之内。说吧，你想约在哪儿？还是我这会儿开车去你家？"王剑飞破了案，说话都像是唱曲儿一样，从这一点上我看得出，那跛脚男人并没有说出那穿黑风衣的男人的任何信息。

"凤星路咖啡馆。"我说道。

"好嘞！"

半个小时之后，王剑飞、夏分分、助理小胡三个人都来了，时间很凑巧，我到门口的时候他们也刚好到。

"速度够快的啊你？"王剑飞拍了拍我肩膀，"走吧，今天我请客！"

进咖啡厅之后，小胡和夏分分表示都没吃早餐，狠狠地宰了王剑飞一顿，搞得王剑飞肉疼不已，非要让我报销。

"我以后能不能参与你们重案组的工作？"我没理他，直接说正事儿。

王剑飞刚吃了一口鸡米花，还没来得及嚼碎，又吐了出来，笑着上下打量我一番。

"不是吧，你不是一直排斥这份工作吗？怎么着，叶大作家转性了？不好意思，麻烦你再重复一遍，我刚才没听清，你的意思是说，你想要加入重案组吗？"

要知道，在此之前，王剑飞曾经邀请过我无数次。虽然重案组的人事调动问题他说了不算，但是这小子以前邀请我的时候总是打包票，还说局长那边肯定能通过，好使！

昨天晚上，我翻找了曾经不少的邮件，我知道我真的已经被人盯上了，而且盯上我的这个人古怪得很，也聪明得很，好像我的一切他都了然于心。所以，我不能坐以待毙。很多资料不接触警方的话根本拿不到，所以，找王剑飞是我唯一的选择。

我摇了摇头，解释道："我没打算加入重案组，我只是想参与你们的工作，以编外或者是顾问的身份……"

"哦?还编外?还顾问?"王剑飞皱了皱眉头,放下手上的筷子,"不加入重案组还要参与工作?什么意思?"

"我想查人骨雕花案。"我说。

听到"人骨雕花"四个字的时候,王剑飞的眼睛明显瞪大了一下。显然,他听出了我话里的意思。

人骨雕花案是个秘密,其他人根本不可能知道。就算他跟我提过一嘴,可是说的也仅仅是"人骨雕塑案",没有说过"雕花"这个关键词。而案件的真实情况就是雕花,在人骨上雕花,令人胆寒。

而我,则是从邮件里面看到的详细信息。

一个月之前,警方发现了一具尸体,尸体上的皮肉全部被剔除得干干净净,只剩下森森的一具白骨。死者的腿骨上、手臂上、颅骨上甚至是手指上面,全部都有雕花。一笔一画,每一个条纹,都精耕细作,栩栩如生,这尸骨俨然成了一件艺术品一般。其中,颅骨上的花朵已经完成,还被上了鲜艳的大红色,而雕刻的花的品种,则是曼陀罗。水准非常高,像是大师之作。

警方发出去协查通告的时候,只是说有个人骨"雕塑",并没有说"雕花"。

王剑飞紧张地看着我,又警觉地看看四周,小心翼翼道:"这个案子,你怎么知道的?"

我二话没说,拿出手机登录邮箱,点开那个邮件。

和王倩倩被杀的案子如出一辙,这个邮件里面有一张照片,照片就是那个未完成的人骨雕花。

我说:"准确地说,我遇到麻烦了,所以我必须查人骨雕花案。我甚至有预感,王倩倩的案子告破之后,我很可能会很快收到下一个邮件。他好像一直都想把我推进一个深渊。"

"这不是……"王剑飞惊得张大了嘴巴再次看了看我的邮件,又挠了挠脑袋,抓狂道,"怎么会这样?为什么这个人每次都要给你发邮件?你有仇家?你一个老老实实宅在家里搞创作的宅男,怎么会有仇家?"

王剑飞就像是个懵懂的婴儿一样,纠结了半天后,又告诉我:"你想进入重案组的话应该有戏,因为你的资质和条件都是符合要求的,更何况你还是烈士家属，局长会优先考虑你的。但是你如果只是想查人骨雕花这个案子的话，已经不太可能了，这个案子已经被移交到红S了，想要拿回调查权，几乎没有可能。"

"那我就加入红S。"

"噗嗤！"

却没想到，这句话刚一出口，旁边的夏兮兮直接一口饮料喷了出来！

"加入红S小组？你开什么玩笑！你当你家开的啊？"夏兮兮笑得不成样子，"哎，我说叶大作家，红S小组虽然是让我们重案组深恶痛绝的一个小组，可是，我不得不承认，能去这里的人，可都是刑侦能力顶尖的强人啊！你以为你上嘴唇下嘴唇碰一下就能进红S？你想走就走，想来就来？"

夏兮兮对我态度一直都不太好，我懒得跟她废话。

这时候，夏兮兮昂着脑袋白了我一眼说："你还别不服气，我就破例跟你说个秘密吧，你知道王倩倩一案，凶手是谁吗？"

我有些烦躁，不耐烦地问道："怎么了？"

"天桥下！跛脚男人！行乞者！"

"那又怎么了？"我佯装什么都不知道。

"还'那又怎么了？'"夏兮兮说，"如果我记得没错的话，当天晚上你好像去过天桥吧？我现在告诉你，当时你恰恰就和杀人凶手打过照面！可是你呢，你居然一点蛛丝马迹都没看出来！实话说，说出来我怕伤你的自尊心，可是我不吐不快，见到凶手你都发现不了任何迹象，你连重案组都难进，更别说红S小组……"

小胡尴尬地笑道："你别介意，夏姐只是实话实说。"

我笑而不语，直接拍板问王剑飞："能不能帮我办这件事？"

"我只能试试。或者说，你可以等破了大案要案，一步步想办法进去。"

"可以。"我说，"我可以试试。"

王剑飞点了点头。之后我们不再谈论案子，闷头吃饭。

饭吃得差不多的时候，王剑飞扭头问我："对了，王倩倩一案虽然找到了凶手，可是案子有疑点，你能说说你的看法吗？"

我猜到了王剑飞的疑点是什么，便说："你是想问监控的事儿吧？"

"没错。"王剑飞说道，"痕检组从写字楼门口的地板缝隙里检测到了被害人王倩倩的血迹，确定是凶手杀了人之后留下来的。也就是说，当时凶手杀人之后的确是从正门走的，那么监控为什么没有拍到他出去的画面？好，就算我们可以理解为监控系统临时故障，但监控系统明明没坏，我觉得事情没这么简单。"

我长出口气，解释道："红外摄像头和自然光摄像头的工作原理是一样的，唯一的区别是红外摄像头可以在黑暗中清晰成像。在黑暗的环境下，红外线作为补充光源照亮摄像头的工作范围，使得摄像头成像。这一点，明白吗？"

王剑飞点了点头说："明白，然后呢？"

"红外光和自然光的区别，就是自然光可以照亮任何事物，形成光斑，反射进摄像头进而成像，而红外光却存在很多弊端，比如穿上一件由特殊材料制作而成的衣服，而这个特殊材料如果是红外光无法反射成像的材料的话，即使监控系统没有故障，是不是也可以做到来去自如？"

"这……"王剑飞听到之后，犹如醍醐灌顶，"我怎么就没想到呢！原来是这样！"

夏兮兮原本对我挺不屑的，听了我的解释之后，虽然表情上还是不承认，可她还是多看了我一眼。

当然，这其实是我昨天晚上查了大半夜资料得出的结论，可能是有错的，但是这至少也说明凶手躲避监控录像的办法的可能性。而背后真正罪恶的凶手恰恰懂得各种常人根本想不到的原理，他的杀人手法比拿刀杀人更可怕，也更可恶！

"还有一点，给你打电话的那个手机号定位是境外，显然是加密 IP，这个怎么解释？"王剑飞问我。

我说："这个不难吧，这不是很典型的反侦查手段吗？"

王剑飞看了看我，正色道："可是根据我们掌握的信息，这个跛脚男人，根本没有这样做的条件和能力。换句话说……有人在帮他。"

"我也是这个想法。"我说，"或者可以说，跛脚男人只是杀王倩倩的凶手，而一连串的背后还有一个真正的操控者，这个人才是真正的凶手！"

小胡听到王剑飞这么一说，立刻问道："那我们是不是要查一查跛脚男人在案发前后都跟谁见过面？"

夏兮兮点了点头，表示赞同。

这时候，王剑飞却拍了拍我肩膀，从我的烟盒里拿出一根烟点上，说道："跟跛脚男人见过面的人，现在就在我们面前坐着呢。"

说完，王剑飞直接看向了我。

我居然被王剑飞搞得紧张了一下，原谅我之前一直没有把他的智商想得那么高。看来，王剑飞能当上重案组队长是有他的本事的。

我问他："你怎么发现的？"

王剑飞得意地笑了一声，弹了弹烟灰，道："我知道很多人喜欢的烟都是同一个口味的，抽惯了一种就不会换第二种。不过，咱们东阳市距离甘肃几千公里，在东阳抽兰州香烟的，据我所知，你可是头一号。今天早上凶手自首了之后，我带着重案组的人去看他的残疾孩子，在他住的窝棚处，我发现了好几根新鲜的兰州烟屁股。"

我恍然大悟。

王剑飞果然心思缜密得很，看来以前我还是小看他了。

我的确只抽兰州，还是在公寓外面 24 小时便利店的老板那里代购的。

这时候，王剑飞伸出了两根手指头："两件事。第一，凶手是你的忠实粉丝，他的孩子，按照组织规定，送去了东阳市最大的金阳光福利院。周末闲下来的时候，你可以去看看那个孩子，到时候叫上我一起。"

"嗯。"我点头，"会的，回头你把详细地址发给我。"

"第二件事……下回再有这种情况，不要再跟凶手有任何接触，否则你会吃不了兜着走！有时候人在不经意间就会被他人利用，当证据都指向你的时候，你说破大天都没用，比如：烟屁股上有你的DNA，或者你习惯性穿陆战靴。所以，脚印也是你的。"

听到这里我笑着摇了摇头，说："这一点我不能听你的，我要是不近距离地接触凶手，凶手怎么会这么快自首伏法？离凶手近，离真相就近。"

"至少别给自己惹上麻烦。"王剑飞说完，直接站起来结账，最后又交代，"这段时间小心点，有什么危险情况及时给我打电话。"

"嗯。"

这时候，女警夏兮兮才瞪大了眼睛不可思议地看着我，又看看小胡，"这……什么意思？叶小川，你、你见过凶手了？是你让他去自首的？"

夏兮兮一开始以为我什么都不知道，还认为我跟凶手打过照面却没有发现蛛丝马迹，这会儿倒是对我刮目相看了。

我没说话，转身离开了咖啡馆，我要回去构思新书的内容了。

"哼，装深沉，装高冷！"夏兮兮很快嘟囔了一句，根本不怕我听见。

小胡说："夏姐别这么说，叶老师是真有本事，只不过人家不显山不露水，咱们俩没看出来罢了。这里头的神秘，多着呢！"

接下来他们的对话我是听不见了。

第二案 死贷

第一节 诡案

回到家之后我开始写稿子，再发给编辑审核。中午的时候保安室把拷贝的监控拿过来了，我把硬盘放电脑上看了看，如我所料，监控里面什么都没有。

但雪地里面，确实留下了脚印。

转眼就是半个月时间。这半个月里我一直没有接到王剑飞的电话，我倒是也不急于一时，只不过人骨雕花案一直像是一根线一样牵动着我的神经，都影响我的写作了，最近没少被编辑骂。

这天，刚早上 6 点钟，我正在洗漱，王剑飞来电话了。

我兴冲冲地赶紧接电话，以为是我进入红 S 有望了，却没想到王剑飞开门见山第一句话就是："马上准备，我去接你，有案子了！"

"喂？不是……"我还没搞清楚什么跟什么呢，赶紧问，"我参与重案组工作的事儿怎么说了？"

"你先等我，见了面再说。"

听得出来，王剑飞很着急。大概五分钟之后，他开着那辆指南者已经到了小区门口了。

见面之后，我问："什么案子？"

"先说你的事儿吧。"王剑飞把车打着，说，"我跟局长说了你的情况，局长让我一定注意你的安全，我再次跟你说，最近这段时间，发现任何异常情况，一定要随时给我打电话。"

"这不是重点。"我说。

"重点的话，就得跟你说抱歉了。"王剑飞黑着脸，"局长那边，让你参与重案组工作都没同意，红 S 就更别说了。那都是一群古怪人，他们根本不接纳你，但是局长跟我说，可以先让你以编外顾问的身份跟着重案组出现场，等过一段时间后，再跟上级领导提你进入红S的事儿。"

"行。"

这倒是在我的意料之中，毕竟办什么事儿都要按规矩来，要有个过程。不能着急，这种事着急也没什么用。

"我们现在去哪儿？"

"去现场，又是一件大案！"王剑飞皱着眉头说道。

"什么案子？"

"到现场你就知道了。"

到了之后我才知道，死了人的案子叫凶杀案，没死人，却比死了人还严重的，才是大案中的大案。

这个案子是当地辖区派出所移交给我们重案组的。

三天之前，某个小区内有业主向派出所联名投诉，说是反馈物业无效，只能报案了。具体情况是说，这个小区里某一个住户是一个二十岁左右的小姑娘，独居独处，独来独往。谁也不知道她在哪儿上班，她每天早出晚归的，表面上看一切正常。可是最近这段时间，她的房间里总是在午夜或者是下半夜发出恐怖的尖叫声。

说到这儿的时候，王剑飞看着我说："投诉的业主们描述这种声音的时候说，是那种穿透力极强的尖叫，像是要撕裂耳膜一般的，尖锐刺耳，恐怖到极致，似乎有人受到了很严重的惊吓一样……"

"哦？"听到这儿我倒是来了兴致，"女孩子受到了惊吓，大半夜发出响彻整栋楼的尖叫，可是女孩子没有报警，报警的却是周围的业主？"

"对，业主们都被吓得不轻，也被惊扰得睡不着觉。可是辖区派出所在走访调查的时候发现，女孩子说她从来都不知道有什么尖叫声，拒绝配合，情绪还很激动。后来实在是没办法，辖区就派民警专门蹲点值夜班。结果，在半夜的时候，还真听到了那种瘆人的尖叫……民警听到这个声音之后直接敲门，敲门未果，他们担心女孩子发生危险，索性直接撬门冲了进去。这时候他们才发现，那个女孩子像是梦游一样，一个人在屋子里游荡。更可怕的是，黑灯瞎火的，她一个人晃晃荡荡地走到卫生间，把水龙头开到最大，哗啦啦一直在洗手，眨眼间，整个脸盆里面都变成了血红色……你猜是为什么？"

我摇了摇头说："你别卖关子了，赶紧说！"

"这女孩子在用钢丝球洗手！刷碗的那种钢丝球你知道吗？洗得满手是血，满地都是血！手上的皮肤全都擦烂了，有的地方血淋淋的，甚至露着骨头。可是她好像根本感觉不到疼，一直在洗，一边洗一边用钢丝球狠狠地擦，整个卫生间地上都是血。民警还发现，地上的血不仅仅是来源于血肉模糊的手，还有这个女孩子的下体……"

"什么意思？"

"她……不仅仅用钢丝球洗手，还用钢丝球拼命地摩擦她的下体，你能明白我的意思吗？"王剑飞问道。

我皱了皱眉头，实在是找不到一个合理的理由，除非这个女孩子有精神方面的疾病。

但是王剑飞立刻否定了我的想法。

"已经排除了精神病的可能。法医组的人说，可能是有变态性需求这种可能，以前也有过这种案例，但是……显然用钢丝球来获得性满足这一点不太符合常理，而且白天这个女孩子照常出门上班，说话做事都很正常，天知道她为什么每天晚上都要这么自己伤害自己，民警调查的时候她也根本不配合。实在是没办法了，他们便只能移交重案组了……"

"那我们现在去的目的是？"我抬手看了看时间。大早上的，去做什么呢？

王剑飞神秘一笑，道："咱们俩先去见见她。"

第二节 谁是受害者

王剑飞的下一句话是："听说那个女孩子长得挺漂亮的哦。"

"噗……"

我差点儿一口水喷出来，之后看了看车窗外，提醒王剑飞："你以后说这种话注意点儿，你是人民警察，要严于律己，玩笑开不得。"

"哈哈！开玩笑开玩笑！"

王剑飞摆了摆手，之后一边开车一边把案情笔录扔给我："目前我们掌握的信息给你说得差不多了，再具体一点的你可以看看笔录，或许还能有什么发现。"

"好。"

之后，王剑飞专心地开车，我则是拿起卷宗看了起来，内容基本上和王剑飞说的一致，没什么偏差。根据目前掌握的内容，基本上可以判定那个叫孙莉的女孩已经违反了治安管理条例了，毕竟在大半夜失声尖叫、制造噪音，扰乱整个小区的生活环境，害得业主睡不安宁，这一点没什么可辩驳的。

但是看完了详细资料之后，我总觉得这个孙莉其实倒更像是一个受害者。她的社会关系很简单，干净得就像一张白纸，老家距离东阳市好几千公里，父母也都是农民，孙莉是在东阳市上的大学，大学毕业之后就进入一家保险公司做推销员。截至目前，她已经在保险公司工作两年半了，目前职位是业务经理。

辖区民警接到报案，又发现了这个孙莉的异常行为之后，曾经走访过她的公司，想要了解一下是不是她工作上压力大导致了神经衰弱或者是前期抑郁症，毕竟这些年因为抑郁症而发生自杀或者他杀的案例不计其数。

遗憾的是，调查结果显示，公司方面的领导和同事都表示孙莉这个女孩子人缘特别好，业绩已经连续三个季度都是第一了，是整个公司的销售冠军。

"这就奇了怪了。"我皱了皱眉头，下意识点上一根烟，"一个干干净净的姑娘，也没有精神病史，性格活泼开朗，也没有抑郁症，工作顺利，生活过得去，怎么会有这么诡异的行为呢？"

王剑飞摆了摆手："就是因为这里面很古怪，他们那边又解决不了，没办法，所以案子才移交给了我们重案组啊。"

我合上卷宗，打开车窗通了一下风，风一吹，烟灰跌落在我手背上。

我擦了擦，居然擦不干净，兰州烟就是这么一个特点，烟灰很细腻，附着力强。我下意识地抽出一张纸巾狠狠地擦了几次，确认擦干净之后，心里才算好受一点儿。

王剑飞看到我的动作，无语地笑笑，说："你有强迫症？"

"有点。"我点头，"在家写书的时候，不洗手连字都打不出来，应该算是强迫症吧。"

"呃……那就很典型了。"王剑飞摇头苦笑一声，"不过这种症状要不得啊，万一哪天进入了重案组，或者是进入了高端大气上档次的红S小组，接触了生蛆的尸块儿，你这强迫症，还不得把手洗得掉皮啊，我告诉你，重案组和红S见到尸块儿，都要捏起来，观察观察，闻一闻，这种情况可再正常不过了。"

王剑飞一边开玩笑一边开车，可是这时候，我下意识地瞪大了眼睛，脑海中，好似闪过什么信息。

兴许是王剑飞见到我的眼神有些古怪，吓了一跳，车子的速度也骤减，扭头吃惊地看着我："干吗？怎么这个眼神看着我啊？"

"你说……洗掉皮？"我喃喃自语，迅速打开卷宗，指了指上面的案件线索，"你看，这个案件细节，那个孙莉不也是在疯狂地洗手吗？甚至还用钢丝球洗手。我们大胆地猜想一下，她会不会是想要极力去掉某种她非常排斥而又已经接触到了的东西？就比如你所说的，非常恶心的尸块儿或者是尸块儿上的蛆虫？"

"有这个可能。"听我这么一说，王剑飞脸上瞬间写满了认真，下意识地一脚刹车，车子直接停住了，"你这个推理，符合目前的线索条件。"

"我觉得孙莉很有可能是受害者。她用钢丝球洗手是想要洗净某些触碰过的东西，而用钢丝球洗下体……会不会有一种可能就是……她曾经遭遇过性侵？"

"这个只能靠我们努力搜集证据了。毕竟推理只是推理而已，证据才是关键。"王剑飞皱了皱眉头，"根据以往的案例，一般情况下，女孩子，尤其是年轻的女孩子，遭受到性侵或者是猥亵的话，第一时间报案的概率只有百分之十，甚至更低。她们大多数都会选择忍气吞声，不会报案的。"

"这也恰恰合理地解释了她排斥警方调查的原因。"我说道。

"嗯。"

王剑飞点了点头，猛然间一脚油门，车子直接冲了出去。

"但是一切都只是我们的猜测，具体的情况还要靠证据说话。先去走访调查一下具体的情况，看看能不能发现点儿什么问题。"

"嗯。"

二十分钟之后，东苑小区，C座26楼B户。我们根据卷宗上面的地址敲响了这家的房门。因为今天是周末，敲响了房门之后，我们明显听到了里面有动静。

"谁啊？"

这时候，一个穿着睡衣、头发散乱的女人开了门。

我有些吃惊。资料显示孙莉是独居，今年二十六岁，开门这个姑娘刚好符合这个条件，她应该就是孙莉了。

而我吃惊的，则是孙莉的长相和容貌。我虽然号称"宅男"，可是实话说长得还算可以，再加上是个文艺工作者，平时也见过不少美女，但是这个孙莉的长相还是惊艳到了我。她的皮肤很白，是那种看着让人很舒服的奶油色，看起来非常养眼。她的个子不高，一米六五左右，但是身材很好，散乱的头发披在肩膀上，更是给人一种凌乱的美感。只不过，她的精神状态非常不好，黑眼圈非常明显，看起来有三分憔悴。

王剑飞看到孙莉之后也是有片刻的失神，我猜测这厮也是被"电"到了。不过，他只停顿了一秒钟，便迅速拿出了证件递给她，说："你就是孙莉女士吧？我是警察，想要找你配合了解一些情况。"

他这话说出来，孙莉眼神中闪过一丝慌张，紧张的情绪表现得很是明显。只不过，这种慌张只是一瞬，就被她给掩饰了下去。我猜测，这应该是她长期从事保险业务推销员的关系，孙莉的情商智商都很高，也很会掩饰自己的情绪。

之后，孙莉摇了摇头说："我不是跟你们说过了吗？我没有病，也请你们不要把我当成精神病。如果业主们继续投诉的话，等我下个月发了工资就重新租房子，立马搬走，可以吗？我觉得我该做的都已经做了，也请你们不要再来打扰我的正常生活，谢谢。请你们离开，好吗？"

说完，孙莉直接就要关门。

"等一下。"我直接按住了差点儿关上的房门，"我们只是要了解一些情况，孙女士你不要误会，还有，警察的工作是帮助受害者找到正义，你能明白吗？"

"我说了我不会再打扰邻居了，我会搬走的。"孙莉激动地强调道。

"不，我的意思是，如果受害者不是你的邻居，而是……你呢？"

说这话的时候，我的眼睛盯着孙莉所有细微的动作，想要看她有什么具体而异常的反应。不过，她似乎非常善于掩饰，我居然没有从她的表情中看出任何波动。

"你们可能搞错了，我不是什么受害者。"

说完，孙莉直接"嘭"的一声关上了门，一点儿机会也没给我们留下。

"唉。"

看到这一幕，王剑飞长长吐出了一口气，拿出烟盒自己点上一根，也给我一根，摇了摇头。

"这就是死结了，拒不配合，况且也只是一个业主投诉，谁都知道这里面肯定有蹊跷。可是……"支支吾吾了半天，王剑飞发牢骚道，"这种案子就不该给我们重案组，这难道不是辖区民警的工作吗？"

"打住。"我赶紧提醒王剑飞，"对待工作不要抱怨，不能有抵触情绪。上级领导分配给你就有分配给你的理由，不是吗？服从组织安排是一个公职人员应尽的责任和义务。"

王剑飞皱皱眉头说："别这么一套一套的。"

我也知道他只是发牢骚而已，这家伙工作起来就是个不吃饭不睡觉的主，我还是有所耳闻的。

"我们现在怎么办？"王剑飞耸肩问我。

"总不能强行进去吧。"我摆了摆手，"先回去吧，今天晚上来蹲点。"

"不是吧？你……"

"不要抱怨工作。"没等王剑飞开口说出来，我直接制止了他接下来的话。

"我不是那个意思。"王剑飞吃惊地看着我，"我的意思是说，你毕竟不属于我们重案组，我们蹲点可以，你就没必要加入了吧？晚上我带着小胡来，你歇着吧，白天你再参与工作就行了。"

我摇了摇头没说话。

王剑飞知道劝不动我，也就不劝了，道："好吧，反正破的大案要案越多，你进入红S的可能性就越大。那就蹲点吧，说说你的想法？"

见王剑飞进入正题了，我也不再废话，直奔主题："如果我们以孙莉是受害人的方向分析案情的话，蹲点的关键就不是看孙莉晚上是不是真的有异常反应，而是守株待兔，看周围有没有什么可疑的人出现。"

"希望太渺茫了吧？"王剑飞黑着脸说道。

"可是我总觉得，我们一定会有收获的⋯⋯而且，就在今晚。"

我眯起眼睛，看着黑乎乎的走廊尽头。

第三节 调虎离山

"行吧，作家的想象力都比较丰富，无条件相信你。今晚就盯梢。"

王剑飞说完，我们直接下楼，开车离开了东苑小区。

我回家之后打算写稿，却不知道书中下一步剧情该怎么写，索性就把案件以化名的方式写进了书里。等到我酣畅淋漓地把一天的稿子写完，已经是下午6点半了。这一天我粒米未进，滴水未沾，码字一天唯一消耗掉的就是两包兰州香烟。

之后我迅速下楼，简单吃了个快餐之后又去24小时便利店拿货。

老板吃惊地看着我说："小叶最近烟瘾挺大啊，昨天的两包没了？"

"没办法，就好这口。"我嘿嘿一笑，放下买烟的钱离开便利店。

没想到，刚出便利店门口，王剑飞已经开车带着夏兮兮赶过来了，车子刚刚好停在我面前。

"你怎么带她来了？"我问道。

夏兮兮听到我这么说话明显不高兴，眉头一皱，说："你这话说的，我才是重案组成员，我来是光明正大的来好不好？"

王剑飞摆了摆手，解释说，兮兮虽然是姑娘，但是业务能力很强，况且盯梢这种事儿，姑娘家眼尖，心思细腻缜密，配合我们两个大老粗的话，这叫粗中有细，好干活儿。

我看了夏兮兮一眼说："其实我的意思是，这么一个大美人，不按时作息，晚上不老老实实睡美容觉会影响颜值，变丑了我们可是有罪的。"

"转弯够快的啊！"夏兮兮听了我这话张大嘴巴，然后一脸不耐烦地扔给我一包火腿和一屉打包来的包子，"夜班蹲点可不是啥好工作，吃饱了才有力气干活。先上车吃饭。"

"嘿。"我心里一乐，包子还热乎着呢，美滋滋地上了车。

接下来，王剑飞当司机，我跟夏兮兮坐在后排。

其实夏兮兮的颜值是非常之高的，再加上身为警察一身英武之气，有一种英姿飒爽的感觉，衬托出了一种干净利落的美感。只不过二十五岁了还没男朋友，这个是无解的难题，用她自己的话说，这个命题比什么凶杀案都难破，自己都接受这个命运，打算孤独终老了。

开车的时候，王剑飞从后视镜看了我一眼，道："哎？小川，我记得你今年好像也二十五岁了吧？"

"嗯。"我点点头，轻哼了一声。

紧接着王剑飞带着浪笑又扫了夏兮兮一眼，这小子的心思，不管是我还是夏兮兮，都同一时间猜到了。夏兮兮直接踹了一下驾驶座靠背，说："这玩笑可不能瞎开啊，现在是工作时间，办案中或者是去办案的路上，不要进行和工作无关的话题，这是纪律。"

"噗……"王剑飞眼一黑，摇头道，"好好好，别的不说，就你们俩这说话方式，夫妻相已经出来了。"

我和夏兮兮异口同声道："滚。"

……

半个小时之后，东苑小区。

车子停好后，我们三人一行直接上了26楼。

"这小区的安保不怎么样啊，我们进来保安都在打瞌睡。"我提醒王剑飞。

"越是这样，我们蹲点的有收获的可能性越大，走吧，上楼。"

"嗯。"

孙莉租的房子，整栋楼都是一梯四户的建筑格局，走廊非常长。晚上7点多，

26楼黑乎乎的，声控灯设计也超级省电，五秒钟熄灭一次，快得简直惨绝人寰。一开始我们三人还换班拍手跺脚或者是吼一句，后来懒得搞了，索性就让它灭着。

黑暗中，我们四处观察却没什么发现，便蹲在角落里，我和王剑飞抽烟，夏兮兮则一脸不爽。孙莉的房间一直没什么动静，她的门外放了一双高跟鞋，这和早上我们来的时候完全一样。

时间一分一秒地过去，大概一个小时左右，其他三户人家陆续回来了。回来的人吼了一嗓子，声控灯骤然亮起。他们突然看到我们三个人蹲在角落里，都吓了一跳，差点儿就报警了，后来听说我们就是警察之后才赶紧回屋。

这种情况我们经历了三次，解释了三次，才算是彻底安定下来。

转眼就是晚上22点，四户都已经安静，该回家的都回家了。本来我们以为今天晚上可能不会有什么收获了，但是也没有回去的打算，因为我们还打算听一听24点之后还有没有那种恐怖凄厉的尖叫声。

走廊尽头的窗户没关，大风呜呜地吼叫着。因为是26层高度，所以风声显得格外的清晰刺耳。

今天大雪虽然停了，但是下雪不冷化雪冷，蹲在26楼的我们冻得发颤。

我下意识站起来要去关窗户。走过电梯的时候，我忽然听到消防楼梯有脚步声，穿的应该是军靴，"哒哒哒"的声音伴随着空洞的消防楼梯的回声，很是清晰响亮。走到走廊尽头需要越过电梯，电梯的旁边便是消防楼梯，所以我听得特别清楚。

但这个时候我也没在意，因为已经冻得受不了了，现在第一要务是去关窗户。只是没想到，就在这时候，那个从消防楼梯上来的脚步声，刚刚好走到这一层，消失了。

"嘎吱……"

消防楼梯门被推开了。

一个穿着黑色卫衣，戴着一顶鸭舌帽，鸭舌帽上又扣着卫衣帽子的男人直接跟我撞了个满怀。

"不好意思……"

因为冷，所以我走的速度有点儿快，撞到他后我下意识地先道歉，不过，这个人好像下意识扶了一下帽檐，没有搭理我，自顾自地朝着里面走过去。我还疑惑这人怎么这么没素质呢，还回头看了他的背影一眼。

而就在这时候，那男人看到不远处的王剑飞以及夏兮兮，又回头看了看我，几双眼睛对视的半秒钟之内，电光石火之间，那鸭舌帽男子好像忽然意识到了什么，一个转身掉头直接冲进了消防楼梯。

"不对劲儿啊……"

"喂喂喂！抓住他！王剑飞，这个家伙有问题，快点！"

就在这一刹那间，我也来不及关窗户了，浑身上下打了个寒战，直接吼了起来。

那一瞬间，我脑海中想了很多。

这个男人的异常行为太多了。第一，刚才他跟我撞了个满怀，其实是他撞的我而不是我撞的他，可以看得出来他有些着急，情绪就不对；第二，天气冷戴着鸭舌帽可以理解，可是电梯没有故障的时候他却要走消防楼梯，这不太正常，毕竟这可是二十六楼啊！就单凭这一点，这个人不是身份有问题就是脑子有问题；第三，整个 26 楼其他三户的人都已经回来了，换句话说，他不是这三户人家里的，那他为何要到 26 楼来？

"站住！马上站住！"

王剑飞显然同一时间发现了不对劲儿，听到了我的吼声之后第一时间冲了上去。

但是这个男人明显早有准备，逃跑的时候速度快得很，眨眼间就冲了下去，密集的军靴踩踏楼梯的脚步声传得老远……

我和夏兮兮对视了一眼，下意识去摁电梯，可是偏偏不凑巧，电梯正在上行，才显示到二楼。实在没办法，我和夏兮兮直接冲进消防楼梯，同时追了下去。王剑飞在前面，我和夏兮兮在后面。

那个男子体力极好，速度越来越快，一开始还能看到背影，到后来直接甩开了我们起码三层楼的距离，王剑飞实在是没办法了，索性直接半层半层往下跳，后来我和夏兮兮连王剑飞的背影也看不到了。不过，我们俩一直紧紧地跟在后面，尽最大的努力追上去。

大概五分钟之后，我们俩同时到了楼下，就看到王剑飞气喘吁吁地蹲在地上，黑着脸，情绪很不妙。

我猜到了，人跑了。

"没抓到吗？"夏兮兮说，"你马上开车去追，我立刻请求辖区派出所支援。"

王剑飞摇了摇头说："车坏了，那人对这附近的环境比我们更熟悉，追不上了。"

"坏了？什么意思？"我瞪大了眼睛，吃惊地看着王剑飞。

王剑飞解释道："我们被人盯上了，我下楼第一时间打算开车去追，但是四个轮子全都没气了，肯定是这家伙干的。小川你猜得没错，孙莉一定是受害者，而且背后害她的人已经发现了我们在查案，情况对孙莉很不利。如果这些人要对孙莉下手的话，一定会尽快行动。我们今天晚上蹲点是蹲对了。"

"挑明了也挺好的。"我说，"我们现在就上楼继续问孙莉去。我们把事实情况跟她说清楚，告诉她现在的处境很危险，这样她总能配合我们调查了吧？"

王剑飞说也只能这样了，之后，我们三人打算重新上楼。

而恰恰就在这个时候，我们身后电梯间的门开了……一个同样戴着鸭舌帽，穿着黑色卫衣的男子压低了帽檐冲了出来，见到王剑飞后速度陡然加快，直接以百米冲刺的速度开跑。

"站住！"

王剑飞还没喘过气儿呢，便再次开始新一轮的追踪。

可是这个时候，我脑海中忽然间又灵光一闪。

"不对啊！我们下楼的时候，电梯是上行的，也就是说电梯里有人要上去，而我们则是被人引下去……"

"王剑飞，别追了，赶紧上楼，孙莉可能有危险！"

要知道，我们从 26 楼追下来足足花了好几分钟，而对方明知道重案组已经开始着手调查，想要对孙莉下手而又兵分两路的话，这几分钟内，作案时间完全够用。

很明显，夏兮兮也想到了这一点，刹那间头也不回地冲进了电梯间。

第四节 带血的日记

王剑飞急得火冒三丈，一方面，今天一旦抓到了这戴着鸭舌帽的男人，就算是案子无法告破也差不多了，他们一定跟孙莉这个事情脱不了干系。可是另一方面，人命关天，孙莉作为当事人，她的生命安全更重要。

"上楼！"

王剑飞气急了，进了电梯之后狠狠地冲着电梯隔板砸了一拳，放弃了对那个黑衣人的追捕。

我和夏兮兮都觉得脊背都有点儿发凉，心中默默地祈祷是我们多虑了才好，孙莉可千万不要出事，否则这件事情就真的麻烦了，麻烦大了！

然而，等我们三个人上去的时候，孙莉的家门只是虚掩着，里面没有任何声音，风一吹，便咯吱作响。我、夏兮兮和王剑飞三人对视一眼，几乎是同一时间冲进了孙莉的家。

客厅里面乱糟糟的，和上午我看到的景象完全相反。

真的出事了。

客厅散乱在地上的杂物，代表着这里刚刚发生过激烈的争斗。因为是小三居的房子，情急之下，我们三个人自觉兵分三路，分开找人。

结果我和王剑飞都一无所获，等到我们两个齐刷刷赶到卫生间的时候，夏兮兮已经蹲在卫生间门口，狠狠地揪着自己的头发，见到我们俩也过来后她才反应过来，抓起手机直接拨号码，嘴里念叨道："快！快叫救护车！快叫救护车！"

"好，你别着急，夏兮兮，冷静点，先做紧急抢救。"王剑飞一边吼着一边从夏兮兮手上拿过电话。

"是。"

我走到卫生间门口，下一刻看到的景象，吓得我简直魂飞魄散。

孙莉的脸色苍白无比，没有一点血色，就好像是染了面粉一样。她的两只眼睛瞪得很大很大，瞳孔已经散了，表情很是恐怖，就好像刚刚见到了什么非常可怕的东西一样。

"怎么会这样？这群人简直太嚣张了，居然如此明目张胆地杀人！"

"独居的女孩子实在是太危险了。"夏兮兮明显很不在状态。

王剑飞接通了救护车的电话之后，我们三人合力做紧急抢救。但是谁都知道，孙莉的瞳孔已经扩散，所有的抢救措施都是徒劳无功。

120 救护车赶到的时候，不一会儿法医组、痕检组的人也来了。

小胡和小张立刻封锁了现场。大晚上的闹出这么大动静，其他三户人家都纷纷起来看热闹，小张不得不在外面拦着。

屋内，我、夏兮兮、王剑飞，三个人都心乱如麻。

"怎么会这样呢？我们……我们不该全都冲下去的。"我咬了咬牙，看着法医组和痕检组的人在里面忙乎着，心里真的有很深很深的愧疚感，"如果我当时能留在 26 楼，留在门口，孙莉一定不会出事。"

我心里越发的难受，看着死状极惨的姑娘，我握紧拳头，指甲抠进了手心的肉里。

上午我们见到她的时候，这还是一个长相出众、五官惊艳的漂亮女孩子，是一个活蹦乱跳的人啊！可是，转眼之间，她就变成了一具冰冷的尸体。

王剑飞握紧拳头，浑身因为愤怒而变得颤抖："王八蛋！不管凶手是谁，我一定抓住他！一定！"

大概五分钟之后，法医组的人过来说："死亡时间在半个小时到一个小时之间，初步判定死亡原因是心脏骤停导致的窒息。简单点说，她的死符合被吓死的特征，不过法医学上没有这种死亡学说，具体的原因还要等到进一步的尸检。痕检组的工作还在进行，死者身上出现了一共四组指纹，回局里之后可以做具体的比对……"

"嗯。"王剑飞点了点头。

但是，我们三个人都清楚地知道，指纹比对的结果很可能是不尽人意的。因为现场，包括受害人孙莉自己加上我们三个，刚刚好是四组指纹。换句话说，凶手在重案组蹲点的节骨眼儿上都敢公然杀人，反侦察意识明显是超前的，从指纹这方面攻破的可能性几乎为零。

王剑飞也是老刑警了，冷静之后立刻安排人对屋里进行全方位检查，尽可能找一切有用信息，我和夏兮兮则不约而同地去了孙莉的卧室。

卧室里面的物品摆放很是整洁，和客厅的境况格格不入。可以判定，凶手进屋的时候，孙莉是在客厅，后来紧张之下跑进了卫生间，然后就出事了。凶手极有可能早有准备，知道我们在楼下，所以得手之后立刻走人。

我注意到，孙莉的床头放着一个水杯，里面还有小半杯水，我用手指触碰了一下，余温应该还在四五十度的样子，说明刚刚喝过，但是没喝完。

这种情况，要么被喝掉的那半杯水是吃药用了，做剩余水质检测应该会有线索；要么是简单的睡前喝水。不过，一杯水喝了一半，人出现在了客厅然后被撕扯进了卫生间，很有可能是喝水的时候听到客厅有动静，然后才放下水杯起身离开了卧室。

我提醒王剑飞："把水杯带回去做检测。"

"好。"王剑飞立刻招呼小胡，"水杯收起来，带回局里做检测。"

"是，头儿。"

而就在这个时候，外面检查的人冲了进来，直接找上王剑飞说："头儿，发现了这个日记。"

"日记？"

我们三人同时愣了一下，王剑飞从痕检组手上接过手套，打开看一下。

没想到，这一本日记里面还真是大有乾坤。

这是一个普通的笔记本，上面沾了大量的血迹，上面摩擦的痕迹很是明显，我猜应该是手上带血的时候写的。

我们几个人立刻紧张了起来，来到客厅迅速开始翻看这本血日记。

上面写的，全部都是孙莉的独白。

"2015 年 12 月 25 日，昨天是万圣节，我参加朋友 party 回来，因为太兴奋了，所以我大半夜都没睡着，就坐在客厅里看电视。但是，24 点的时候我听到我的门口有人敲门，那种声音很轻，敲三次后就有一个停顿，似乎是敲完了之后在听我的动静。我好害怕啊，我也不敢开门。"

"2015 年 12 月 26 日，昨天晚上那个声音又来了，我好害怕，想给妈妈打电话，但是又怕妈妈担心我，拨通了电话却只说我很好。唉，好累……"

"2016 年 1 月 2 日，昨天晚上敲门声又来了，我终于鼓足了勇气去开门，可是门口什么人都没有。我终于放心了一些，可是没想到我刚刚关门回来，那种敲三次停一下，似乎在屏住呼吸把耳朵贴在门上听我动静的感觉又来了。我不知道自己是不是得病了，医生说我这是抑郁症前期，是严重的神经衰弱，让我蒙头睡觉，保持充足睡眠。可是每次在我快要睡着的时候，敲门声就变得很大很大。夜深人静时我也不敢打开手机看时间，我好害怕。妈妈，我想你了，好想回家看看你啊。"

"2016 年 1 月 3 日，我网购了一瓶防狼喷雾，今天晚上就等坏人来敲门，我倒是要看看他究竟是谁。哼！"

当我们翻看到这里的时候，后面的日记日期却是直接一跃，到了两个星期之后。王剑飞检查了一下日记本的夹缝，并没有被撕毁的痕迹，说明孙莉这段时间没有写日记。

可是根据之前的日记节奏，她几乎是最多不超过两天就写一篇日记的。我推测，她出事的时间，很有可能就是从日记空白的这段时间开始的。

我们往后看，终于，看到了极度恐怖的内容。

"2016 年 2 月 14 日，妈妈，他们找到我了。"

这一天，只有这一句话。

后面的日记，纸张上都带血。

"2016 年 2 月 17 日，阴天。妈妈，我不知道我的日记你能不能看到，但是女儿可能再也见不到您了。我不知道我明天早上还能不能醒过来，我也不敢跟你们说，晚上敲我门的那个人来得越来越频繁了，但我打开门他就消失了。我终于鼓足勇气不开门，打开猫眼往外面看，可是，我却看到了一颗浑圆的眼珠子，那颗眼珠子像一只老鼠的眼睛一样往里面看，他们在监视我、偷看我，真的太可怕了！我觉得我随时可能会疯掉。"

"2016 年 2 月 18 日，昨天晚上那颗眼睛又出现了，我却再也不敢去看了。早上打开门，我发现有人在我门口烧纸。你知道吗妈妈，是那种烧给死人用的火纸，黑灰搞得到处都是，邻居们全都在投诉我，可是真的不是我做的。我一整天都没有吃饭了，那群人真的太过分了，我觉得我摆脱不了他们了，我也不敢去找你们。妈妈，对不起，女儿给你们添麻烦了，也让你们失望了。"

而后，日记几乎全都是空白，一直到今天。最严重的时候，日记上面几乎全是血。

可以看得出来，这段时间孙莉的生活处于水深火热之中，这样的日子简直就是煎熬。

王剑飞说："极有可能是孙莉想用自残来保持片刻的冷静，所以带着血手写下了日记。"

夏兮兮提醒道："日记中，孙莉说她摆脱不了那群人了，这指的是什么人？或者说，孙莉本人很有可能大概知道缠着她的是什么人，但是，她不愿意说出来？"

"是的。"王剑飞点头，"跟我们上午来走访调查的时候情况一致，孙莉拒绝提及她的任何事，所以我想她一定是在隐瞒着什么，哪怕她也是个受害者，但是她还是在伪装和掩饰。"

我分析道："背后的杀人凶手一定是知道重案组开始着手调查这个案子，又担心孙莉把什么不该说的说出来，所以才冒着这么大的风险，在重案组的眼皮子底下杀人的。这其中的来龙去脉，怕是没有我们想象的那么简单。"

小胡问道："头儿，下一步我们怎么办？"

王剑飞立刻吩咐道："以小区为中心向四周发散，拉网式搜索，调查沿途各个路口的监控，尽可能地找到这两个鸭舌帽男人逃跑的方向或者中途上了什么车，一旦有消息，立刻顺着车牌号这个线索追查下去，一查到底。"

"是！"

"夏兮兮，你从明天开始，负责走访调查孙莉的工作环境和业务往来，她的社会关系不算复杂，如果有什么线索，一定第一时间揪出来。"

"是！"

王剑飞紧密锣鼓地安排了其他人的工作之后便看向了我，虽然要做的工作有很多，但是我毕竟不是重案组的人，所以，思考了片刻之后他问我："你有什么想法？"

"我今天晚上想留在这儿，听听午夜时分准时响起来的敲门声，还有那颗从猫眼外面往里面看的眼睛，到底究竟长什么样！"

第五节 床底下

"疯了吧你？"听到我这么说，王剑飞下意识瞪大了眼睛，不可思议地看着我，"你待在这儿有什么用？"

"孙莉的死太蹊跷了。"我说，"午夜12点的尖叫、用钢丝球洗手这种怪异反常的行为，还有这本日记上面提到的在门外烧纸的人，还有那细密的敲门声以及猫眼外面那一双往独居女性房间里东张西望的眼珠，我觉得……这都不像是人做的。如果现在撤出去，我们可能永远也见不到凶手。这件事绝对不是想象的那么简单。"

"你什么意思？"王剑飞盯着我，"说清楚点。"

"孙莉的身上没有任何外伤，而我们下楼追凶到重新乘电梯上楼，无非短短三五分钟的时间，三分钟时间把一个成年女性活生生吓死，而且身上没有任何外伤。这个难度，或许比直接拿刀杀死她更大。你觉得呢？"

夏兮兮听了我的话，下意识打了个冷战："你的意思是……人，做不到？"

"起码没那么简单。"我摇了摇头看向夏兮兮，"如果是你的话，你觉得，站在你面前的是一个活人，他也完全有能力杀了你，就算是发生了再可怕的事，那也不至于在全身没有任何伤痕的情况下，直接吓死你吧？"

"你别拿我举例子。"夏兮兮听了我的说法之后也表示赞同，"活生生吓死一个人，难度还是挺大的，所以法医学上根本就没有'吓死'这一说。"

"所以孙莉一定是看到了什么令她极度恐惧的画面，我想待在这儿，就是想看看能不能找到什么线索。"

"那我跟你一起。"

王剑飞终于同意了我的想法，但是为了我的人身安全，他也要留在这儿，这一点，没得商量。

"犯罪心理学上说，百分之八十的谋杀案子里，凶手在杀人了之后都会在夜深人静的时候重返现场，'享受'自己的作品带来的刺激。所以今晚我留在这儿，有很大机会看到凶手的真面目。"

王剑飞皱了皱眉头，下意识地想要摸出一根烟点上，但是考虑到这里是案发现场，又重新把烟收起来了。

"那我立刻在小区周围布置警力保护你的安全。同时，如果凶手露面的话，你可以直接抓捕。"王剑飞说。

"但是你做了万全准备的话，凶手反而就不会出现了。"我摇了摇头，"现在我们在明处，凶手却在暗处，不排除重案组的一举一动都在对方的监视之下。我不是重案组的人，等一下你们悄悄撤出去，这样才能不动声色，让背后的那只眼睛认为房间里面已经没人了，我一个人留在这儿，才是最好的选择。"

"但是……你的安全没办法保证，我绝对不可能同意的。叶小川，你不能恣意妄为，明白吗？"

王剑飞死活都不同意，说不出个所以然，但就是不同意。

最后我也实在是没办法，我们只好想了一个折中的办法。王剑飞楼下的车胎已经修好了，他先把车开走，回去之后换一辆私家车再掉头开回来，我随时可以跟他保持联络，但是没有我的允许，他不能擅自进入小区的范围之内。

哪怕如此，王剑飞也还是有些担心，毕竟背后的凶手实在是太狡猾太大胆了。

可是，从目前所掌握的信息上看，孙莉作为整个案件唯一的知情者此时已经死了，如果放弃这个机会，想要再抓住凶手就难了，毕竟我们掌握的线索实在是太有限了。所以，铤而走险，是唯一的办法。

"好吧，那你一定要记住，随时跟我联络。还有，我只给你一个小时时间，在我们撤出去之后一个小时之内你没有联络我，又没有下楼，我就直接冲上来。"

"两个小时吧，凶手比我们更谨慎。"我对王剑飞说道，"现在，你们在外围拉上警戒线，然后立刻撤退出去。记住，要全员撤离，否则凶手不会回来。"

"好。"王剑飞皱皱眉头，临走的时候给我留下了一双手套和鞋套，"把这个带上，不要在现场留下你的指纹信息，一定一定要注意安全。"

"好。"

之后，当重案组逐渐撤出去之后，整栋楼仿佛立刻就安静了下去，卫生间里孙莉的尸体也被带走了，整个房间骤然间变得冷冷清清的，鸦雀无声，落针可闻。

此时已经是深夜 2 点了。

因为是命案，围观的人本来就不多，等到重案组的人撤走之后，这些人一个个跑得比兔子还快。

楼道里面的窗户最终还是没能关上，这房子的隔音效果似乎不太好，在屋里还是能清楚地听到外面走廊里的呼呼风声。

说实话，不害怕是假的，越是安静就越是觉得背后有人在盯着我。原本在王剑飞他们面前信誓旦旦地保证自己绝对不会害怕，但在他们走了之后不到五分钟，无边无垠的恐惧便逐渐蔓延了起来……

我坐在沙发上许久，一直没有站起来。其实我倒不是大公无私，这种情况下，要是没点目的，谁都不会主动要求自己留下来。

通俗点说，谁不想多活两年？我今天晚上留下来，恰恰就是为了多活两年。只有办好了这个案子，我才能早点被红 S 小组的人重视，才有可能进入红 S，才有机会去查人骨雕花案，进而彻底把那个站在我背后的人给揪出来。

爷爷曾经说过，距离被害人越近就距离真相越近。

半个小时之后，我从客厅开始排查，紧接着是卫生间，进而是卧室。只要我仔仔细细地找，总能找到一些线索出来。

一个人独处的时候，更能冷静地思考和观察。就好像是写书的时候，心思一定要静，彻彻底底让自己安静下来。

孙莉租的房子是木质地板，我穿的是雪地靴，由于鞋底子很硬，踩在木质地板上，每一步都会发出"嗝、嗝"的声音，这个时间点、这个环境，听到这个声音总是让人毛骨悚然。况且这是个三居室的房子，空荡荡的时候还多多少少会有些回音，这更是加重了我的恐惧心理，整个过程没有想象中顺利和迅速。

好在，我的付出并不是没有收获。

在孙莉卧室的床头柜里面，我发现了一瓶安思利普。安思利普是治疗焦虑症的特效药，对于神经衰弱或者是重度抑郁症的人有很好的疗效。

我戴上橡胶手套把药瓶打开看了一眼，发现有些不对劲儿。

我虽然不是学医的，但是我曾经因为睡眠不好也吃过这种药，白色的药块儿，闻起来有点青草味儿，很难闻。可是这一瓶安思利普的味道却怪怪的，有点像海水一样的咸味儿的感觉。我觉得不太对劲儿，立刻用防水袋把这瓶药装了起来。

就在我蹲在床头柜下的时候，床底下的一幕吓得我差点失了魂。

那是一张黄色的纸条，巴掌大小的长条，上面画着红色的笔迹，就和电影里面那种镇邪的符咒差不多……具体写的什么东西我看不懂，但是大概也和辟邪有关，有没有用就不得而知了。

由于只能靠窗外毛月亮照进来的微弱光辨认，我看得并不太清楚，所以下意识地蹲下来，打开手机上的手电筒，照了照床底下。打开照明灯的瞬间，我整个人的汗毛全部都炸了起来，整个人一个激灵，一身冷汗直接就不可控制地冒了出来。我大口大口地喘着粗气，足足过了十几个呼吸，这才小心翼翼地把床底下的"纸条"拿出来。

一个年纪轻轻的独居女孩子，床底板下面居然贴了那么多的红色朱砂笔迹的符咒！这些符咒纸飘飘荡荡的，看起来格外瘆人。

孙莉到底是在害怕什么？

想及此处，我也顾不上害怕，拿着手机照明灯，单膝跪地，脑袋贴在地板上往床下面看……

更可怕的一幕出现了。

整个床底下贴满了花花绿绿的各种纸条，距离我最近的那一片，随着我的呼吸开始飘动起来，我打了个寒战，整张脸都有些麻木麻木的感觉。

"这么多符咒，这姑娘到底经历了什么可怕的事儿啊！"

我蹲坐在地上，来不及去动其他的符咒，哆嗦着给王剑飞打电话。

孙莉的事情实在是太复杂了。从她拒绝配合警方的调查到被吓死，这其中一定有太多我们不知道的案情。

手机屏幕亮了之后，整个房间多了些强光，手上的符咒在灯光照射下看起来更加可怕，猩红的字迹看起来触目惊心。操作手机的时候，我的指尖都忍不住有些颤抖……

第六节 客厅的脚步声

可是就在这时候，客厅里传来了脚步声！

由于我蹲坐在地上，距离地板比较近，所以清楚地听到了"哒哒哒"的声音，正在渐渐朝卧室这边传来……

没错，的确是脚步声。

一开始我还以为自己听错了，可是再三确认，确实是脚步声，和之前消防楼梯里上楼的那个脚步声很是相似。

我的第一反应是凶手重返现场了。

下意识地，我直接把手机屏幕熄灭，趴在地上，右耳贴在地板上。

那个由远及近的声音变得越发清晰起来。脚步声并不快，相反，还很有节奏，一步一步，随着它的靠近之后越来越大，我可以判断出真的是在朝着这里靠近，确切地说，是在朝着卧室靠近。

难道有人进来了？

有了这个想法之后，我的脑袋"嗡"的一声直接就爆炸了起来，脑袋里面顿时就一片空白，好像刹那间完全失去了思考能力一般。

怎么会这样？王剑飞他们退出现场的时候，门明明是锁上了的。难道凶手还有孙莉家的钥匙？可是，我刚才连一点开门的动静都没听到啊！难道是我撕扯这些符咒的时候太认真了，凶手小心翼翼地进来，没有发现？

一时间，所有想法就像是潮水一样直接涌上了头顶。我努力屏住呼吸，趴在地上让床挡住我的身子，趴在地上仔细地听着这个声音，不敢发出一点声音，也不敢摁亮手机屏幕。

我知道，王剑飞的电话也没能拨出去。

刹那间，我觉得我实在是太想当然了。明明知道百分之八十的凶杀案在受害人死了之后，凶手还会重返现场，我为什么还要固执地一个人留在现场？王剑飞明明说了，一个小时如果我不联系他，也没下楼，他就直接冲上来，我为什么要傻乎乎地延迟到两个小时？如果是一个小时的话，时间应该差不多了，王剑飞该上来了。可是，真要等两个小时的话，那时间差就大了点，凶手真的发现了我的话，别说是一个小时时间，十分钟足够弄死我了，甚至十分钟都用不了。

而就在这时候，我透过床底下的缝隙，亲眼看到，两只穿着黑色军靴的脚，一步一步地靠近了卧室的门，停顿了一下，然后走了进来……

"不对啊……"

窗外的月光在卧室门口处照亮出了一个光斑，当进门的人两只脚都走进光斑之后，我清楚地看到，那不是一双穿着军靴的脚，而是一双女式棉鞋……透过床底板，我只能看到她的脚踝处，而我总觉得这双棉鞋似乎在哪里见过，总觉得有些熟悉，可是就是想不起来在哪里见到过。

不对！这不是孙莉死时候穿的那双鞋吗？

难道……孙莉回来了？

刹那间，我的脑袋里面像是一颗炸雷响起一般，整个人都抑制不住地颤抖了起来，我放下手机，下意识地用双手拼命捂住自己的嘴巴不让自己发出声音，不知道自己的眼睛当时瞪得有多大。

这个人进门之后脚步陡然加快了很多，我听到了柜门被打开的声音，应该是在翻找什么东西。

如果是这样的话，我旁边的床头柜她也肯定不会放过，一旦她走到这边，就一定会看到我。

我努力地压低身子，整个人都趴在了地板上，但是我清楚地知道，留给我的时间肯定不多，她一定会走过来的。我试图想要顺着床底板的缝隙爬到床底下去，可是床底板距离地面只有不足二十厘米的高度，就算是个小孩子都爬不进去，更别说我一个成年人了。

怎么办，怎么办？

刹那间，我的脑袋都快要在地板上擦出血了，我不敢抬头看，甚至努力地想要控制住自己颤抖的身子都已经是奢侈。我的后背暴露着，特别没有安全感，感觉整个后背都是凉凉的，一阵冷飕飕的感觉袭遍全身。

而就在这时候，那个脚步声不见了。

我赶忙瞪大眼睛透过床底板的缝隙往卧室门方向看，可是，就连那个穿着军靴的鞋子也不见了。

"怎么回事儿？"

我茫然地四处搜寻，可偏偏就是找不到。而就在这时候，我忽然感觉到后背一冷，就像是掉入冰窖的那种冷，一丝温度都感觉不到。

"啊！"

我忽然想到了什么，猛然间转头。

一张戴着女人鬼脸的面具出现在眼前，面具下的脸嘴角上扬，带着一种让人不寒而栗的笑容，距离我连二十厘米都不到，一双滴溜溜的眼睛透过面具盯着我，就像是老鼠的眼睛一样，实在是太诡异了。

我的大脑刹那间一片空白，强烈的耳鸣使我瞬间失去了全部意识，之后就什么都不知道了。

等我再次睁开眼睛的时候，入眼全部都是洁白的颜色。

白色的床单，白色的墙壁，刺眼的阳光从外面的窗户照射进来，一股浓烈的消毒药水味道灌进鼻子，使我干呕了起来。

这时候，一个温柔的声音传来，赶紧扶着我并迅速把垃圾桶推到我的床边。

是夏兮兮。

我干呕了一阵什么也没吐出来，难受得如同半死一样。

"这是哪儿啊？怎么回事儿？"

夏兮兮给我倒了一杯水，看到我醒来，显然松了一口气，说："喝口水吧，这是医院。"

我抬头看了夏兮兮一眼，她今天穿了一身休闲服装，没有去办案，应该是专门在这儿陪着我来的，但是我也来不及跟她客气，直接问她："王剑飞呢？我见到有人进孙莉的房间了，是孙莉本人进去的，孙莉活过来了……"

夏兮兮听到我这么说，愣了一下，然后抬手摸了摸我的额头，那温热的小手感觉很是微妙，然后，她皱着眉头喃喃自语道："也不发烧啊，怎么还说胡话呢？"

"你……"我不想跟夏兮兮解释那么多，吞了一口唾沫，直接问，"你就告诉我王剑飞在哪儿。"

"王剑飞去拿那瓶药的检测报告了。"夏兮兮说道。

"药？安思利普吗？"

"是的。"夏兮兮说，"昨天晚上我们冲上楼的时候，你昏倒在孙莉的床边了，手上死死抓着一瓶药，法医组的人说这是抗抑郁的药，叫安思利普，已经拿回去检测了，等一下头儿过来应该能拿到检测报告了。"

"符咒呢？符咒见了没？"

"见了，已经交给痕检组的人了。"

"那没错啊……"我回想自己所看到的，"安思利普和符咒你们都见到了，你们没见到孙莉吗？我告诉你，当时孙莉回来了，回到了她的卧室。"

夏兮兮瞪了我一眼："孙莉在解剖台上躺着呢，怎么会回去？"

"不可能！我亲眼看到她了，她发现了我，还在笑呢！"

夏兮兮可能是被我的认真脸吓得有些冒冷汗，狠狠瞪我一眼，道："你再说胡话我叫医生给你打镇定针了啊！"

"我……"我无话可说。

就在这时候，王剑飞风风火火地冲了进来，手上还拿着一份文件。

"检测报告出来了，有人在害孙莉，在她吃的药上面动了手脚。"

我顾不上翻涌的胃部和昏沉沉的脑袋，直接坐起来问："什么意思？"

王剑飞见我醒来，也放心了不少，没有寒暄，直接进入案情，拿出手上的检验报告说："那瓶安思利普，经过检测，药片是安思利普没错，但是里面混合了大量的浴盐粉末。"

"浴盐？"

"对，是浴盐。"

这种东西我是知道的。

浴盐是一种拥有兴奋功效的药剂，甚至可以称之为毒品，同时也是一种化学合成药物，含有不断变化的化学物质，学名叫做甲卡西酮。

浴盐造价低廉，很便宜，制作过程更加简单，据说，理工科的学生按照理论就可以轻易制作出浴盐。这种药物可以破坏人的中枢神经系统，轻易地让吸食者兴奋起来，使人大脑中的多巴胺和去肾上腺素水平迅速提高。凡是吸食浴盐的人，精神状态都会立刻发生改变，如果长期吸食，最显著的是出现狂躁、妄想以及暴力行为，虽然吸食者短期内不会出现这些症状，但是会出现幻觉、幻像、幻听等科学无法解释的现象。

科学研究标明，同样剂量的浴盐，造成吸食者的兴奋程度是可卡因的13倍。

换句话说，浴盐虽然造价低廉，但是其效果却是相当的恐怖，吸食者后期还会出现心律剧增、瞳孔扩散、行为失控等症状。

在国外，曾经有人吸食浴盐之后如猛兽一样攻击别人，甚至出现疯狂的自残行为，比如徒手撕开自己的脖子或者是陷入精神幻想之中，做出跳楼、自杀、自残等怪异而行为。早在2011年，美国因为吸食浴盐而导致的暴力事件就大大增加了。而且，想要制伏一名因吸食浴盐而发狂的人，往往需要至少四个人合力才能做到。所以，现在不管是国内还是国外，浴盐都已经被列入危险毒品行列了，除非工业或者是医学需要，绝对禁止人工合成以及市场流通。

"怪不得昨天我觉得那瓶安思利普里面有一股咸味儿……"

"你吃了？"王剑飞吓了一跳，瞪大眼睛看着我。

"没吃，我就是闻了一下。"

这时候，法医组的一名女法医走进来说："那就合理解释了你的昏厥症状了，浴盐发作极快，而且被混合在安思利普里面的浴盐被研磨成了非常精细的粉末状，你闻的方法不科学的话，和吸食差不多。细小的浴盐粉末进入呼吸道之后，比直接吃下去发作得还要快，下次可要小心了。"

王剑飞赶紧问法医："致命不？"

"当然不会，他现在已经醒了应该就没事了，不过可能最近两天会有频繁的干呕症状。"法医解释道。

"谢谢。"我点头示意之后，直接从床上坐起来，"这是不是就可以说明有人在害孙莉，甚至想要活活吓死她，所以在安思利普上动了手脚？我们只需要调查这瓶药在落到孙莉手上之前经过谁的手，在哪儿买的，线索就清晰了。"

"是。"王剑飞点了点头，"我已经安排人查孙莉住处五公里范围内所有售卖安思利普的药店了，不过同时，还有一个问题，比这个更重要……"

第七节 不仅仅是幻觉

我下意识地看向王剑飞，说："你指的是……那些符咒？"

"没错。"王剑飞说，"孙莉好像在极度害怕什么……这种恐惧，远远不止浴盐所带来的幻觉这么简单！"

"这个案子的疑点太多了。"

这时候，夏兮兮说出了自己的分析："一方面，受害人生前一直在服用抗抑郁的药物，说明她知道自己有抑郁症，也侧面能说明她清楚地知道她听到的、看到的，比如敲门声或者猫眼里的眼睛，全都是因为神经衰弱或者重度抑郁症导致的疾病……只有这一点清楚明确，病人才会接受药物治疗，这个没错吧？但是，如果这么推理的话，这些符咒怎么解释？她为什么要在自己的床底下张贴那么多可怕的符咒？"

"嗯。"王剑飞举起双手表示赞同夏兮兮说的话，"如果说，她认为听到的看到的全都是牛鬼蛇神在作乱，那么，她购买安思利普这种抗抑郁的药物就不对了，因为这太不符合逻辑。说白了，有科学机构统计过，无神论者和有神论者，这两种人非黑即白，也就是说，要么完全相信科学，要么完全丧失理智，相信迷信。可是这被害人孙莉，却好像是两种人的结合体……"

王剑飞和夏兮兮交换意见的时候，我一直都没说话。

可是，王剑飞的"结合体"三个字却触动了我的敏感神经，使我的脑子飞快转了起来。

"不可能有人做到这样的。"

"那……"王剑飞瞠目结舌，摊手耸肩道，"那怎么解释这件事？"

"我倒是有一个假想，可以解释这件事。"我眯起眼睛看了看王剑飞，"如果这个孙莉所害怕的，根本就不是同一件事呢？"

此话一出，所有人下意识就瞪大了眼睛。

"什么意思？"夏兮兮吃惊地看着我问道。

"我的意思是说，她买安思利普是用来抗抑郁，也就是说，她的的确确是知道自己有抑郁症，也愿意选择用科学的办法来治疗这种疾病。但是，这跟她在床底下贴符没关系，甚至和那些所谓的敲门声、猫眼里的眼珠子都没关系……因为，如果有关系的话，一个独居女孩子，为什么不可以把符咒直接贴在门后而是贴在自己床底下？"

王剑飞似乎也认同了这个说法，道："你的意思是说，门口出现的怪异现象是导致孙莉精神状态异常的原因，可是这不是唯一的原因？"

"没错。"我点头，"当然了，如你所说，这都是我的推理而已，并没有什么可靠的证据来佐证。"

"头儿，那我们下一步应该怎么做？"这时候，夏兮兮也紧张了起来，提醒王剑飞道，"上周破获了王倩倩的案子，局长才刚刚表扬我们重案组呢，而现在这个孙莉的案子，本身已经是辖区派出所移交过来的了，耽误的时间已经够久了，社会上的舆论声音越来越大，而且凶手摆明了是要挑衅重案组、挑衅警方的权威，我们如果也迟迟不能破案，我担心局长也会让我们去辖区派出所干活，以后就不用待在重案组了……"

听到夏兮兮这么说，王剑飞皱了皱眉头："小胡和小张已经地毯式搜索孙莉公司和居家两个地点五公里以内所有的药店了，挨个地排查，我想，肯定能找到些线索的。"

"那，我们现在做什么？"夏兮兮问道。

王剑飞其实心里也没底，毕竟任何一桩凶杀案都是敌人在暗处自己在明处，敌人随随便便搅个局，重案组就要经过多方逻辑推理和佐证才能找到真相。每一个案子都是必选题，而且还是没有选项的那种。要自己列出来选项，再找到一个真正正确的答案，难度不可谓不大。

"小川，你的意思呢？"王剑飞看向了我。

这时候，所有人的眼神都放在了我身上。毕竟在他们眼中，我曾经破获过"大案要案"，同时，昨天晚上我也曾"零距离"体验过凶杀现场，我的意见，他们还是挺重视的。

事实上，我也的确是有些想法。

之后，我迅速看向了那位女法医，问："我想问一下，你刚才说我误吸了浴盐也就是甲卡西酮之后不会致命，但是这段时间会出现干呕反应？"

"是的。"女法医点头解释道，"在美国，甲卡西酮甚至被称之为'丧尸药'，就算是身体素质再好，也不可能没有任何副作用和后果。"

"那，这个后果到来的时间，大致上应该是多久？"

女法医不知道我为什么这么问，一脸茫然地想了想，解释说："具体的药物作用显现，不管是有利的作用还是副作用，都是根据每个人的不同体质表现出来不同情况的。不过，如果是甲卡西酮的话，就算是体质再好的人，副作用的发作也会在2个小时之内，持续48小时不止……"

我又问夏兮兮："这会儿是中午了，从昨天晚上我昏迷到现在，差不多有12个小时了吧？可是，我一点没有干呕的反应……"

夏兮兮一脸不理解地问："你什么意思？"

我无奈地说："我的意思是说，12个小时了，我还没有什么反应，是不是说明……我的体质还挺不错的？"

"是啊。"女法医点头，"你到现在为止没有异常反应，的确是挺意外的。"

"那，在这么好的身体素质的情况下，我应该不可能吸食了浴盐之后，前前后后不到三分钟的时间就产生幻觉吧？"

我这么一说，他们好像都想到了什么一样，顿时全都瞪大了眼睛。

王剑飞激动地问道："你是不是想到什么了？"

我的确是想到了什么。

我想到了我昨天晚上所看到的所有画面，存在部分幻觉应该没错，可绝对不全都是幻觉。

回忆一下，当时我发现了甲卡西酮有些不对劲，并且误吸了以后，很快就发现床底下另有乾坤，中间的时间间隔无非一两分钟。而发现符咒到听到脚步声，中间恐怕连一分钟的时间都不到吧？

换句话说，从我吸食甲卡西酮，到"孙莉"一步一步地走向卧室，时间加起来总共也不到五分钟。

五分钟之内就药效发作，出现幻觉？

至少，我一开始看到的那一双穿着军靴走进卧室的脚，不是幻觉。

至少，尽管药效发作得很快，但是也不会那么快。

但是我的脑海中清楚地记得，我一开始看到走近我的，一定一定是一双穿着黑色男士军靴的脚，而不是穿着棉拖鞋的孙莉的脚。

如果说看到孙莉是幻觉，那么，看到那双军靴……是不是凶手二次重返现场？但是，如果反过来观察，我却没有受到什么伤害。

我分析，可能是当时凶手回到现场只是感受那种成功杀人之后的快感，却没有发现我。不过这个可能性不大，毕竟卧室面积不大。

但是凶手究竟是什么原因没有对我下手，现在根本不是最重要的。重要的是，凶手既然回去了，有没有留下什么线索？

想及此处，我赶紧问王剑飞："你们发现我之后，有没有二次排查案发现场的痕迹？"

王剑飞点了点头说："我安排二组的人去查了。不过，毕竟你还没有醒过来，而且安思利普的检验结果也还没有出来，我担心你的安全问题，所以，二次勘查案发现场我就没去。"

我说："我可以确定，昨天晚上，凶手真的悄悄地回去了……"

"什么？"

"你确定？"

王剑飞和夏兮兮同时不可思议地看着我："你确定那不是你的幻觉？"

"我觉得我看到孙莉可能是幻觉，因为我明明知道孙莉的尸体已经躺在了解剖台上，她不可能再站起来回到卧室去发现我……可是我看到的那双军靴绝对不是幻觉！那双军靴很特殊，前面有铆钉，黑暗中看起来明光闪闪的，鞋底应该是人造革材质，踩在木质地板上的声音很清脆，很特殊。我以前从来没见人穿过这种鞋，所以，不可能是我的凭空想象。"

说完之后，我立刻拍了拍王剑飞的肩膀，激动地说道："其他人做排查我不放心，而且他们没有具体的目标，我们现在立刻就去，我知道那双鞋子踩在哪里了，我一定找得到。"

王剑飞有些为难地说："可是，你的身体情况……"

"不用担心我，我一点事儿没有。"我直接从病床上跳下来，"办案要紧，时间拖得越久，现场被破坏的可能性越大。"

"这……好吧。"王剑飞拗不过我，立刻安排夏兮兮去准备材料工具。

而也恰恰就是在这个时候，去二次勘查现场的小组给王剑飞打来了电话。

"头儿！有重大发现！我们刚才用荧光灯照射孙莉的卧室，发现了一排昨天根本不存在的脚印。"

"真的？"王剑飞瞬间心中一喜，"马上保护起来，看看能不能做有用信息的提取。"

"是！"

二组的人声音很大，我们都听到了。

夏兮兮因为我的猜想立刻被证实而震惊，王剑飞同样如此。

挂断了电话，王剑飞直接跟我说："小川，你猜得果然没错，昨天晚上凶手回去了。不过，二组的人说，荧光灯下那一排脚印从卧室一直走到了里面床沿，也就是说……凶手在卧室的时候经过了你当时昏迷的地方。他，发现你了！"

第八节 心理画像

听到这里，别说其他人了，包括我自己，一时之间都张着嘴却完全无法发出声音。

女法医表示："我们已经给你做了全方位检查，你现在除了甲卡西酮的副作用之外，没有受到任何其他损伤。所以，凶手并没有伤害你，你不用担心。"

王剑飞暗暗思忖道："凶手重返现场发现了你，但是却没有对你下手，这是为什么？"

夏兮兮说："按理说，凶手如此明目张胆地挑衅警方，再加上已经有命案在身，多杀一个少杀一个对他来说已经没有什么区别，可是他却没有动手，恐怕只有一种可能，那就是……凶手认识你？"

"扯犊子！"我狂躁地摆了摆手，"上次王倩倩的案子，你也说凶手认识我呢。"

王剑飞叹了口气说："这样吧，你要是不介意，这段时间你可以跟我同吃同住，反正我单身，租的房子也挺大的，可以保证你的安全。"

"别说这些废话了。"我嫌弃地翻了个白眼，"走吧，去现场。"

"你确定你身体没事儿了？"王剑飞有些不放心，又强调了一遍。

我抽出一根兰州点上，迅速下楼上车。

十五分钟之后，我们再次来到孙莉的家，房东也已经赶来了。房东是一个四十来岁的中年女人，看起来是个阔太太，浑身上下全都是名牌。不过此刻她的情绪看起来很不稳定，说什么屋子里死了人以后晦气了、房子就不好出租了之类的话，还说什么警察高调办案扩大影响，要让警察局赔偿她的损失。小王和小胡两个人都有些招架不住，但工作又不得不做，只好一个劲地赔礼道歉。

但是案情比较复杂，现在迷雾重重，实在抽不出时间去把安抚房东情绪放在第一位，王剑飞冲着小胡喊了一声"晚饭加鸡腿"，之后就立刻冲向了卧室。

卧室里面三个人，其中两个是重案组的，另外一个是心理画像专家，从其他组借调过来参与这个案子的。来的路上，王剑飞已经跟我们大致说了情况。因为这件事情的影响已经迅速扩大，社会舆论很是复杂，说什么的都有，所以局里表示一定要限期破案。哪怕不眠不休，也要把凶手揪出来，投入法网。

"介绍一下，心理画像学的超级天才，曲拓霆曲先生，这次是来帮助我们重案组查案的。"王剑飞迅速做了一个介绍。

曲拓霆穿了一身棉麻的服装，年龄在二十五岁左右的样子，络腮胡，戴着一副黑框眼镜，看起来文质彬彬的，一米八左右的身材更是和帅气的脸相得益彰。在小迷妹们的眼中，这个曲拓霆应该可以列在帅气无敌、青年才俊的行列。

"这位是重案组的夏兮兮，这位是重案组刑侦顾问叶小川……"

"你好。"

"你好你好。"曲拓霆跟夏兮兮打了个招呼之后，迅速上下打量着我，又跟我握了个手，"叶先生写得一手好文章，久仰大名，今日一见果然名不虚传，很高兴见到你。"

我不喜欢这种寒暄的托词，便勉强笑了笑。我总感觉这个叫曲拓霆的有点阴沉，明显就是那种城府很深的人，不像是王剑飞，也不像是夏兮兮这种一眼就能被人看穿的。跟曲拓霆这种人交流我总有种压抑的感觉，很不喜欢，甚至可以说是讨厌。

所以我也不跟他废话，直接去找痕检组的两个人问具体情况。

痕检组的人说："荧光手电下的一组脚印，根据调查确定是一种高帮马丁靴，本市倒是有一家生产这种马丁靴的厂家，但是这是生产工厂，并不参与零售，而零售的话，各大商场里面都有，况且因为电商的无处不在，想要买一双这样的鞋子太容易了。所以，单单从鞋子上面找不到任何有价值的线索，只能依靠曲先生了。"

王剑飞打了个响指，道："曲先生，说说你的看法吧。"

曲拓霆不紧不慢地笑了笑，一副温文尔雅的样子，说："我的分析暂时不是很全面……"

其实每个人的性格不一样，有的人做事雷厉风行，有的人就是不紧不慢，可以理解。但是，在现在这种情况复杂、案件紧急的事态下，曲拓霆这慢悠悠的性子，连夏兮兮都有些受不了了。

"不是很全面不要紧，交流意见才能发散思维。曲先生没必要等到想法成熟的，我们重案组也不是吃素的。"夏兮兮认真说道。

"呵呵，好吧。"曲拓霆笑了笑，看了我一眼，"根据这组脚印，我们可以简单分析出凶手的身高应该在 1.7 到 1.75 米之间，成年男性，左腿比较粗重，左脚的脚印明显比右脚更加有力，这说明他经常开手动挡的车，或者是练过功夫。因为普遍情况下，正常人是右脚比左脚更有力……"

重案组的人立刻过来做记录。

这时候，曲拓霆道："至于心理画像嘛，我觉得这个人的性格非常好，成熟稳重，哪怕是重返杀人现场也并不惊慌，他每一步的间距都很一致，足可以证明这一点。另外，凶手进了卧室之后没有翻找东西，卧室里面也没有丢失财物，所以我们可以想象，他就好像是进自己家一样，对这座房子的构造也非常清楚……所以我想，凶手或许是死者的朋友，而且是非常亲密的那种。"

王剑飞立刻安排道："马上重点排查一下孙莉的社会关系，看看她在本市有没有来往密切的男性朋友，尤其是可能会发展成男女朋友关系的公司同事。"

"好的。"

紧接着，曲拓霆说他也分析不出来什么东西了，毕竟哪怕心理画像有很大的自由度，但是所有的想象也都不能是凭空臆造，要有证据来支撑的。

见我们从卧室出来了，那个房东大妈立刻冲了过来，抓住王剑飞，激动地说："喂！你是他们的领导是吧？你们这么办案是不符合规定的呀，你们怎么就不能秘密办案呢？在我的房子里死了人，我以后的生意是要受到损失的啊！你们警察局赔不赔我的损失啊？就算不赔偿损失，我要马上换锁锁门啦！你们赶紧把乱七八糟的警戒线撤掉，要不然我要投诉你们影响公民幸福生活啊！"

王剑飞耐心地解释道："这位阿姨，死了人和警察办案，两件事的顺序你不要弄反了，不是我们警察办案了之后你的房子才死人了的，是你的房子出了事我们才过来调查的。明白吗？"

"可是你们不能这么扩大影响呀，你们赔不赔损失啊？"

这女人带了点儿沪海口音，声音尖锐，穿透力极强，胡搅蛮缠个没完，夏兮兮和我相互看了一眼，赶紧躲开，把这烂摊子交给王剑飞出去，并且给他投过去一个幸灾乐祸的眼神。

没想到王剑飞也有他的办法，朝着小胡招了招手，道："来，去查一下这套房子的户主是谁。"

"好的。"

之后，王剑飞又问这个妇女："赔偿损失是吧？你叫什么名字，我先登记一下。"

"我叫梅梁欣，怎么了嘛？"妇女双手掐腰一副泼妇骂街的模样。

小胡迅速查到了房主登记，登记证上的名字叫步耀莲。

我们都不明白王剑飞这是什么意思的时候，却见王剑飞冷笑一声道："梅女士，你说你是房东，为什么房产登记证上不是你的名字？你叫梅梁欣，根据调查，步耀莲是你老公的兄弟，如果我猜得没错的话，你这是在炒房吧？呵呵，国家现在可是在坚决打击投机倒把的炒房行为，如果我没看错的话，你这套房子还在供着房贷呢吧？如果我现在报告房管局的话，你接下来房贷的利率应该就不止这个价了。或者说，你挪用他人的身份信息买房炒房获得收益，你的贷款似乎也是不符合规定的。往严重了说，你这可是金融诈骗。梅女士，你要不要再好好想想？"

"你你你……"

王剑飞这么一说，果然奏效。还没等我们反应过来呢，这个叫梅梁欣的妇女立刻就涨红了脸说："你……你胡说什么！我只是用我家亲戚的身份证买房子，又不犯法嘛……"

"犯不犯法房管局说了算，你我说了都不算。梅女士，你是选择继续在这儿影响警察办案呢，还是让我给房管局打个电话检举揭发呢？"

"你……好啦好啦！"梅梁欣无奈地摆了摆手，"少拿这个吓唬我的啦，我们家上面有人的啦，我走啦！懒得跟你们计较！不就是破警察嘛，有什么了不起，一辈子也买不起房子，老娘都买八套了，又怎样！哼……穷鬼，活该你一辈子租房子住！"

房东嘟囔着说着，踩着高跟鞋蹬蹬蹬下楼，嘴上一直没完没了。

"牛！"我冲着王剑飞竖了竖大拇指。

夏兮兮也是摇头苦笑："你这操作够骚的啊，虽说我们要文明执法，不过有时候面对泼妇嘛，还就得用点手段。"

"是的啦。"王剑飞学着那个女人的强调说话，"况且，我这手段同样属于文明手段的嘛！"

"对头！"曲拓霆笑了笑说。

之后，王剑飞立刻问小胡："有没有从这个梅女士身上做调查？"

小胡摇了摇头说："我们问了，但是这个梅女士可能真的和她说的一样有八套房，也就是收租做包租婆而已，平时根本不过来，连收房租都是微信转账，所以，没什么有价值的信息。"

"唉……"夏兮兮叹了口气，"这种人越来越多，谁还买得起房子，啧啧……"

然而，就在这时候，重案组小王拿着电话冲了过来。

"头儿。药店那边有线索了。重大发现！"

第九节 渣男

"说。"王剑飞干脆利落地挥手。

"我们在同济路上的一家药店找到了孙莉买药的实名登记信息，买的也的确是安思利普和几瓶其他种类抗抑郁的药，但是药店老板说这是非处方药，所以不记录患者的具体情况。可是当天孙莉去买药的时候，有几个青年男子对孙莉围追堵截，当时的情况比较特殊，药店的人都有印象，老板也是事后听说的，已经通知当天给孙莉拿药的店员去药店配合调查了，我们可以现在赶过去做具体询问。"

"好。"王剑飞抬手看时间，"你们继续勘察，夏兮兮、小川，我们去药店。"

"是。"

几分钟之后，我们下楼，却没想到小区里面车位不够用，有一辆很老旧的大众宝来车子停在了王剑飞的车屁股后面，车子根本出不来，司机也找不到人。

"看下有没有电话，赶紧通知车主来挪车。"王剑飞吼了小胡一声。

"没有啊。"小胡下车去查看情况之后，摇了摇头。

王剑飞着急得拍了一下方向盘。

可是就在这时候，我发现了一个问题。一般情况下，车子乱停乱放还不放在车位上，只能说司机没素质，或者说车位实在是不够用了，倒也可以理解。但是我注意到花坛背面就是空着的车位，逆向倒过去无非半分钟的时间，这并不复杂。然而这个车主却不嫌麻烦将车停在这里挡着别人的车，所以这个车主要么是傻，要么肯定有问题。

想及此处，我迅速推门下车。

"哎，你干什么去？"王剑飞问了我一声。

我没搭理他，下车之后站在这辆宝来副驾驶处看了一眼，这是一辆手动挡的车，中控台上面放了一张门禁计时卡，说明不是本小区的车。

最重要的是，我发现副驾驶上还放了一副望远镜，当即精神一振。

我打算四下看看能不能找到车主，却发现这个车的停放位置刚好正对着孙莉租房的那栋楼。

我立刻转身往 26 楼看去。

我发现，坐在这辆车的驾驶室里面，刚刚好可以清楚看到 26 楼孙莉的卧室外面小阳台上的情况。而且看得出来，车里这个望远镜是高倍镜，从这里想看清楚 26 层的情况，简直轻轻松松。

发现这个之后，我立刻紧张了起来，赶紧冲向王剑飞那边敲了敲他的车玻璃："你赶紧去门卫处要求锁定档杆，任何人都不要放出去。快点！"

"什么意思？"王剑飞看我这么紧张，瞬间推门下车。

"这辆车子可不是乱停乱放，你看，后面明明有车位的。"我指了指车上的望远镜，"手动挡，望远镜，副驾驶玻璃正对着 26 楼。"

　　王剑飞看到这一系列情况之后，当场精神一振，立刻要冲向门卫室，小胡也立刻警觉地查看四周。

　　我说："小胡你马上叫楼上的同事下来支援。不管车上的人是不是凶手，他一定很快就会回来，他应该不是很谨慎的人，所以把望远镜直接放在了副驾驶座椅上，但也可能是下车上厕所什么的，随时都可能回来……"

　　"是。"小胡立刻拿出手机给楼上的同事打电话。

　　而就在这时候，小区内部一个便利店里走出了一个穿着卫衣、打扮时尚的青年男子，他刚在里面买了一包烟，出门拆开叼在嘴里一根，正朝着这边看。

　　因为我没穿警服，所以他看到我的时候没觉得有什么不对劲，但是看到穿着警服的小胡之后，那男子撒腿就跑。

　　"抓人！"

　　我拍了拍小胡的胳膊，立刻第一个冲了过去。

　　夏兮兮用赞赏的眼神看了我一眼，之后也朝着男子跑掉的方向冲过去。

　　青年男子年轻力壮，脚下生风，跑起来异常迅速，逢人撞人，小区里面车多，影响视线，九曲十八弯之后，眼看他转眼就要跑掉了。然而他却没想到我早早地就让王剑飞堵在小区的唯一出口，那青年男子也挺聪明，担心自己跑得太快被人发现异常，保安那边拦住他会耽误时间，所以在甩开我们之后，路过保卫处的时候特地放慢了脚步，故意装作正常出入。

　　可是，这一切都躲不过重案组老刑警的眼睛。

　　"站住！"这人有重大作案嫌疑，王剑飞一点也不含糊，叫了一声之后直接冲上去。

　　那青年男子一看情况不对也管不了那么多了，撒腿就跑。

　　没想到王剑飞骁勇善战，冲上去一个凌空侧踢，那青年男子直接被踹翻在地上，而后王剑飞冲过去冲着小腹直接狠狠一脚。

　　人的小腹胃部痛觉神经非常密集，所以朝着小腹出手会导致被打的人瞬时疼痛难忍、站不起来，这是警察抓歹徒的标准做法。青年男子捂着肚子站都站不起来了，王剑飞干净利落地在腰后一掏，手铐直接把青年男子给戴上了。整个过程不足五秒钟，毫不拖泥带水，潇洒漂亮，路过围观的人纷纷朝着我们鼓掌点赞。

看到我们过来，王剑飞长出口气，把手铐一端扔给小胡，道："带到保安室去。"

"是，头儿。"

保安室里，青年男子穿着马丁靴，前面有三颗明亮的铆钉。从年龄、身高等方面来看，完全符合孙莉房间里的脚印特征。我注意到，他看到我的时候，眼神明显有一些讶异和闪烁，这说明，他见过我。

从这几点上，几乎可以充分判断他就是昨天晚上到过现场的人，可是，我看他似乎不像凶手，因为凶手沉稳冷静，曾经在电梯里跟我们打过照面都能做到冷静对待，不可能看到穿警服的就跑。弃车悄悄溜走更符合凶手的特征。

据我分析，这个人肯定跟这个案子或者跟孙莉有关系，但不一定是凶手。

果不其然。

片刻之后，这男子一听说自己是犯罪嫌疑人，立刻就全盘交代了。

"诸位警察叔叔，我真的不是凶手，你们是真的搞错了！我承认我是孙莉的前男友，我叫马松，我就是听说她出事了所以就来看看她，虽然说分手了，但是咱们和谐社会文明人，总要过来关心一下的对吧，其他的我真的是什么都没干。"

"车上的望远镜是什么情况？"王剑飞问道。

"我……毕竟我是莉莉的前男友，我来关心一下，又因为身份特殊，担心麻烦，所以我总不能上去问你们案情进展吧？就算是我问了你们也不会告诉我不是吗？所以，我就拿着望远镜过来看一下。"

"监控显示昨天晚上你也来过这个小区，干什么来了？"小胡问道。

"我……我昨天晚上……"男子说话有些支支吾吾。

"说！"

"是是是……"马松赶紧说，昨天晚上……不，我其实昨天下午就听说她出事了，我想着昨天晚上你们的人都撤走了，我就过去她家去看一下，可是后来我进去之后，我居然发现他还在房间里，吓得我赶紧就跑掉了……"

说着，马松指着我。

"我说这位警察哥哥，你说你办案就办案，大晚上的你怎么不开灯啊？你一个人在莉莉的卧室，你不害怕啊你？你都快吓死我了！"

"跟警察说话，嘴巴放干净点！"夏兮兮严肃地批评了这个马松。

"是是是，对不起，对不起警察哥哥，我不是有意的，只是昨晚你真的把我吓了一跳，幸亏我没有心脏病，要不然你可得赔偿我损失了……"

"得，又一个要损失的。"小胡都无语了。

王剑飞没搭理他，他看人也很准，听这家伙说了这些情况之后，大概上可以判断出这家伙就是浑小子，他昨晚的出现根本就是混淆视听。这同时也可以证明，凶手昨天晚上根本没有重返现场。

这么说的话，倒是也可以分析出一些东西。凶手没有重返现场的话，就不符合犯罪心理学中通过杀人来宣泄情绪获得快感的那一类变态杀人狂的特征了，遂可以判定凶手应该是有预谋的，是谋杀。

而谋杀，一般情况下，要么是谋财要么是封口，掩盖事实真相。我觉得孙莉案应该是后者。虽然这个案子到现在为止还是迷雾重重，可是我总觉得，拨开云雾见青天的日子不远了。

"查一下他，我们去药店。"王剑飞安排小胡说道。

"是。"

之后，开车，去药店。

路上，小胡的电话就打过来了。我知道，查得越快，越说明这个人问题不大。

"说。"王剑飞接听电话。

"头儿，马松那小子查清楚了，有过案底，就是个小痞子，以前曾经跟孙莉同居过，无业，抽烟酗酒，根据保安的回忆，他还曾经因为孙莉将工资打了一些给父母，没有全部给这个马松，从而对她大打出手。后来没多久两人就分手了，期间马松还来闹过呢。"

"案底是什么案底？"王剑飞电话里问道。

"曾经……咳咳，这小子曾经在租房子的地方翻阳台偷女性内衣被抓了个正着，被人家直接保安送到派出所了，后来蹲了十五天，交了一万块钱罚款保释，赔偿了受害人三万块钱精神损失，最后才出去。不过，这个钱应该也是孙莉出的，其他的就没什么了。"

"好，我知道了。"挂断了电话，王剑飞摇了摇头，"线索又断了。昨天晚上重返现场的不是凶手，我们只能继续回到原点了。"

夏兮兮也表示无奈，只能一步一步来。

可是，我却发现了一个问题。

我提醒王剑飞："查一下孙莉的个人账目吧，包括银行卡、支付宝、工资卡、微信等最近半年的日常消费清单。"

王剑飞一愣："查这个干什么？"

我说："孙莉家里的化妆品、服装、包包虽然不是大牌奢侈品，但都价格不菲，刚才的调查结果显示，孙莉还曾经一次性给马松付过精神损失费以及罚款共计四万元。我觉得一个销售的工资没这么高。男朋友是个吸血鬼，孙莉自己人在外地，本地又没有亲戚朋友，超出收入的大额支出，资金从哪儿来的？还有，马松既然无耻到花光孙莉的钱而不脸红害臊，他为什么要跟孙莉分手？就算是孙莉要分手，他为什么会同意？守着一个漂亮女人天天陪睡外加给钱花，不应该是这种渣男的绝佳选择吗？"

夏兮兮一听我这么说，竖起了大拇指："对啊……这是个疑点。厉害了啊叶大作家，我开始有点喜欢你了呢。"

第十节 审讯

重案组的工作性质以及方法和寻常的公安干警有很大的区别。重案组在破案过程中要擅长大胆的发挥想象力、发散思维，这也是王剑飞以前屡次拉拢我来重案组"服役"的原因。他说，你们作家的想象力最丰富，我们俩一合作，简直就是珠联璧合。以前他这么说，我都直接懒得理他，但是如今看来，的确是这样。可是同时，这个想象力和写小说还不一样，写小说可以天马行空，但是办案不行。

不过，小王想到的孙莉可能被包养了这个假设，我们倒是可以发散一下。

小王涨红了脸，挠了挠头说："咳咳，叶哥，我就是随口瞎说一句，别再影响了你的判断。"

我说："没事儿，你说吧。"

王剑飞从后视镜里面看了小王一眼，没说话，示意他继续说下去。

小王说："那我就说了。我个人的理解是，任何一个男人，对两种东西都有极强的占有欲——金钱和女人。这两种是他们不可触碰的底线。就比如这个小痞子马松，哪怕孙莉再怎么能给他钱花，可是如果有一天他发现自己女朋友的钱是被包养挣来的钱，或者是女朋友跟其他男人有染，他肯定也是会毫不犹豫地分手的。这不是一时冲动，这是一个正常男人都会做的事儿。只不过分手之后，可能会由于他卑劣的人品所以还会纠缠孙莉。这符合马松的特征，也能解释孙莉的超前消费……"

我说："有道理。"

小王憨厚地笑了笑。

同济路上的药店很快到了。王剑飞给小胡发了一个短信，让他继续调查马松，着重调查一下他跟孙莉分手的原因。

之后，我们就进入了这家药店。药店的生意很好。

夏兮兮说，药店，是全世界范围内唯一一个买东西不还价、顾客不是上帝而是任人宰割的猪羊一样的地方。夏兮兮说得是没错，我们进去的时候，一个拾荒的妇人提着一堆饮料瓶子，说是给小孙子买健胃消食片。可是药店里面穿着白大褂的姑娘因为这妇人提着垃圾，身上也脏兮兮的，直接拒绝让她进来，哪怕一盒消食片的利润很可能占了百分之七十，也不认为她是个"上帝"。

小王下意识走了过去，清了清嗓子，提醒那个女店员道："喂，顾客是上帝，对吧？"

女店员抬头看了小王一眼，原本想说什么呢，但是看到小王穿着警服，也不敢多说了，翻了个白眼，迅速去给拾荒老人拿了一盒健胃消食片，三十五块。

　　老人拿出两张皱巴巴的十块钱，还有一些一块的，还有几个钢镚。那女店员摆明了嫌弃得不得了，可是碍于面子，最终还是皱着眉头收下了钱，像是看瘟神一样迅速送走了这个"上帝"。

　　我没说话，看着这个步履蹒跚的妇人拿到消食片之后，擦了擦手，小心翼翼地放在口袋里迅速离开，她的背影就像是风吹雨打萍一般，在泥泞湿漉漉的道路上，一走一滑。

　　"想什么呢？"夏兮兮不知道从啥时候开始特别注意我的细节，见我又抽烟，直接走了过来，眼神中充满着好奇。

　　"我在想，她孙子的妈妈是做什么的？"我说。

　　"作孽的呗。"夏兮兮随口一说，之后拍了拍我肩膀，"走了，这种事儿太多了，不归我们管，也管不过来，穷病难治。"

　　我皱了皱眉摇头进入药店，药店的老板已经带着那天给孙莉拿药的店员等候多时了。

　　来到休息室，老板跟我们一一握手。

　　王剑飞说："说说当天的情况吧，尽量回忆仔细一点。"

　　店员是一个三十来岁的女人，她挠了挠头跟我们说："那个姑娘长得挺漂亮的，也很有礼貌，所以我印象比较深。她过来买安思利普，治抑郁症的，我还跟她说要注意休息，多喝水，生活规律起来比吃药更有效，她跟我说谢谢。然后她拿了药，付了钱，外面就来了一辆车，车上下来三个男人，这些人看起来就不像好人，手上还拿着什么……GPS，可能是定位了她的手机，那个姑娘看到他们，吓得直接让我帮她报警。后来那三个男人就跑掉了，可是我发现他们只是把车开得远一点而已，依然在路边盯着她，这姑娘吓得不轻，我们都想帮她，但是她也没跟我们说具体是什么情况，然后在我们店里躲了半个小时左右，期间她给人打了电话，过了一会儿，一个开车的小伙子过来把她接走了。"

　　"追她的男人你还有印象吗？长什么样，或者是有什么特征你知道吗？"

王剑飞问道。

店员摇了摇头说："具体的倒也没什么，两个板寸头，另外一个是长发。哦对了，还是染着黄色的头发，戴着墨镜，不像是好人。"

"后来接她的人呢？有印象吗？"小王问道。

"咳咳……也、也不像好人。"店员描述道。

王剑飞小胡打电话，让他拍一张马松的照片发过来。

半分钟之后，照片发了过来。

"你看看，是不是这个人？"王剑飞拿着手机打开照片。

"对对对……"店员看到马松的照片之后立刻点头，"就是这个小伙子。这个小伙子开车把她接走的，接走她的时候还骂她，说她是个臭婊子、给他找麻烦之类的话，反正骂得很难听。那个姑娘也不还口，跟着他就上车走了，实话说，接走的时候，我们当天值班的几个人都挺担心她的，这个姑娘真的是很漂亮的那种，而且她像是受了莫大的委屈一样，很让人放心不下……"

说到这儿，店员停下搓了搓手："警察同志，是发生什么事儿了吗？"

王剑飞摇了摇头说："那就这样吧，随后如果再有什么需要，我们会随时过来找你调查的。"

"好的，没问题。"店员点了点头。

"马松这小子不老实啊。"出了药店之后，王剑飞摸了一根烟出来，来不及点上，又拿起电话拨了出去，"把马松控制起来，直接带回分局。"

晚上6点钟，我跟着重案组回到了东阳市公安分局。

审讯室里，马松见到我们之后情绪非常激动，道："不是，警察哥哥，我知道的我全都说了，你们为什么还要抓我？你们搞错了吧，我可是良民啊，大大的良民啊！"

夏兮兮说："是不是良民你自己心里有数！说说吧，你和孙莉分手的原因。"

马松的嘴角下意识地抽搐了一下，双手也明显有些没处放。不过，这种小痞子的心理素质相对不错，回答问题很会避重就轻。

马松问："分手了就是分手了，分手还要什么理由啊？我性能力不行，我没办法让她满足，我们感情不和，于是就分手了，怎么样？你们虽然是警察，但是也没有权利随便过问一个良民的隐私吧？我肾功能不行了也要跟你们说一说？是不是我还得脱光了给你看看啊美女警官？"

夏兮兮这个暴脾气，听到马松这么说，搓了把脸，指了指摄像头："我要不是穿着警服，我现在就把你揍得连你亲妈都不认识！"

"哼！揍我我立马投诉你！不想干了吧你？"

"我……"夏兮兮听了马松这话差点儿跳起来。

马松摇了摇头，他还有些不耐烦："我告诉你们，你们已经拘捕我四个小时了，还有二十个小时，我希望你们二十四个小时之内赶紧把我放走，否则，我一定追究到底。"

站在外面看着里面情况的王剑飞当场无语了，一根烟刚好抽完，他把烟屁股扔进烟灰缸，拍了拍我的肩膀，示意我们俩进去。

我们进去之后，小胡和夏兮兮出来。

王剑飞也没打算审讯他，只是进去之后盯着马松说道："二十四小时必须放了你是吧？你好像很懂法？"

马松得意地昂着脑袋："也懂一点儿，呵呵。"

"嗯，那我再跟你扫盲一下知识点，跟案件没关系。跟案子有莫大的关系，又不配合警方查案的，二十四小时放人这个福利……你可享受不了。"

说完，王剑飞一句废话也不说，直接冲看押的警员道："带走关起来。"

"哎……不是，警察哥哥，你不能这样啊，我跟孙莉一个月之前就分手了，我跟她一点儿关系都没有啊，我……"马松直接被带走了。

王剑飞理都没理他。

夏兮兮气得急头白脸了，嘟囔着："什么人啊这是，太没素质了！"

王剑飞讪笑道："你参加工作也有几年了，为这种小杂碎犯不着生气，一会儿关起来老实了，别说二十四小时，三个小时也撑不住就要自己哭着喊着交代了。"

夏兮兮翻了个白眼道："可是人家毕竟也是个女孩子嘛，他的话也太不要脸了！"

王剑飞和我都无奈地摇头苦笑。我说："这小子好像很着急跟孙莉撇清关系。"

而就在这时候，110报警中心又接到了重大案情报警。

第十一节 烧烤摊中的手指

"头儿，又来案子了，刚刚我们接到报警，小吃街的烧烤摊位上，顾客在吃羊肉串的时候吃出了一根手指头……"

听到这个消息，现场所有人脸瞬间脸就黑了，王剑飞更是差点以为自己听错了，他让那警员重复了一遍，结果还是如此。

这时候已经到了下班时间了，可是分局的领导一个都没有下班休息，接到报案之后直接来到了重案组亲自指挥调度、安排工作。这个案子状况很不对头，社会影响极坏，舆论控制也有很大的难度，必须立刻破案。

"王剑飞，立刻组织警力，马上出现场。这件事情，要一查到底！涉案人员一个都不能放过！此外还要消除影响，不要引起恐慌！"

"是！"王剑飞二话不说立刻配合行动，分局领导调配了大量警力，直接把涉案的烧烤摊给围了起来。

就在这时候，负责孙莉一案的信息组的人，在一天时间紧密锣鼓的信息整合工作之后拿过来了一份孙莉的个人消费清单和个人账户往来，王剑飞正在忙，所以交给了我。

我正准备看呢，分局的厉局长走了过来。厉局长大名叫厉正英，是我爷爷的同事，曾经也是我父亲的领导，对我也很熟悉。他知道我的事儿，看到我也在现场，直接拍了拍我的肩膀，叮嘱道："小叶，你也跟着出现场，手上的案子暂时先放一下。今天晚上的案子，是重中之重。"

"好的厉局。"我点了点头，郑重点了点头，不过还是直接把资料带上了。

厉局赞许地看了我一眼，之后，全员立刻赶到了现场。

在出现场的路上，我大概看了一下孙莉案中信息组整合来的银行账目信息，发现基本上和我的猜测是吻合的。孙莉的工资水平其实还算不错，不过并不够用，最近三个月以来，一直存在入不敷出的情况。而除了正常工资收入之外，孙莉还有多次公对私资金往来，放款账户是一家名叫"东阳市鸿运金融服务有限公司"，其中就包括一次性四万块钱的转账汇款。我猜测，这四万块钱应该就是孙莉借来帮马松偷内衣案子时补窟窿用的。

我立刻让人给局里打个电话，让他们查一下这个"鸿运金融服务有限公司"具体的业务范围。消息很快传来了，这家公司是一家小贷公司，专门发放十万以下小额贷款，不过因为被人频繁举报，现在已经暂停运营了。

我又让查了一下这家公司的法人、财务等人员的信息。

这家公司的老板名叫张德旺，财务叫李思琪，总负责人名叫李虎。

王剑飞的车子开得很快，情况紧急，所有人都自带紧张情绪，谁也没有废话半句，十五分钟之后，我们已经赶到了现场。

现场已经被巡逻民警拉起了警戒线，餐馆的老板、老板娘以及所有的涉案服务员已经全部被控制起来。

我们越过警戒线直接来到现场。

小胡报告道："头儿，报案的人是吃到骨头的顾客，现在人在里面坐着。餐馆老板名叫张良，经过检查，卫生餐饮许可证和工商营业执照都齐全也符合规定，老板一口咬定不知道这是怎么回事儿，痕检组已经就位，确定烧烤的是人的手指头……但是因为这一截手指头被盐焗了至少半个月，又经过二次高温炭烧，分子结构已经被严重破坏。法医组的人说，现在想要提取DNA已经非常困难了。"

"老板也姓张？"我皱着眉头问道。

小胡点了点头，重复了一句："嗯，张良。"

"张良、张德旺……"鬼使神差地，我脑海里面，不自觉地把"东阳市鸿运金融服务有限公司"的法人张德旺联系在一起了。

王剑飞问我："有想法？"

我摇头："暂时没有，但是注意老板和厨师，他们可能会跑路。"

王剑飞挥斥方遒，直接摆手，毫不拖泥带水："你们亲自检查厨房里面的冰柜、冰箱、食材库，任何微小的细节都不能放过。"

"是，头儿！"

我们几个人则是立刻到里面去见这烧烤摊的老板。

老板是一个四十来岁的中年男子，个子不高，老板兼厨师，见到我们的时候明显的精神恍惚，不敢看警察的眼睛。这种情绪表现和反应太明显了，这老板肯定有问题。换句话说，他可能连这手指的主人究竟是谁都知道。

因为案情紧急，王剑飞也不废话了，见到老板之后，直接问："你是直接在这儿坦白呢，还是查封了你这餐馆之后，回到局里之后再交代？"

"我……警官，这事儿跟我没关系，我、我什么都不知道啊！请求你们一定要一查到底，我开个餐馆不容易啊，餐馆出了这样的事情以后谁还来吃饭啊，我也是受害人啊！"

王剑飞似乎预料到了这老板会这么说，索性直接摆了摆手说："不说是吧？来，小王，把手铐戴上，带回分局。"

"是！"小王和另外两名警员立刻行动。

"别别别……"这老板看到这个阵势当场吓破了胆，双腿不止地打战，脑门上的汗珠哗哗往下落。

"警察同志，我、我什么都交代！我全部都交代……我坦白、坦白。"

王剑飞立刻叫人过来做记录。

说话之前，这老板还战战兢兢地问一句："咳咳，警察同志，我问一句，要是我什么都说了，我这算不算积极配合警察工作啊？我、我是不是可以无罪？"

"你都把人的手指头烤熟拿给客人当肉吃，你还无罪？你是不是还没睡醒啊！"王剑飞直接吼了起来。

这老板吓得双腿一软，直接蹲在了地上，哭天抢地地抹眼泪："对不起！对不起！警察同志，我真的不是故意的，我真不是故意的啊！"

"说！"

"我说，我说……"

十分钟之后，案情逐渐清晰明了。

大概一个多月之前，一个名叫李虎的人送来了一具无头男尸，男尸的脑袋都被砍下来了，根本分辨不出身份。这个叫李虎的人威胁老板张良，让他把肉全部都剔下来，腌制，等到看不出异常了，做烧烤。

当时张良非常抗拒，又根本不知道这没有头的男尸究竟是谁，吓坏了，说什么也不同意。这时候这个叫李虎的人才承认，这是他哥张德旺的尸体。

听到这个消息，张良都快要吓死了，这时候他才知道自己的哥哥已经死了。

张良的哥哥非常优秀，社会人脉甚广，还开了一家金融小贷公司，最近两年赚得盆满钵满，张良也没少跟着占便宜。而这个叫李虎的年轻人张良也认识，明面上他是张德旺的助理，其实就是个社会上的混子，平时帮公司打点生意、料理一些杂事的，大家进局子是常客，不是个好东西。

张良也不知道他哥张德旺是怎么死的，立刻表示要报警。

后来他才发现，自己的大哥非但已经死了，大哥后来包养的二奶李思琪也成了李虎的女人，跟这个李虎出双入对的。张良绝对不能接受这种情况，更何况死者是他的亲兄弟。

他鼓足勇气跟李虎闹掰，坚决要把李虎送到警察局去。

这时候，李虎却威胁他道："你开餐馆的钱也是你哥张德旺借给你的，整整二十万，我可知道得一清二楚。张德旺虽然死了，但是他还有在外国读书的儿子，所以说，人家有继承人，你欠的钱还是要还，一分都不能少。但是，你如果老老实实地把这事情给办好，这二十万你不用还了，还能再得到三十万。只要你把这个事儿办好了，你这个小嫂子李思琪……我也可以让她陪你一下……"

威逼利诱之下，张良居然同意了。如李虎所说，他每天这烧烤摊用的羊肉和各种猪腰子肉制品不下一百斤，混进去卖的话，根本不会有人发现。万万没想到的是，张良不小心把手指头掉进了肉盆里面，烤的时候都没注意……直到东窗事发。

"五十万就能让你干出如此丧尽天良的事情来，你简直禽兽不如！来，把张良带回局里！立刻安排人抓捕李虎和李思琪！"

"是！"

这时候，我拿出孙莉借贷放贷公司的信息，指了指工商注册信息。

法人张德旺，总负责人李虎，财务李思琪。

看到这个，王剑飞刹那间眼睛瞪得老大："这……这个和孙莉案，莫非有关系？"

我摇了摇头说："不是有关系，而是根本就是同一个案子。如果我没猜错的话，杀张德旺的不是李虎，而是孙莉……"

第十二节 真相大白

王剑飞听了我的话，不明所以，着急得连烟也不抽了，忙问我："到底怎么回事儿？"

我说："具体的要等到马松开口之后才能确定。"

"没问题。"

王剑飞打了个响指，直接安排将今天晚上的所有涉案人员全部带回去，然后直接返程回局里。

整个过程不到两个小时，回去的时候，如王剑飞之前的猜测一样，马松大呼小叫的，嚷嚷着要主动交代。

审讯室里，马松被重新带出来，仅仅是过了两个小时，他的心理防线已经被完全击垮。见到我和王剑飞的时候，他脸上的表情像是见到了救命稻草一样。

"警察同志，我坦白！我全都坦白！你们想知道什么尽管问，我……我全都交代！我肯定把我知道的全都告诉你们。"

王剑飞看了我一眼，迅速招呼旁边的警员做记录。

"说说你跟孙莉分手的原因吧。"王剑飞开口道。

"好好，我说。警察同志，其实我跟她分手真的没什么特别的原因，就是因为……这个女人她欠了别人的钱了，还惹上了黑社会，那些人三天两头地找她，我又不是什么正义使者，没办法帮她解决这件事，所以只能分手了啊。"

"欠了多少钱？"我问道。

"具体的我就不知道了，不过我们分手的时候她好像已经欠钱四十多万了。警察同志，我壮志难酬，也没啥工作，这些年没赚到什么钱，这个窟窿我没办法帮她堵上啊！再说了，我们还没结婚，就是正常的男女朋友交往，分个手而已，没必要走法律程序吧？她个人欠钱，跟我也没什么关系吧？我不用帮着还钱吧？这个，没毛病吧？啊？分手不犯法吧？"

"四十多万？"

我皱了皱眉头。按照孙莉的账目，她之前一共就找借贷公司借了四万块钱的现金，怎么可能四十多万？

"是四十多万。"马松说到这儿的时候，双眼血红，"那些人真不是东西，孙莉明明没借他们多少钱，谁知道，不到一个月的时间，就利滚利成了十几万了。十几万就已经还不上了，后面有了十几万为基数，欠的钱就越滚越多。之前我也找他们理论过，可是那些人根本不跟你讲什么道理，我还差点儿挨打了……"

"然后你就选择逃避了？把这个担子全都扔给了你女朋友？那你知不知道，孙莉欠下的这四万块钱，都是因为你！"

"这个……"马松老脸一红，"这……咳咳，警察同志，你们调查得还真清楚啊……"

王剑飞说："我们清楚的东西还多着呢！你最好把整件事情的来龙去脉原原本本地全都说清楚，不然……"

"我交代！我肯定交代啊！"马松顿了顿，"我不是不想承担这个责任，我真的是承担不起啊！我总不能去卖肾吧？况且卖肾也是犯法的啊，再说了，警察同志，你们也不想……不想被人戴绿帽子吧？我问一下，要是你们的女朋友被拍了照片，还被人给强奸，你们肯定也不能接受吧？"

"你说话注意点！"旁边的警员直接吼了一嗓子。

"我实话说了吧，那些人还强奸了孙莉！还给她拍了……那种照片，你们明白吧？我是实在接受不了了，只能退出，于是我们就分手了。"

"你还挺理直气壮的是吧？你还觉得自己挺委屈的是吧？放贷的公司地址在哪里，你去'理论'的时候见到的是什么人？"王剑飞大声呵斥道。

"我听人叫他虎哥，是个大高个子，地址是在一个物流公司里面，就在凤星路。警察同志，我请你们赶紧去抓人，晚了他们就跑了！那群人太不要脸了！"

案件清晰起来。我大概还原了一下案件的始末。

孙莉这个姑娘很爱自己的男朋友马松，哪怕他是个不学无术、不务正业的小混混，她也还是愿意为了他去付出。在马松犯了案之后，走投无路的她选择了小额贷款。但是她却不慎遇上了诈骗公司，导致四万块钱在一个月时间里翻成了四十万。

四十万对于寻常的工薪阶层来说简直是一笔巨款，而孙莉老家的家境并不太好，在东阳本地更是举目无亲。实在没有办法，孙莉在诈骗金融公司的威胁之下，拍下了裸照。有了这个做威胁之后，诈骗公司的人更加大胆，再加上孙莉颜值高、长得漂亮，又是典型的都市小白领，他们自然而然对孙莉心生歹意，想要强奸孙莉。按照马松的说法，诈骗公司的人应该是得手了的，率先得手的人正是总负责人李虎。

李虎侮辱了孙莉之后，孙莉颇受打击，也不敢报案，自此，孙莉的精神状况就一直很不好。这一点，也符合我们在孙莉上班的保险公司走访调查的实际情况，最近一个月，孙莉的业绩一直处于下滑状态，而且频繁请假。

李虎在孙莉身上占了便宜之后，老板张德旺更是不可能看着手下的人吃肉自己连汤都不喝，同样也因为孙莉出众的相貌，在一天晚上，让李虎他们把孙莉"接"到了他的公司，意图实施性侵。

孙莉知道自己要面对的是什么，于是奋力抗争，很有可能，在张德旺实施不轨行为的时候，孙莉错手杀死了张德旺。这也就合理地解释了为什么孙莉的家里既有抗抑郁的药物安思利普又贴满了符咒。吃抗抑郁药物是因为李虎对她实施性侵之后她的精神备受打击，再加上马松作为男朋友无法担负起责任，关键时刻选择逃避跑路，所以孙莉出现了严重的精神问题。而符咒则是因为孙莉自己也没想到居然会杀人。

一个女孩子远在他乡无依无靠，孤零零一个人独居，在杀了人之后，整夜整夜睡不着觉，精神问题越来越严重，最后甚至出现了幻觉，在半夜总能听到可怕的声音，就好像是张德旺前来复仇一般……所以，她在夜里用钢丝球洗手，洗得满手都是血。至于洗下体，自然是要洗干净那恶心的污秽。

这个时候，如果有人要害孙莉的性命，那么下手的自然是借贷公司的总负责人李虎和李思琪。而李虎本身就是混社会的，法律意识淡薄，在张德旺死了之后，第一时间想的居然是独占张德旺的公司。再加上张德旺生前包养的小老婆李思琪原本就与之有染，两人一拍即合，谋划了整个行凶过程。

在张德旺死了之后，李虎为了鸠占鹊巢，当即决定占有李思琪，占有这家公司。那么，他第一步要做的，就是把张德旺死了这件事处理得干干净净，神不知鬼不觉，让人永远都不知道这件事，于是乎，李虎就想到了张德旺的亲弟弟——开烧烤饭店的张良，对他许以重金，威逼利诱。

至于孙莉的死，大概是因为李虎认为张德旺的尸体已经被全部处理干净了，不会再有任何的变数。如果孙莉还活着，那么她就成了一个未来可能东窗事发的重大威胁。如此一来，想办法让孙莉永远闭上嘴，就成了李虎下一步至关重要的计划。

半个月之后，李虎尾随孙莉，悄悄潜入孙莉家中，在孙莉常吃的药物中添加浴盐这种公认的"丧尸药"，等到孙莉彻底发疯，他再想办法制造意外死亡的假象。

整个计划，在理想状态下可以说是天衣无缝。只要孙莉也死了，那么整件事情再也不会有任何人知道。

然而李虎万万没想到，天网恢恢，疏而不漏。孙莉的异常反应导致邻居相继报警，孙莉因为过失杀人拒绝配合警方调查，这一点更是引起了警方的密切关注，案子直接移交给了重案组。

事情闹大了，李虎担心自己的完美计划功亏一篑，索性一不做二不休，冒着巨大的风险，在重案组已经着手调查的情况下亲自出手，戴着面具潜入孙莉的家，活生生吓死了已经精神崩溃的孙莉。

可是他是无论如何也没想到，孙莉都已经死了，整个案子最终却因为一根不小心暴露出来的手指，牵一发而动全身，最后功亏一篑。

两天之后，李虎被抓，锒铛入狱，涉案人员张良同样入狱。

孙莉虽然属于过失杀人罪，但是本身她是受害者，已经失去了生命，也算是自食其果，整个过程和我的猜测假设几乎完全相同。

案子告破了以后，人人都夸我脑子机灵，用夏兮兮的原话说："整个案子简直就好像是你亲自设计一样，完全……"

王剑飞赶紧呵斥夏兮兮："别乱说话！"

夏兮兮吐了吐舌头说："我这是另类的赞美，你们不要误会嘛！"

在庆功宴的时候，王剑飞问我："整个案情清楚了，可是我还是有点不明白……"

小胡喝了一杯啤酒，疑惑地问道："头儿，你什么意思啊？凶手全部伏法，还有什么不明白的……"

王剑飞说："你们想想，孙莉过失杀人，自己也丢了性命；张德旺违法放贷，同样丢了性命；李虎涉嫌强奸、职务侵占、故意杀人罪等，等待他的也将会是法律的审判和制裁，牢底坐穿。换句话说，他们都得到应有的惩罚了，可是有一个人明明是始作俑者，罪大恶极，却不得不无罪释放……这是什么道理？"

第十三节 神秘的包裹

"你指的是马松吧？"

夏兮兮作为女孩儿，听到王剑飞这么说，原本还挺高兴的她也是瞬间情绪低落了下来，端起一杯酒，仰头一饮而尽。

"这个案子本来就是因马松而起，最不该死的就是孙莉。现在，不该死的死得太惨了，但罪魁祸首却好好地活着。"

"是啊！"我咬了咬牙，"马松如果不犯案，那孙莉就不会去借钱；这个破公司如果不利滚利一个月时间翻十倍利息，张德旺就不会死……他们都有错，的确应该接受惩罚，可是他们的惩罚太重了，都付出了生命。"

夏兮兮说："所以说，我单身是有一定道理的，马松这个家伙真是个人渣！彻头彻尾的畜生！"

王剑飞黑着脸喝了口酒："至少他说得没错，他们只是男女朋友关系，男女朋友不是夫妻，分手了不需要走法律程序，孙莉案他更不需要负任何的责任。只要良心上过得去，他以后还会过得很好，只是可惜了孙莉这个姑娘，白白丢了性命。"

夏兮兮说："是不是善良的人都没好报？嗯？你书里的故事也是这样吗？"

我摇了摇头："善良的人是不是都没好报我不知道，不过罪恶的人总有一天会付出代价的，那是那句话，正义不会缺席。"

"哈哈哈，我觉得这位警察同志说得对，正义永远都不会缺席。呵呵，只不过可能得下辈子才能到罢了，毕竟堵车嘛，能怎么办？哈哈！"这时候，马松居然出现在了我们身后。

如他所说，案情调查清楚之后，我们必须放人。所以他也出来了，还故意跟我们来了同一家饭店，手上同样端着一杯酒。他也在这个餐馆吃饭！他……居然也在庆祝！只不过我们喝的是三块钱一瓶的崂山，这小子喝的却是八块钱一瓶的纯生。

王剑飞脾气暴躁，下意识地握紧拳头，盯着马松看。

"哈哈哈！"马松摇了摇头，"王警官，你不敢打我，不是吗？我庆祝自己出狱，去去晦气，不犯法吧？"

"臭不要脸！"这时候夏兮兮站了起来，一杯酒直接泼在了马松脸上。

泼完了之后，夏兮兮冷哼一声道："确实是不犯法，不过，难得你女朋友因你而死你还喝得下去，我再请你喝一杯。"

马松被泼得满脸都是酒水，酒顺着发梢滴落下来，但是这小子非但不生气，反而还哈哈大笑道："呵呵，挺好！味道真不错，看来你们这群自诩正义的警察也有很多自己没办法的事，所以要拿我们平头老百姓撒气啊！呵呵，没关系，我惹不起你们，我认了！但是，我喝纯生，我喝得起！你们工资低，活该喝崂山！"

说完，马松把自己那杯酒仰头直接大口大口地喝下去，然后转身离开。

"真是百家米养百样人，这世界上怎么会有这种猪狗不如的人？"小胡也是火冒三丈，"要不是我肩膀上扛着肩章，我真想狠狠地揍他一顿！"

"算了。"最终，王剑飞还是把怒火压了下来，大口大口闷头吃烩面，一句话也不说。

这顿饭，因为马松的到来，吃得无甚滋味，最终只能不欢而散。所有人都非常不高兴，甚至是近乎愤怒。但是没办法，法律是法律，道德是道德，这是两码事，要分清楚。

随后几天时间内，我一直埋头在家写书。

一周之后，王剑飞那传来消息，说总局那边已经对我的事情重视起来了，只需要再进行一些细节方面的考量就可以让我进入重案组甚至是红S，我只需要在家等消息就行了。

可是，得到这个消息之后，我却一点也高兴不起来。

诚然，不管是王倩倩一案还是孙莉一案都圆满告破，皆大欢喜。可是，扪心自问，这些结果真的是皆大欢喜吗？那个为了儿子乞讨了两千多公里的父亲，还有这个为了男朋友而陷入裸贷最终失去生命的善良姑娘，最后却并没有得到自己想要的公平。

半个月之后的一个午后。我写好了新书的序章，给自己泡了一杯清茶，坐在阳台上思考书的下一步的剧情走向。

这时候，门卫处的人看到我，在楼下冲我喊道："叶先生，门卫处有你的包裹。"

"我的包裹？"我指了指自己的鼻尖。

"是的，稍等我给您送过去吧。"

我点头道："哦，好。"

不过，我倒是有些疑惑，因为特别注重隐私问题，所以我从来不网购，从来都不叫外卖，甚至从来都不发朋友圈，怎么会有我的包裹呢？

就因为这个，之前夏兮兮加了我的微信之后还问我是不是有自闭症。这年头，人人都在朋友圈里晒幸福，我这个人居然一条朋友圈都没有发过。当时我还笑着跟她说，我不喜欢暴露自己的生活，夏兮兮还骂我有被害妄想症。

"不用了，我自己下去拿吧。"

一想到包裹可能是有人恶作剧或者是一些没用的资料，我便不想让包裹进我的家门，索性自己下楼了。

"也好。"保安看了我一眼，笑了笑离开。

两分钟之后，我到门卫处。

这个包裹跟正常的快递不一样，外面根本没有张贴面单，自然看不出来是哪一家快递公司承运的。但是包裹上面的纸条却清晰地写着我的姓名、住址、联系方式等详细信息，用的还是那种大红色记号笔，整个包裹看起来猩红而刺眼。

我问："谁送来的？"

保安摇了摇头说："不知道，我们小区不允许快递员和外卖员进入，所以快递员一般会将快递统一放在门卫收发室，由我们保安逐一通知业主来拿或者直接送过去。所以，没人会注意是谁送过来的。"

我心里顿时咯噔一下，总觉得有些不同寻常。

"我看一下监控吧。"我说。

"这个……"那保安明显有些不耐烦，"叶先生你是不是太谨慎了点儿啊？咱们小区里面住的名人也挺多的，他们也没你这么注重隐私啊……"

我笑了笑说："注重个人隐私是应该的，你可以认为不重要，但是我不可以，如果你觉得查监控有点麻烦的话，那我直接去监控室好了。"

"别别别！"那保安立刻赔笑摇头，"不用不用，呵呵，叶先生想看看看就是了，监控台领导在那儿呢，你去了我回头又要受批评，这是我分内的事儿，分内的事儿，嘿嘿……"

我没说话，点了点头，看向监控。

不看不知道，一看却没想到，还真出了问题了。

收发室放在地上的包裹一大堆，而我这个包裹是一个穿着黑色西服的人下车扔在这儿的，之后就迅速走了。那个黑西服的男人好像很熟悉小区的监控盲区，监控画面中根本拍不到他的车型以及车牌号，又因为他整个动作迅速又有计划，低着头放下包裹之后立即离开，整个过程无非五秒钟时间，监控也没拍到他的正脸，等于什么信息都没有。我唯独知道的是，这个人开的车是一辆黑色的 suv，有点眼熟，但并不能分辨出什么详细信息。

保安看到这个情况之后也瞪大了眼睛，似乎是明白了我为什么如此谨慎，嘟囔道："我的天……叶先生，你这个包裹好像不是快递员送的啊，这是什么人啊？"

我摇了摇头，一句话没说，迅速拿起包裹直接回家。

从保安处回到我的公寓一共也就一分钟不到的路程，但是，我越是想走快点，觉得脚步越发慢，最后甚至一路小跑了起来。我总觉得我的生活好像暴露无遗，好像一直在某个人的监控之下一样，完全透明。

回到房间之后，我的呼吸已经开始变得粗重起来，我把包裹放在桌子上，拿出裁纸刀。

这包裹体积并不大，我大概摸了一下，里面似乎是几片巴掌大小的纸。打开之后，里面还有一层油布包着，最里面是两个防水袋，防水袋里面分别有两组照片。

第一组照片一共三张，照片里面主角是我。

第一张，黑暗中，我在一个卧室里面，手上拿着一个药瓶，好像是在做嗅的动作，手上的药物，是一瓶安思利普……

"轰"的一声，我的脑海中仿佛瞬间爆炸一样，整个人都开始止不住地颤抖了起来。

这、这……不就是孙莉的卧室？不恰恰是我那天晚上独自一人在孙莉卧室时的动作吗？

我整个人像是掉入了冰窖一般，浑身几乎没有一丝温度。

这张照片是谁拍的，或许不重要。重要的是，那天晚上，似乎不仅仅只有我在孙莉的卧室，也就是说，同一时间里，卧室里还有其他人。而且，这个人不是马松。

怎么会这样？

我仔细地看这张照片的拍摄角度，应该是衣柜。衣柜被打开了一个缝隙，黑暗中，一枚摄像头伸了出来，在拍摄着我，拍摄着每一个动作……

我情急之下迅速翻看剩下的两张照片，照片的主角还是我。

其中一张是我在房间里写书，桌子上开着台灯，时间应该是深夜我在码字的时候。拍摄角度大概是我的窗户，窗户被打开了一个缝隙，伸手不见五指的黑夜里，一枚摄像头悄悄地伸入了我的房间，拍摄、监控着我的一举一动。甚至还有一个人在黑暗中微微笑着，看着摄像机的另一端，盯着监控画面中的我。

此时此刻我坐着的位置，也同样是照片里面坐着的位置……

我觉得整个人汗毛都竖起来了。

而就在这个时候，"砰砰砰"的敲门声骤然响起。

"谁？"我大声喊道。

"叶先生，又有你的包裹来了……"

第三案 失踪的名模

第一节 神秘照片

听到保安这么喊，我几乎是连滚带爬地冲出去的。打开门之后，保安不知道是不是看到我的样子有些古怪，当即就瞪大了眼睛，不可思议地看着我道："叶先生，您没事儿吧？需不需要我帮忙？"

我疯狂地摇摇头："送包裹的人呢？人呢？"

保安满脸茫然地看看我，然后指了指门口，说："是一辆黑色的车子，隔得老远扔过来就开走了，我也是好奇赶紧出来看了一下，就看到这个上面写的是你的名字。人已经走了，都没下车……"

说着，年轻的小保安递给我一个方形的盒子，上面依旧没有面单，也没有承运公司的信息，但上面写着我的信息，字迹依旧是猩红色的记号笔。

我知道查监控也没什么用处了。对方想要监视我、控制我，他有成千上万种办法。而且他明摆着是故意的，想要猫戏老鼠，跟我玩一场游戏。

阴魂不散啊这是！

我鼓起勇气接过来这个方形盒子，大口大口地喘着粗气，靠着门框好久才算稍微缓过劲儿来，好受了些。

保安满脸疑惑上下打量着我："好吧，那叶先生你没什么事儿的话我就走了，有什么事儿您再招呼……"

"好，谢谢。"

"应该的叶先生，不用客气……"

说完，保安三步一回头地走了，一边走一边回头看我，好像我身上有什么古怪一样。我也没心思管其他任何事，回到房间之后，把窗帘都拉上。

整个客厅瞬间好像陷入无边无际的黑暗之中，昏沉沉的，一片朦胧，除了电脑屏幕和台灯之外，再没有一丝光亮。

周围冷飕飕的，哪怕是雪已经半个月没下了，温度逐渐回暖，但是不知道为什么，我这坐北朝南的房间还是没有一点暖意来袭。

我坐在台灯下，刺眼的灯光照亮着我。

我把那个方形盒子拆开，里面依旧是一组照片。不过，和之前不同的是，照片的主角并不是我，而是一个女人。

这个女人真的很漂亮，是那种很惊艳的漂亮，而且这照片还全部都是性感的生活照。

我不认识这个女人是谁，不过，按照我认定的美女标准，单单说外表的话，这个女人足够可以打九十五分以上。她画了淡妆，有着一米七的身高，黄金比例分割的身材，精致浑圆的小腿，看起来好像她根本不是一个人，更像是一件艺术品。我估计她的年龄应该在二十二到二十五岁之间，正是一个女孩子一生当中的黄金年龄段。

看到这儿，我的紧张情绪好像也放松了不少。

照片一共是三张。

第一张，这个女孩子在练瑜伽，长腿、细腰、翘臀，看周围的室内设施应该是在瑜伽馆。瑜伽的每一个动作都非常绝妙，高难度的动作修炼出她绝佳的身材，和她的相貌相得益彰，简直太漂亮了！我猜，这个女孩子，应该是一个高级模特！

第二张，是在一家游泳馆，她身穿一身紧身暴露的黑色泳装，水池里装满了湛蓝色的水，白嫩的小腿裸露在外面，小脚指甲上涂着精致的、大红色的指甲油，鲜艳又漂亮。周围的环境雾气腾腾，犹如人间仙境。我想，这种照片，对于任何一个男人来说都是毫无抵抗力的。

第三张照片主角依旧是这个女孩子，地点应该是她的家，照片两边部分都是黑色的，中间部分是这个女孩子穿了一身宽松的粉红色针织毛衣正在看电视。看周围的室内陈设，这应该是她的家，沙发上放置了一堆的毛绒玩具。这张照片的拍摄时间如果是冬季的话，这个女孩子穿着的毛衣应该是睡衣，由此也可以判断出，这个女孩子是独居。

一个独居女孩，照片却都不是自拍照，那么照片是谁拍的呢？难道都是……偷拍？

我纳闷了一下，不知道什么时候一根烟抽完了，手一哆嗦，一大截烟灰跌落在桌子上，黑白色的烟灰到处都是。

我这个人有强迫症，不管是码字写书还是日常上网，都绝对不允许电脑桌上有烟灰，哪怕我自己也是个大烟枪。所以我赶紧把照片放在桌子上，去擦烟灰。可也就在这个时候，这个女孩子的照片落在了刚才我自己被偷拍的那一组照片旁边。

我一愣，下意识地把两张照片拿出来对比。

在孙莉的卧室被偷拍的那张照片两边是黑色的，好像是被什么东西挡住了摄像头，所以后来我判断是柜子里有人。而这个女孩子的照片，两边同样有黑色的边框……

这时候，我浑身上下，刹那间打了一个寒战！

对比了之后，我整个人都不好了。

我又迅速对比了这个女孩子的其他两张照片，这时候我才恍然大悟：跟我那三张照片一样，这些全都是偷拍！不管是瑜伽馆还是游泳馆，亦或是家里，都是偷拍出来的！

换句话说，这个女孩子被人跟踪了，而且跟踪她的人好像特别熟悉她的工作习惯、生活习惯、个人爱好以及日常动态等等！

我心里有些发虚，总觉得有些不同寻常，就好像是有什么大事儿要发生一样。

我仔细地看着这三张照片，总觉得这女孩子的长相看起来有点熟悉，就好像是在哪里见过一样。就在我犹豫的时候，夏兮兮给我发了个微信，说："这段时间没事干，一直在看你的小说，我发现你写得还挺有意思的，我好像越来越喜欢你了，就像喜欢我偶像一样。"

"偶像？"我迅速回她微信，"你追星吗？"

夏兮兮很快发了一个撇嘴的表情，说："不追。"

我回复她："我给你发一张照片，你看看是不是认识吧。"

鬼使神差地，我总觉得这个照片里的女孩子有些明星脸，说不定夏兮兮这种八卦党还能认识。

夏兮兮说："好啊。"

之后，我迅速用手机把照片上练瑜伽的女孩子拍了一下，发给了夏兮兮。

半分钟之后，夏兮兮回复我："可以啊！怪不得都说宅男猥琐，我以为作家能打破传统束缚呢，没想到你也在家偷偷看美女啊？悠着点儿，伤身体。"

我顿时无语。

"你就直接说知不知道她是谁吧。"

"聂小茹。"夏兮兮回复道，"她叫聂小茹，是本地有名的平面模特，人气很高，微博上还是个人气美妆博主，有一大批追随的粉丝向她学习化妆早点摆脱单身呢，我以前也关注过她，不过后来工作太忙了就忘记了。怎么了？你喜欢她？"

听了夏兮兮这么说，我也顾不上回她消息，迅速网上搜索了一下聂小茹的个人资料。

果然，这个聂小茹在网上的照片非常多，大多数都是自拍照，有拍美食的，还有拍健身的、练瑜伽的、睡觉之前敷面膜的，甚至是走路的时候高跟鞋坏了，或者是走到哪里偶然遇见一只可怜的流浪猫等等，她全都发在了自己的个人微博上，微博的粉丝关注人数达到了三四十万。

我打开她的微博主页，大概看了一下她发微博的频率，几乎是每天都要发 6 条以上，早中晚餐必不可少，其他的三条大概是上午去了哪里、干了什么，下午去了哪儿、干了什么，还有晚上去了酒吧还是去了 ktv，等等。她的个人生活，就好像一张透明纸一样，放在了一个人人可以关注并详细了解的网站上。

独居女孩子随便暴露隐私是个很不安全的行为，甚至恐怖到可怕。可是注意保护自己隐私的姑娘却是少之又少，大多数姑娘，恨不得把自己每天的日常行为全都发在朋友圈里供别人观赏、点赞！

前段时间，我还看到新闻上说，某城市一位送外卖的外卖员因为某女士经常叫外卖而知道了她的常住地址和私人联系方式；因为她从来都只叫一份外卖，从而判断出她是单身独居；又因为外卖员偶尔帮这个女孩子送外卖上楼，再带垃圾下楼，外卖员从垃圾袋里面翻找出了一枚套在黄瓜上的避孕套，从而心生歹念。在一次深夜送外卖的时候，外卖员关闭了整栋楼的电闸，切断了线路，制造电路异常的假象，最后冒充电工敲开了门进屋检查，对这个女孩子实施了性侵，最终酿成了悲剧，悔之晚矣。

当然，也不是说所有的隐私暴露行为都那么可怕，只不过这个世界太大了，林子大了什么鸟都有，总免不了有那么一小撮人，他们默默地窥视着一切，伺机行动，为了达到目的不择手段。

我大概翻了一下聂小茹过去半个月的微博动态，就可以轻而易举地总结出她的日常生活习惯，比如上午9点钟起床，起床之后去楼下的游泳馆健身。光这一点，就已经在无形中暴露了巨大信息，因为整个东阳市楼下就有游泳馆的小区实在屈指可数，掰着手指头就能数得过来。

又比如，她中午喜欢在家做饭，下午和晚上要出门拍摄，开的车是一辆红色的保时捷718。聂小茹还曾经在微博上晒过开车里程，微博的内容是："每天下午开车来摄影棚，车还没开够呢，目的地就到了。"配图则是一张十二公里的行车记录仪小计里程。也就是说，从她居住的小区往四周扩散十二公里必定有一个摄影棚，在这个条件下，几乎可以更确定她的行车路线，以及家与公司两地的准确地址。

试想，如果这些信息全部都暴露在有心人的电脑上、手机上，那么，这个聂小茹，一个独居女孩子，是不是等同于使自己陷入一个极其危险的境地呢？

"唉……"

我苦笑着摇了摇头，把网页往回翻，打算关闭网页呢，然而就在这时候，我发现聂小茹的微博似乎有些异样。

第二节 无声的电话

聂小茹每天发六到七条微博的习惯几乎从来没有打破过，可是我发现，最近三天，她连一条微博都没有发过，最新的微博更新还是停留在三天之前，内容是："好大的雨啊，今天刚好没开车，谁来救救我……"

这条微博下面的配图，则是大雨倾盆的一个画面，水面已经上涨到脚踝处了，风吹雨打萍，树上的枝叶都被砸得七零八落，整个世界好像都空荡荡的，一整条路上没有任何行人，只有大雨……

然后，就再也没了下文，一直到三天之后的今天。

如此反常的情况，使我心里没由来地紧张起来。

如果说这个聂小茹是有事出差，亦或是去了外地，按照她的生活习惯，一般要提前发个微博"透露"一下行踪的。可是，她就这么悄无声息地消失了，微博一点动静都没有。

难道她不应该回家之后再发个微博，感慨一下这场雨把她淋成了落汤鸡吗？

此刻的时间是晚上 21 点半，如果按照一个专业模特的工作节奏的话，晚上 21 点半大概是下班时间。

我点了一根烟，再联想到前面几张照片的内容，脑袋"嗡"的一声就陷入了一片空白。

"莫非……她出事了？"

黑夜，大雨倾盆，街道上一个行人都没有，一个漂亮的独居女孩子，被人掌握了工作节奏、生活习惯、行车路线等等信息，真是什么事儿都可能会发生！

本着人道主义精神以及对美女的保护欲，我给王剑飞打了一个电话。

我们俩已经半个月没什么联络了，偶尔发一次微信，也是些日常寒暄。

这次给他打电话，王剑飞倒是挺意外的。

"哟？这个点给我打电话，是想要请我吃下午茶吗？"王剑飞的声音听起来挺贱的，我估计是最近没什么需要重案组负责的案子。

我说："你这两天挺闲的啊？"

"是挺闲的，我都快要发霉了，不过老实说，我可宁愿闲得发霉！"

我说："为了你继续闲得发霉的伟大梦想，你赶紧查一下最近有没有一个失踪案，失踪的人叫聂小茹，我怀疑她出事了。"

"噗……"王剑飞瞬间就乐了，"哎……我说，你小子最近是不是写小说写魔怔了？失踪案跟重案组没关系啊，跟你更没关系吧？"

"她要是真出事儿了，跟你就有关系了！跟我也有关系！"我认认真真地拿着电话说道，"别把我的话当耳旁风，我没在跟你开玩笑！好吗？"

王剑飞知道我的脾气，见我这么认真，点了点头说："好吧，我现在马上就去查。"

"速度要快，如果没有的话，你调查一下三天之前，也就是26号晚上，21点半到22点半这段时间，110报警中心有没有接到过什么异常的电话，如果有，切记，马上定位！马上搜救！这件事儿如果我没有判断失误，一定是个大事儿！"

"好，我马上做！"王剑飞说完，不等我回话，直接挂断了电话。

做完了这一切之后，我关闭了聂小茹个人微博的网页，躺在转椅上，两只手交叉枕在脑袋下面，大拇指从脑门后越过，揉了揉太阳穴。我祈祷是我想多了。

可是没想到，半个小时之后，王剑飞的电话打了过来，让我赶紧去警局。

我眼前一黑，就好像是突然心脏骤停一样，还没来得及问是不是聂小茹的事儿，直接就下楼开车去了警局。

二十分钟之后，重案组的人个个面色凝重、精神抖擞，看到这个我就知道，王剑飞的伟大梦想是破灭了。

王剑飞见到我之后直接带着我去了重案组调度室，整个重案组的人已经全部就座了，其中还有一位是生面孔，不过也都见过面，就是那个喜欢穿全身黑色棉麻服装的"心理画像大师"曲拓霆。

见到我过来，曲拓霆冲我微笑点头示意。我也笑了一下，坐了下来。

王剑飞让夏兮兮立刻说一下详细案情。

夏兮兮说："接到你的电话之后，我们立刻调查了最近半个月时间内所有失踪人员报案信息，但是查无所获，没有人报案，也没有任何关于聂小茹的报警和出警记录。我们派人联系过聂小茹的工作单位，但是他们表示他们也联系不到她，以为她家里有事或者别的原因，也就没有报警。我们详细排查了110报警中心在本月26号晚上的报警记录，发现了一些问题，下面是报警录音的内容，大家听一下……"

夏兮兮很快播放了一段通话录音。

电话打过来的时间是26号晚上21点55分，而后，值班人员迅速接通电话。话筒里传来了一阵阵暴雨的声音，声音极具穿透力，很是刺耳，几乎是要撕裂耳膜一样。

"喂，你好，这里是110报警中心，请问有什么可以帮您？"值班人员的标准回答。

可是，接下来，话筒另一端除了雨声还是雨声，似乎还有车辆嗡鸣的声音，根据声音判断，这辆车的车速很快，至少应该在六十迈以上。

"喂？你好，请问能听得到吗？喂？喂？"依旧是值班人员的声音。

而另一端，自始至终没有人说话，且与此同时，话筒里面传来了一阵手机摩擦的声音。除此之外，仔细听，还能听到一种粗重的喘息声，仔细分辨，甚至能判断出这是一种极端恐怖之下，四肢颤抖的摩擦声。听上去拨打报警电话的人好像很着急很恐惧的样子，但是因为周围环境问题，对方不敢发出声音，甚至她还担心接通110的工作人员的声音太大惊扰了什么人，后面甚至出现了手机话筒被狠狠攥在手心想要掩盖通话的沙沙声……

这时候，当天的值班人员小李尴尬地说道："我当时以为是有人恶作剧，所以后来就挂断了。后来大概过了三分钟左右，我觉得有些不对劲儿，就重新回拨过去了。不过，此时电话已经打不通了，语音提示是关机了……"

这时候，我看到，不管是我、夏兮兮，还是曲拓霆，还有重案组的小胡、小张几个人，都面面相觑，细思极恐。难以想象当时打电话报警求助的人有多恐惧，但是，得到的帮助却是挂机！

这时候，王剑飞长出口气，直接打断了值班专员，看向了我。

王剑飞说："截取到这段报警录音之后，我立刻命人查了这个手机号码的主人以及当时电话打进报警中心的地点。如你所料，机主正是一个叫聂小茹的女士，而她拨打报警电话的时候，应该是在霞飞路和星月路附近……"

"然后呢？"我问。

"紧接着，我立刻协同监控部门调出26号晚上这个时间段这两条路上的所有情况，监控画面里，我看到了聂小茹本人……"

紧接着，夏兮兮指了一下大屏幕，开始调配播放当天晚上该路段的监控视频。

画面上，大雨如注，暴雨倾盆。

街道上行人已经稀少了，发黄的路灯映射的地方，倾斜的雨丝唰唰地往下滚落，雨实在是太大了，使得道路两侧的树叶都被砸得来回翻滚，发出沙沙沙的响声。地上，因为城市排水系统老旧而无法及时排放污水，积水几乎到了脚踝处的深度。

大雨的声音使得整个视频的画面都伴随着巨大的声音，播放的时候就好像是那种老式黑白电视停台时候的声音，疯狂的大雨似乎是要把天下个窟窿，一点没有停下来的意思，路上一个行人都没有，空荡荡的，像是一座死城。如果不是道路两侧有微弱的路灯发出光芒，说这里是搭建起来专门拍恐怖片的恐怖场景也不为过。

画面持续了大概两分钟。

就在这时候，画面中出现了一个女人。她的身高大概在一米七左右，穿着打扮得时尚年轻，上身穿着过膝的大红色毛呢大衣，下身穿着修身的黑色保暖丝袜，细瘦的小腿已经被雨水打湿，一双性感的小皮靴踩着雨水和路基，发出哒哒哒的声音。从背影看，年龄应该不超过二十五岁，标准的模特身高、模特身材。

她走得好像很着急，在这种环境下，一个漂亮女孩子，独自一人撑着一把小遮阳伞，不管是出于对黑暗的恐惧，还是想要快点找到一个避雨的地方，她都需要加快脚步。

我一眼就认了出来，这个穿大红色性感毛呢大衣的女人，就是当红平面模特聂小茹本人！

可是，这雨也奇了怪了，这个穿高跟鞋的女人越是跑得快，雨似乎就下得越大，画面中，豆大的雨滴砸在雨伞上，声音清晰可闻。

聂小茹很着急，一边跑还一边时不时地回头看一看路边的车。来往的车辆都急匆匆的，从她身边路过的时候一点都没有停下来的意思，呼啸而过，溅起一道道水花！

"都赶着去投胎啊你们！"

这女人谩骂了一句。

她的头发已经湿漉漉的了，搭在后背大红色毛呢大衣上，更是给人性感魅惑的感觉。

而就在这时候，画面中一道强光闪了一下，一辆出租车朝着这个女孩子打着双闪开了过来。聂小茹就像是见到了救命稻草一样，面露喜色，疯狂地朝着这辆车招手！

很快，出租车稳稳地停在了路边。

聂小茹几乎是想也没想就直接拉开了车门把手，然而她没有注意到，在暴雨中，这辆出租车并没有车牌号。

夏兮兮说："这辆出租车故意遮挡了牌照，但是聂小茹在上车之前，似乎根本就没有注意这一点，直接上车了。"

第三节　雨夜黑车

我说："现在不注重自己隐私和安全的人太多了，尤其是年轻女性！现在暴露自己生活的媒介也很多，微博、微信、朋友圈、抖音视频等，如果想要全方位监控一个人，只需要关注对方在这些平台注册的所有账号，几乎就可以分析出这个人每天的行踪和日常。"

说着，我看向了夏兮兮："我说得对吧？昨天晚上下班之后在家里吃着泡面跳海草舞的夏警官？"

夏兮兮听我这么一说，脸瞬间一黑，尴尬地解释道："咳咳，我……我那应该不算暴露什么隐私吧？我就跳个减肥舞而已啦！"

我说："桌子上只有一碗泡面，一碗，还是快餐，所以你很大可能是单身独居吧？至少单身的人吃泡面的可能性更大。"

"你……"夏兮兮无话可说。

昨天我是无意间在朋友圈看到夏兮兮分享的自己拍的抖音链接的，出于无聊，就看了一眼。事实上，哪怕夏兮兮是警察，可能都没有意识到，那一条信息暴露的东西还真不少。比如她跳舞的时候身后的窗帘没有拉上，透过窗户可以看到对面楼灯火通明、霓虹闪烁的"创业大街"四个字，这是东阳市 26 层高的青年创业大楼，而创业大楼对面只有一个小区，就是夏兮兮租房的地方，幸福公寓。如果是专业的摄影师的话，看一眼照片的光线折射角，可能就能分辨出夏兮兮的楼层高度，误差不超过两层。

通过一个短短几秒钟的视频，就能确定一个人的详细地址以及"单身独居"这个最能引发犯罪的信息，如果把各个平台的信息综合起来，那收获一定更多。

我把这些话说出来之后，问夏兮兮："你觉得可怕不可怕？"

"我……夏兮兮吃惊地看着我："原来，天啊……这么吓人，那我岂不是以后什么都不能干了？"

我呵呵一笑道："也不是说不能干了，自己小心点总没坏处，寻常人可能根本不会注意这一点，但是如果有那么一两个别有用心的人注意到了，等到真出问题的时候，后悔就来不及了。毕竟，你的视频发出去，你并不知道那个躲在被窝里、从视频上窃取其他信息的人，那颗脑袋里究竟在想什么……"

夏兮兮摆了摆手，当即保证："得了！我以后再也不发这种东西了，太可怕了！"

曲拓霆点了点头说："最近两年，因为互联网大热，个人网上冲浪的平台越来越多，隐私坐标逐渐暴露，独居女孩子遭受性侵或者失踪的概率大大增加，很大程度上就是因为隐私的泄露。如那位名人所说，这是一个最好的时代，也是最坏的时代。"

王剑飞脸色阴沉，冲着夏兮兮挥了挥手说："自己回头注意点，赶紧继续说案情。"

"是！"

夏兮兮立刻紧张起来，她摁了一下手上的遥控器，案情分析室的大屏幕立刻转换到了下一段制作过的路段监控视频。

视频开始播放，夏兮兮开始做案情梳理。

"我们从视频上可以看到，聂小茹从凤星路上车之后车子一直往前开，开到了星月路的时间大致是晚上 21 点 50 分，这一段并没有发生什么异常状况，雨一直在下。聂小茹根本没有注意到，司机在开到星月路之后，路线就已经悄悄偏离了……"

我们看到的视频已经是刑侦技术人员剪辑过的了，整个路段的所有监控都按照时间顺序，把这辆出租车的行踪轨迹排列了出来。

曲拓霆开口问道："天天回家走的路线，这个姑娘就没发现有问题吗？"

"她发现了，不过是在两分钟之后。"夏兮兮加快视频播放，"准确地说，可能一分钟的时候就发现了，但我们看不到她在车上做了什么。我们只能看到司机减速了，她应该是吵闹亦或是威胁，又过了一分钟，车子靠路边停了下来，她下车了……"

我注意到，视频上聂小茹的确是下了车，而且没带伞，可能她也有一定的自我保护意识，发现司机有问题之后当即要求下车。司机害怕了，所以就停车放她下来了。她自身也很紧张，所以随身的物品没带走。

夏兮兮开始解释："不过，请注意，再次下车的时候，聂小茹手上少了那把遮阳伞。一般来说，在外面下着大雨的时候，正常情况下人们不会忘记带伞，因为如果不带伞，那就意味着一打开车门就要淋雨，对吧？可是聂小茹下车之后也没有回头拿伞，直接跑进了雨中；其次，她下车的地点根本不是她到家的地方。综合以上两点我们可以分析出，她已经发现了司机有问题了，不过，她选择报警的时候，并不在这个时间段！"

视频继续播放。

"这时候，我们可以看到，聂小茹下车之后步伐很快，她是打算徒步离开，赶紧回家……"

紧接着，视频播放到了最末端，时间大概过去了五分钟。画面中的聂小茹已经全身湿透了，她将包包顶在脑袋上，湿漉漉的长发黏在后背上，跑得很快，根本没顾忌什么形象。

而就在这时候，又有一辆出租车打着双闪开了过去。

"这一次，聂小茹看了车牌号……"夏兮兮说，"视频中，聂小茹还冒雨把车牌号拍了下来，然后这才放心地上了车。有了车牌号，她消除了疑虑，以为再也不会发生什么，再者，正常人都会想，自己总不能连续两辆车都遇上变态司机吧？可是她根本没意识到，车子换了，司机还是同一个人！"

"不，车子根本没换，而是司机用了翻牌器！"我说完，直接站了起来。

所有人都被我的话惊得瞪大了眼睛。

王剑飞赶紧问我："你怎么发现的？"

我直接从夏兮兮手上接过遥控器，把视频回放到一个最能说明问题的点，这是聂小茹第一次下出租车的时候。

"我们可以看到，这辆捷达车的左后保险杠处有一个亮斑，如果我没猜错的话，这应该是叶子板的凹陷，这辆车应该发生过轻微的事故，但是并没有去做钣金。"

我又把视频调整到聂小茹上的第二辆车的画面处，亮斑依旧在。

也就是说，这两辆车其实本来就是一辆车，最大的不同，无非是第一次开到聂小茹身边的车没有车牌号！第二次司机倒是露出了车牌号，但是聂小茹可能根本不知道，这世界上还有翻牌器这种东西。

我说："开黑车的司机几乎人手一套翻牌装置，白天他们不会用，因为当车牌与车型不符的时候，路过路口会自动触发监控报警。但是到了晚上，治安管理松懈，他们就会在车内摁下遥控，车牌会自动变换成他们想要的任何一串数字，这样就能用来躲避违章或者超速罚单。"

这时候，夏兮兮提出了自己的疑问："车子换了，司机总没办法换吧？聂小茹这么傻，她认不出来？"

我说："假设司机是预谋作案，他知道今晚有大雨，又知道聂小茹没开车，已经做好了今天晚上动手的准备，那么他提前给自己准备一些伪装的道具应该不难吧？试问，大雨倾盆，聂小茹在外面淋得浑身湿透，在经历了惊魂一幕之后，一位长头发女司机出现了，她还会刻意去确认一下司机究竟是不是男扮女装吗？"

所有人都沉默了，这个案情发展到现在已经让人无法直视了。很多时候真正可怕的不是鬼，而是居心叵测的人。

这时候，我用遥控播放了当天晚上 110 报警中心的电话录音。

"喂？你好，这里是 110 报警中心，请问有什么需要帮助吗？"

这段录音的时间，是当天晚上 22 点 01 分。

这时候，我用红外线示意他们看监控画面上聂小茹上车的时间。

"上车时间是 21 点 59 分！"夏兮兮瞪大了眼睛，"我们可以看出，在聂小茹上了第二辆车之后，短短两分钟不到她就拨打了报警电话！可如果按照我们的假设，她看到车牌没有异常且司机是长发女性，她又怎么能在这么短的时间内发现问题，并且决定在不惊扰司机的情况下报警呢？可以说，当时的情况已经很紧急了。那么，当时聂小茹究竟发现了什么？"

"她发现了车上的雨伞……"

第四节 消失的出租车

所有人都瞪大了眼睛。

"聂小茹下第一辆车的时候，可能只是认为自己遇到了变态司机，先入为主的观念告诉她，这件事并不是针对她个人，而是一件偶发事件，所以她态度强硬，只是选择下车但是并没有报警。而当她上了第二辆车，发现车子里有一件湿漉漉的东西，而这件湿漉漉的东西，就是她的雨伞！可能这时候她才发现，司机并不是流窜作案，也不是刚好碰上她，而是有预谋的行为！她害怕极了，她不知道司机要带她去做什么，除了报警，她别无选择。于是她悄悄地拨打了报警电话。可是因为司机就坐在前排，甚至一直在用后视镜盯着她，所以她根本不敢说话，然后因为没说话，电话接通了却又被挂断。在她悄悄拨打报警电话的时候，司机可能并不是不知道，而是没理会，因为就在她报警的时候，司机已经再次悄悄偏离了路线……"

这时候，我也越发紧张起来。可是，大屏幕上却显示视频播放完毕了。

我一愣，看向了王剑飞："视频呢？下面的路段监控呢？"

王剑飞尴尬地一笑，摇了摇头说："我们已经协同了交警部门做调查，可是，很遗憾，因为前段时间的暴雨和暴雪，星月路和臣子路交叉口路段监控全部瘫痪，我们目前能掌握的监控只有这么多了。"

"什么？监控坏了？"我瞪大了眼睛，抬高了音调，声音很大，传遍了整个会议室。

王剑飞点了一根烟，狠狠地抽上一口说："是的，坏了。"

我直接把遥控器扔在桌子上，电池都摔出来了。

"这难道就是传说中所说的'违章一个都跑不掉，孩子一个都找不到'？一出事儿监控就坏？不出事的时候监控好得不得了！什么东西！"

王剑飞也是忍着性子任由我骂了一顿，刚点上的一根烟也没心思抽，直接扔进了垃圾桶，之后狠狠地揪住了头发！

事件发生已经三天了，这么长时间过去了，如果没有出事的话就太好了，皆大欢喜。可是如果聂小茹当天晚上真的已经出事了的话，三天时间，恐怕足够歹徒做任何事！

在外面打拼的年轻人大多数都是背井离乡，在当地没有亲戚，很可能也没有什么真朋友，几乎不可能会有人注意到一个人已经连续三天没发朋友圈，就算什么时候你从这个世界消失了，都不会有人发现点儿什么。即使你的头像已经灰了很久了，对方可能只是以为你不在线，或者自己被删除了而已，根本不会往别的地方想。

这时候，夏兮兮为了缓解尴尬，赶紧说道："我们已经让交警部门的同事去调查臣子路、星月路交叉口之后其他东西南北四个路段其他所有监控了，就算中间的一段没拍到，后面肯定也能找到的，总不至于所有的监控都坏掉不是，呵呵……应该很快就有消息了，一有眉目他们就会通知我们的！"

就在这时候，曲拓霆把车钥匙扔在桌子上，扭过头来问我："叶先生你是怎么发现聂小茹一案的？据我所知，好像没有人报失踪吧？你是这位美女的粉丝？"

我看了一眼曲拓霆，懒得搭理他。

听他这个意思，难不成我还是一个狂热粉丝，追求不成所以去尾随劫持了？

但是考虑到影响，我还是简短解释了一下，说："这段时间，不管东阳市发生什么案子，我总会提前接到消息，比如说收到一段视频或者收到一个包裹。今天中午我收到了一个包裹，包裹里面放的就是聂小茹的照片，我自己都不知道是谁寄来的，他这样做的目的是什么。"

"哦……原来如此！"曲拓霆恍然大悟地点了点头，"那看来，这背后和你玩游戏的是个很有意思的人了，没准是凶手也说不定。"

我点头说："是啊，回头我找曲先生详细聊聊细节，或许曲先生还能帮我发现什么蛛丝马迹也说不定呢？"

"当然愿意效劳。"曲拓霆点头，然后习惯性地扶了一下黑框眼镜。

这时候，我注意到了曲拓霆放在桌子上的车钥匙。

"呵呵，曲先生的凯迪，是哪款车型啊？"

"凯迪拉克 xt5，一款黑色的城市 suv。"曲拓霆笑了笑，指了指自己的车钥匙，"怎么？叶先生对这个品牌也很感兴趣？"

"嗯。"我点头，"这段时间打算买辆越野车去兜兜风呢，城市实在是太闷了，我觉得压抑。"

"当然可以，有时候我们的确应该偶尔放空一下自己，或许对你的写作也会有很大的帮助！回头你可以叫上我，我也喜欢蓝天白云……"

"当然好。"

就在这时候，外面一位工作人员冲了进来，给王剑飞打了个招呼，然后说："王队，我们已经调查了三天前晚上城市路段所有监控，可是却发现……"

"发现什么？快说！"王剑飞狠狠地咬了咬牙，后面的几个字几乎是吼出来的！

那人说道："凤星路和臣子路交叉口之外的监控的确没坏，可是那辆车却没有出现在任何一个路口……我们已经翻找到了第二天早上 6 点钟的监控，奇怪的是，那辆车一直没有出现……"

"怎么会这样？"王剑飞咬紧牙关，"难不成车子过了那段路之后还长翅膀飞了？隐身了？消失了？"

"这个倒是不会，但是我们暂时的确没有发现任何信息，我们会回去继续汇总资料详细调查的，不过目前……能知道的只有这么多了。"

我摆了摆手说："好了，辛苦了，先回去忙吧，快到下班时间了。"

"好的，谢谢。"那人点了点头，直接离开了会议室。

办公室的气氛顿时陷入了冰点，压抑的情绪就好像是头顶的雾霾一样，挥之不去，又逃不掉，压得你完全喘不过气来，却一点办法也没有。

某种程度上讲，这个案子比之前的案子更加困难，困难程度十倍不止。首先，根本没有人报案；其次，聂小茹本身又算是个公众人物，粉丝众多，微博粉丝将近四十万。假设凶手是她的某个粉丝的话，那么想要从四十万人中找出一个目标，无异于大海捞针。

无法确定聂小茹的社会关系，不知道凶手的作案动机，更加无法锁定嫌疑人范围，这个案子，难度可想而知。

半分钟之后，王剑飞站起来，直接从座椅上拿起了外套穿上，长出口气，说道："没什么别的办法，只能从案件本身开始查起，班就不用下了，今天晚上大家也都别休息了，夏兮兮，你去负责走访聂小茹的影视拍摄公司，看看最近聂小茹有没有反常行为或者接触到什么人。"

"是！"夏兮兮点了点头。对于加班，她没有一丝怨言，用她自己的话来说，习惯了。

之后，王剑飞又说："我现在就去找厉局说明情况，成立专案组，今天晚上，我、小胡、小王，我们去出租车公司，找出最近一段时间出过事故，右后方叶子板需要钣金但是并没有维修的一辆2012款捷达出租车！小川，你也一起吧！"

"没问题！"我点了点头。

王剑飞汇报了情况之后，市局领导高度重视，当即给予指示：这个案子，一定要一查到底，尽最大的努力去查清楚，哪怕结果不尽如人意。领导还指示，必须要在消息传扬到社会上之前找到答案，不要给市民造成任何的心理恐慌，或者说，要把负面作用降到最低！

当天晚上，我们一行四人直接去了东阳市公交公司，找到了公交公司的负责人。

公交公司的经理姓孙，在我们说明情况之后，表示一定会全力配合警方查案。

不过，遗憾的是，公司派发出去的出租车有两种合作模式。一种是车辆归公司所有，司机只有使用权，按月交租，算是从公交公司租赁汽车出去拉活的。这种情况下，所有的碰撞事故以及维修钣金等等，公交公司都有记录，很好查。可是，另一种合作模式是司机一次性从公交公司买走这辆车和所属的正规出租车牌号，虽然同样归公交公司管理，可是车辆的所有权是属于个人的，维修也都属于个人负责。

这种情况，基本无从查起。换句话说，如果我们现在的线索只有车子右后方叶子板有过碰撞，搜索难度极其高不说，而且还很有可能无功而返。因为，对于个人来说，小剐小蹭没必要让公交公司知道，公司这边自然是没有记录的。

这时候，王剑飞点了根烟，给公交公司的负责人也派了一根。这姓孙的老板接到烟，受宠若惊，赶忙说不客气不客气，又站起来主动给我和王剑飞点火。

这时候，王剑飞笑道："孙老板，你作为老板，每一个在你公司的上岗职工，平日里生活习惯怎么样，或者某个人有什么不同寻常的地方，你应该都心中有数吧？比如说不交朋友、行为怪异，或者是最近这段时间行为反常的，能说说吗？"

这是我让王剑飞这么问的，提前跟他交代过。所有能做出跟踪尾随、预谋犯罪的凶手，日常生活中都会表现出不同寻常的特性，比如性格孤僻、不善言辞，或者是狂躁残暴、虐待小动物，其中以捕杀流浪狗、流浪猫这种行为最典型。

老板当即面露难色，尴尬地搓了搓手道："这……咳咳，警察同志，这种无端猜测的事儿，我就不好说了吧？"

"没关系，就是想法而已，不作为任何证据，只是指引给我们一个调查方向，你有义务配合的。这么说吧，如果你们公司的员工出了问题，你也有连带责任的。"

"这……哎呀！"老板一听王剑飞这么说，一拍脑袋，佯装忽然想起来的样子说道，"警察同志，你这么一说，我倒是想起来了有这么一个人，怪得很啊，他经常……"

王剑飞一紧张，立刻瞪大了眼睛："经常怎么样？"

第五节 狗肉火锅

孙老板看了我们一眼，眼神有些闪烁，抽着烟说道："这个人经常跟人动手，不喜欢跟人说话，一言不合就打架，大家都说这家伙有暴力倾向。警察同志，你们要是有时间的话可以查查看，这个人叫张文宇，是我们公交公司的人……"

"地址有吗？"王剑飞说道。

"有，有，我这就写给你们……"

从公交公司老板这里，我们拿到了一些信息。张文宇，男，三十六岁，单身，未婚，就住在公交公司外面两公里的老城区。

这个老城区现在已经规划为社区了，但是面貌并没有大的改观，算是典型的城中村。进村之后道路极窄，普通的小轿车根本进不来，道路两侧污水横流，垃圾堆放得到处都是，即使是冬天，依旧时不时飘来一股烂蒜头味儿，难以想象夏天天气炎热的话，这地方会有多么臭不可闻。住老社区的大多数都是进城务工人员，买不起城里的天价房，租也只能租这种地方，一个月两百块一个小单间，包水电，基本上没有床铺，租客都是打地铺睡觉。

因为距离公交公司比较近，所以这老社区住的的哥司机还不少。社区外面的马路牙子两侧停了不少出租车，款式大多都是 2012 年的，有雪铁龙、伊兰特、老款捷达等。

王剑飞看了一眼地址，我们顺着孙老板给的路继续往里面走，一边走王剑飞一边问我："哎，你觉得这线索，靠谱吗？"

我摇了摇头说："不太靠谱，不过总归是一个线索，不试试怎么知道呢？"

"也是。"王剑飞长出口气，"这些人总是给我们出难题，个个都是没有选项的必选题！"

这是重案组的人常说的一句话。

"只要能抓到人，社会和谐，也值了。"我笑了笑，点上一根烟停住脚步，指了指前面一个独院。

门牌号已经锈迹斑斑，上面写着曙光社区 252 号，和王剑飞手上的地址相符。

王剑飞收起地址直接去敲门，我、小胡和小王三人紧随其后。

这独院里面的环境比门口的垃圾堆还脏，甚至还弥漫着一股子血腥味儿，但不是人血，是动物血，带着腐肉的恶臭气息，外加臭袜子的味道，几种气味混合在一起，实在令人作呕。

王剑飞敲门敲了半分钟，里面的人才不紧不慢地跑来开门。

一个虬髯大汉，穿着脏兮兮的军大衣，脚上拖着一个棉拖鞋，拖鞋表面的绒毛都结痂了，这人一脸横肉，看起来凶神恶煞的样子，像是李逵一样。他上下打量了下我们几个，拿出牙签，又从齿缝间剔出一绺绿色的韭菜叶，问道："干啥的？"

门一打开，一股子火锅味掺杂着脚丫子的臭味儿顿时扑面而来！

小胡无奈地皱眉，小声跟我说："屋里可能在吃火锅，这臭味也吃得下去……"

王剑飞长出口气，问道："你是张文宇？"

"俺是啊，怎么了？"黑大汉点了点头，说话声音像是闷雷。

进来的时候我还疑惑呢，这会儿晚上 9 点钟，正是出租车拉活的好时候，酒吧门口、ktv 门口，车子往那一停，数不清的帅哥搀扶着喝醉的妹子出来打车，对于的哥来说，这个时间点正是赚钱的好时候。不仅轻车熟路，价钱还好商量。有时候有些小帅哥"猴急"，总共也就五公里路，司机张口要一百块，他们都不带还价的，这样的黄金时间……这人居然在家里吃火锅？

不过这会儿见到他本人我才算看明白了，天一黑，这家伙的车没人敢坐，用小胡的话来说就是，这人，怎么瞅怎么像杀人犯。

张文宇对我们的到来也表现出明显的敌意。

王剑飞点了点头说："我们是警察，有些情况想要找你了解一下，麻烦你配合。"

"警察？"张文宇轻佻一笑，吐了一口浓痰，"你说你是警察你就是警察啊？你那个什么……警官证拿出来我瞧瞧……"

"呵呵……行！给你看看！"

王剑飞咬了咬牙，出于职业素质，还是把警官证拿了出来。哪知，王剑飞手上的证件刚拿出来，张文宇挥手就要抢夺。

"来，给我看看，不看清楚，谁知道你这是真是假啊！"

王剑飞眼疾手快直接收了起来，一个侧身躲开，张文宇的右手顿时甩在了门框上，疼得他呲牙咧嘴嗷嗷直叫！

张文宇当场就破口大骂了起来，"你找揍呢是不？我怎么知道你是真警察还是假警察，我揍死你丫的……"

张文宇恼羞成怒，抡起拳头就要冲王剑飞动手。

但是他没想到的是，他本人虽然打架是个能手，但是王剑飞是专业的，作战经验丰富，更有趣的是，一手擒拿练得炉火纯青。张文宇一拳头没有砸中王剑飞，王剑飞一记左勾拳直接砸在了张文宇的下颚处，紧接着又对准张文宇的胃部砸了一拳，以迅雷不及掩耳之势掏出手铐，直接将他铐了起来。

整个过程前后不足五秒钟，连我都看得直发呆，王剑飞动作敏捷、出手迅速，果然不愧是当年的警校精英。我当年在警校毕业的时候，擒拿和散打也是前三名呢，只不过毕业之后在家写作，平时没机会练手而已，现在已经跟他没法比了。

张文宇疼得嗷嗷直叫，惊动了屋里面一块儿吃火锅的几个中年男人，很快房间里又冲出了三个人。

正所谓物以类聚人以群分，另外三个人长得也跟张文宇一样，不知道的还以为聚了一屋子的李逵和张飞呢。

不过，屋里三个人没有张文宇这么好斗，出来之后一看到明晃晃的手铐，直接就怂了，看着我们几个，面露难色，赶紧掏烟，赔着笑道："不是，哥儿几个，这是什么情况？怎么还用上手铐了？"

"警察办案！"王剑飞咬了咬牙，再次拿出了警官证。

那些人看到之后顿时点头道："可以可以，我们一定配合。不过，警察同志，我们都是合法良民啊，正规出租车公司员工，公司大楼就在你们后面。今天晚上也就吃个火锅而已，这……吃火锅也犯法的吗？"

"吃的什么火锅？"这时候，我上前问道，"吃火锅是不犯法，关键是吃的东西犯不犯法。"

"哈哈，这位警官真会开玩笑！既然你感兴趣，那就进来尝尝吧，狗肉火锅，味道好极了，嘿嘿！"

我没搭理这个笑面虎，继续问道："狗肉哪里来的？"

王剑飞不明所以，不知道我是什么意思。

但是，很明显，我问到狗肉的时候，这几个人同时有些慌张，眼神飘忽不定。

"我们……狗肉当然是……是屠宰场买来的啊！"

"宰狗场买狗肉，连狗皮也一块儿买了？剔骨刀也买了？我看你们以后是不打算开出租车，想要转行宰狗了？"

这时候，我指了指门后那一堆刺鼻血腥味儿的狗皮，那显然是一条被活剥了皮的大型犬，皮毛还是完整的，皮子上到处都是血，剔骨刀还在旁边放着。这条狗大概是德牧，看毛色应该是纯种，价格应该不低于一万块。进门的时候我就闻到了血腥味儿了，所以一直有意识地寻找血腥味儿来源。根据我的经验判断，这狗皮应该是新鲜的，如果他们现在才开始吃狗肉火锅的话，估计下午的时候这条狗还是活的呢。

"这……"那人瞬间支支吾吾，说不出话来。

这时候，另一个人赶紧过来解释："警察同志，别误会别误会，呵呵，我们哥几个喜欢吃狗肉火锅，以前都是宰狗场买的狗肉，这次是我们自己养的狗给杀了，他们不知道，所以……"

"自己养的？"我冷哼一声，"一条成年德牧至少得一万块，你们几个人一顿火锅就给吃了，消费水平可以啊？要不以后我们也改行开出租？"

"我……误会！误会了警察同志……警察同志真是明察秋毫、慧眼如炬，对不起对不起，你们是来找狗的吧？实在是对不起，这狗……"

"偷来的吧？"小胡听到这儿也明白我的意思了，拿起电话就给辖区派出所打，"狗主人回头找到你们，你们该怎么赔偿怎么赔偿，该怎么道歉给人道歉！"

一时间，几个人再也找不出理由来了。

辖区派出所的民警很快赶来了，我们了解到，这段时间附近的确是有不少丢狗的案子，丢的还都是大型犬。虽说不是人命案，但是民愤沸腾，民警也是苦不堪言，如今抓到他们，也算是功德一件。

同时我们也了解到，这个张文宇的确好斗，曾经因为出租车收租的事儿还跟公交公司的孙老板发生过口角、动过手。

"怪不得公交公司那家伙一口咬定张文宇有嫌疑，原来这是想借刀杀人啊！这套路可以啊！"王剑飞这才恍然大悟，气得吹胡子瞪眼，看来，这一晚上直接白忙活了！

我摇头苦笑道："抓了个偷狗贼，也算是为民……哦不，为狗除害。"

其实来之前我就知道，线索不会这么简单就找到的，只不过不绝对，我们不能放弃任何一丝希望。这年头，事不关己高高挂起的太多了，倘若公交公司的孙老板真的知道点儿什么，多一事不如少一事，他也不会给自己惹麻烦的。更何况，我看得出来，他是真的什么都不知道。

到这儿，案件线索又断了。

重案组所有人一夜没合眼，全都在绞尽脑汁地找线索，一个一个排查，甚至专门安排了人员在一页一页翻查聂小茹本人微博下方的评论，想要看看能不能找到什么线索。

转眼间，东方已经快要发亮了。

不过，就在这时候，案情居然出现了重大转机。

第六节 针孔摄像头

局里成立专案组调查这个案子之后直接发布了协查通报，同时也有人专门去对接交管部门，严查这段时间内整个东阳市的出租车转让、过户等业务。而恰恰就在昨天，城南最大的二手车市场出现了一辆2012款的捷达出租车。交管部门发现这辆车跟我们发出的协查通告的信息完全相同，于是直接联络了市局。

接到这个讯息之后，专案组立刻抽调成员直接赶去了城南二手车交易市场。

在二手市场买车的是一个二十来岁的小伙子，在乡下做点小生意，平时需要跑腿，就想着买一辆成色不错的二手车跑一跑。见到这辆车之后，小伙子发现车子成色还不错，虽然跑的路程虽然长了点，但是俗话总说"没毛病的出租，开不坏的捷达"，这小伙见到这辆车之后，当即就以1.8万的价格拍板买下了。

由于原车主是以报废处理的方式卖给二手市场的，所以无法过户，也正是因为如此，所以价格才会如此便宜。买车的小伙子觉得不能过户就不过户了，夜里开出城区，随便找一家汽修公司重新喷漆，以后在乡下开就是了。却没想到，买了这辆车之后，他才开出二手市场不到两公里，就直接被抓了。用他自己的话说便是："我连档位都还没分清楚，就被你们给拽下车了！"

经过调查，买车的人叫王鸣，背景干净，所说的也都是实情，跟聂小茹一案没关系，所以就直接移交给交管部门处理了。

我和王剑飞仔细观察了这辆出租车。车子左后方叶子板处的撞击凹陷，暴雨行驶之后生锈的刹车盘，以及挂牌的位置因为经常套牌产生的刮痕和过度磨损……这些，足以证明这就是26号晚上载着平面模特聂小茹消失的那辆车。

有了这辆车，线索就清楚了！

我们协同交管部门，通过车架号，查出了这辆车的主人。这辆车子属于个人所有，牌照的确是从公交公司买来的。车主叫刘子伟，男，二十九岁，未婚，并非东阳市本地人，三年前来到东阳市开始做出租车生意，早些年因为打架斗殴有过案底，蹲过两年的监狱。当时，他的家里赔偿给受害方一大笔钱，在刘子伟出狱之后不到半年，他的父母也都辞世了。现在的刘子伟，孑然一身，没有房子，只有一辆出租车，没有女朋友，也没有什么特别要好的朋友，日子过得不咸不淡，平静如水。

夏兮兮说："这是我们目前掌握的刘子伟的全部信息，小胡已经去公交公司调查刘子伟记录在案的住址了，拿到住址之后，我们可以直接去抓人！"

"这信息足够了。"

大概五分钟之后，电话打过来。

"依旧是曙光社区，550号！"

王剑飞一声令下："重案组出发，抓人！如果可以，请务必保证聂小茹女士的安全！"

"是！"

重案组的人全部出动，直奔曙光社区。

然而，我却感觉，希望不大了。因为昨天我们去调查走访曙光社区的时候，我清楚地记得，252号和550号虽然不是在一排，但是仅有一墙之隔！当时我也没有特别在意，只是出于个人习惯，对我所有走过的地方都有过细致的观察。

更何况，就算昨天我们没有惊动这个刘子伟，通过二手车市场的记录也可以看出，早在四十八个小时之前，刘子伟就已经处理了那辆捷达轿车了，这就说明他早有跑路的准备。而四十八个小时，对于有过蹲监狱"经验"的人来说，足够彻底清除自己的痕迹了。

网络上曾经流传过一个说法，叫"监狱能教会你怎样成为一个合格的罪犯"，这并不是危言耸听，而是切实存在的弊端。曾经有过诸多案例，犯罪者原本因为一件小案子进了局子，最后出狱之后却犯下了惊天大案。譬如一个人只是因为一时冲动犯下的拦路抢劫案，被抓了之后，这个人和杀人犯被关在一块，杀人犯可能就会告诉他，等到以后出去了，再做事的时候一定要小心，有摄像头的地方记得戴上帽子，动手之前一定要戴上手套，等等等等。

而这个刘子伟，资料显示，他在二十二岁的时候曾经蹲了两年监狱！原因居然也是杀人未遂！

二十二岁的年纪，正是叛逆暴躁、桀骜不驯的年纪，被关起来后肯定怨气丛生，极有可能会心理扭曲。

美国曾经做过实验，没有成家立业的年轻罪犯在经历了入狱、刑满释放之后会变得更加暴躁，犯罪概率反而会大大增加。出狱之后，这些人的作案手法会更加变态，同时又具备了一定的反侦察能力。

实话说，像刘子伟这种情况真的太可怕，我虽然没有说出来，但是我真的特别特别担心被劫持走的平面模特聂小茹的安全问题。因为刘子伟的隐患太大了，完全就是一个社会不安定因素，就像是一枚定时炸弹一样随时都可能会爆发。而一旦到了爆发的临界点，受害者受到的伤害几乎是致命的。

上午9点钟,重案组包围了刘子伟租房子的地方。然而遗憾的是,如我所料,刘子伟已经逃之夭夭。他的卧室里面,有一张单人床,床上放着一件大红色的毛呢大衣,还是某知名品牌,如今已经脏乱不堪,上面还沾上了不少类似口水和粪便一类的东西,散发着淡淡的臭味。

我、王剑飞、夏兮兮等人一眼就看出,这正是聂小茹失踪的那天晚上穿着的那件衣服!

痕检组的同事立刻开始侦查,他们发现了床上的女士内裤、内衣等,还在床底下发现了十几只用过的避孕套,痕检组的人数了数,一共是十八只。

听到这个消息的时候,所有人的心都不约而同地紧张了一下,一种不祥的预感充斥着全身。

王剑飞更是双眼血红,怒道:"查!彻彻底底地查!任何一个细节都不要放过!"

"是,头儿!"

一时间,所有人都忙乎了起来。

桌子上还有刘子伟没有带走的笔记本电脑,这更说明他这个人反侦察意识很强,他知道警方最终一定会确认他的身份,如果身上带的电子产品过多的话,一定会成为被追踪的重点对象。

笔记本电脑设置了开机密码,不过在夏兮兮这个电脑高手的手上,密码不到一分钟就被破解了。

很快,鉴证科的同事在笔记本里面发现了大量的偷拍照片。这些照片的角度都很刁钻,一时间根本分不清楚是在什么地方、什么时间什么地点拍摄的。可是,照片的内容就太不堪入目了,居然全部都是女性的一些隐私部位,比如裙底。这些照片一看就是在固定的位置偷拍的,譬如每一张照片的左上角都会出现一个车门内把手……所有人都看出来了。

夏兮兮咬牙切齿地说:"如果我没猜错的话,这些照片是刘子伟在那辆出租车上偷拍的,出租车的车顶棚还有脚垫角落里一定有针孔摄像头,专拍女性乘客的胸口和裙底,这么多张照片了,说明这个刘子伟做这种事至少半年了!"

痕检科的人立刻通知交管部门检查车辆，果不其然，车的顶棚和脚垫旁边都有装过针孔摄像头的痕迹，不过已经被拆除了。

"简直可恨！"

"这还是一个专拍女性的偷窥狂啊！如此变态的偷拍手法，简直是闻所未闻！"

王剑飞握紧拳头，眼睛中的血丝清晰可见，他挥了挥手道："把证物全部都带回去，通知局里，立刻发布通缉令！不管这个刘子伟现在逃到了什么地方，必须一查到底！缉拿归案！"

"是！"

就在这时候，痕检组的人冲过来报告："王队，厨房里有发现，初步判断，应该是被害人留下的求助信息……"

第七节 痕迹

小厨房的餐具和佐料很齐全，不过锅碗瓢盆上面都已经落上了一层厚厚的浮灰，这说明刘子伟不怎么做饭。厨房地面上散落了不少酱油瓶、调料粉等等，甚至还散发着粪便和尿液的混合味道。

痕检组的人在墙壁上发现了指甲挠抓的痕迹，痕迹一共有两处，可以很清晰地看出来是长指甲留下来的，两处痕迹的间距是四十厘米，很符合女性的双臂间距。根据两处痕迹之间的距离以及痕迹距离地面的高度，不难想象，这里曾经发生过什么事。

夏兮兮有点面红耳赤，她指出："可能是刘子伟性侵聂小茹的时候，发生过挣扎，所以这些调料瓶都掉了下来……"

我摇了摇头说："不是。"

王剑飞也否定了夏兮兮的假设，同时也赞同了我的想法，说："刘子伟这个年纪还在单身，对女性，尤其是漂亮的女性的渴望程度是变态的，地上的酱油瓶和佐料虽然散乱，但分布均匀，我觉得应该是源自刘子伟的某种癖好而不是发生了扭打，更何况聂小茹一个单身女子，被刘子伟这种大汉带到这种脏乱差的地方，极大的恐惧几乎可以击溃她一切的反抗想法。所以，被强奸的时候，她唯一能做的就是抓挠墙壁……"

确实如此，鉴证科在墙壁的抓挠痕迹里面发现了红色指甲油的残留。

根据调查，刘子伟连男性朋友都没有，更别说女性朋友。所以，极有可能，我们的猜测假设是正确的。

有了这些信息之后，市局在全市范围内直接发布了关于刘子伟的通缉令。

可是转眼三天过去了，一无所获。刘子伟这个人就好像是人间蒸发了一样，不管全局上下做出多少努力，多少人三天三夜都没合眼，也还是一无所获。

这件事情闹得所有人人心惶惶，女性晚上几乎不敢出门。社会舆论压力也很大，说什么的都有，有的甚至已经开始骂出一些恶意中伤的话，矛头直指政府相关部门。市局领导颇有压力，无可奈何之下，只能接受了媒体的采访。但是，他们全程能说的也只有一段话："经过我们公安机关的全力侦破，案子已经有了突破性进展，真凶的落网指日可待。"

好在市局领导亲自出镜，情况才算缓和一些。可是，谁也不知道"经过公安机关全力侦破"这短短几个字，包含了多少基层民警多少个彻夜无休的埋头苦干。

又是一周过去了，刘子伟依旧一点消息都没有。

火车站、飞机场已经严格进行了检查，这段时间，大巴车也开始实行了全段不定时稽查。可是，反馈过来的消息很是令人失望，刘子伟的身份证从来没拿出来用过，包括他本人，也从未在任何一个公共路段出现过。

这时候，重案组不得不假设，刘子伟根本就没有走，或者有人在帮他，把他藏了起来。试想，如果有一个背景极强、社会地位很高的人帮助刘子伟，把他藏在一个某个棚户区或者是摄像头触碰不到的角落里，定时定量地给他送去吃穿住用的必需品，那么刘子伟的任何生理活动都不需要出门解决，这种情况下，想要找到刘子伟，可以说是大海捞针。东阳市说大不大，说小也不小，要从一千四百万人口中找到某一个，还是个外地人，更是难如登天。

而就在这个时候，我恍惚之间意识到了一个问题……

聂小茹已经失踪一周了，问题是，为什么没有人来报案？虽然说聂小茹在本地没有什么亲人朋友，可是至少她有正儿八经的工作。聂小茹本身又是高级平面模特，在摄影界很火，有不少粉丝，片约不断。这样一个人连续消失将近一周，一点消息都没有，却没有人报案，这其中一定有蹊跷。

围绕这个问题，重案组重新组织开会，明确分工，侦查方向也立刻从抓捕刘子伟转移到了调查聂小茹所在的公司。

根据调查，聂小茹所在的模特公司是本市数一数二的大公司，工商注册信息全称叫七色猫平模传媒服务有限公司。不过，这次重案组没有打算直接去走访调查。因为，倘若真的有人帮助刘子伟脱逃的话，或许极有可能跟这一家平模公司有关。毕竟，这一家公司除了社会地位高、有资源、有能力以及与这个案子有关之外，我们再也找不到其他线索了。

所以，我们选择暗访。

第二天，上午9点钟，我、王剑飞、夏兮兮三个人去了七色猫平模公司。我们三个人，一个是淘宝店主，一个是投资人，一个是投资人助理。我们即将达成合作，打算开一家线上高端女装店，由于开店之前需要宣传推广，所以找到了这家模特公司，想找高端模特拍几套女装，作为主打品牌。而我们今天来到公司实地考察的目的就是为了挑选一名符合公司发展理念的模特。

其实谁都知道，我们的真实目的就是来找聂小茹的，我们打算探探这家公司负责人的口风，看看能不能找到点儿线索出来。然而遗憾的是，这年头，出门是看行头的，虽然我们几个人演技都还不错，可是王剑飞开的是一辆普通的jeep车，这种二十来万的车实在撑不起来太大的场面，所以我们这次来根本没见到这家公司的大领导，只是一个寻常的业务员接待了我们，临走时甚至还翻了个白眼，小声嘀咕道："这年头，一个开淘宝店的都想在三甲公司找模特了，我的天……"

下午，王剑飞咬了咬牙，自费租了一辆奔驰 E300 过来，进门之后大喊大叫，直接叫嚣着要投诉上午的接待人员，倒是有一副投资人的派头。

"老子有的是钱！叫你们领导出来！"

夏兮兮赶紧小心翼翼地拉了拉王剑飞，说："戏过了啊同志……"

但是没想到，这么一吼还真有用，一群人慌里慌张地赶紧去找领导。

夏兮兮恍然大悟，竖起大拇指，怪不得现在有些官老爷出门都吼着走的，原来那不是摆官架子，而是吼着走路才能畅通无阻。

很快，七色猫公司的副总经理接待了我们。

副总经理是个女人，自我介绍说名叫她叫柳青，公司里的人都叫她青姐，也是这家公司的总负责人。得知我们的来意后，她又看了看王剑飞的车钥匙，点了点头，表示可以带我们去摄影棚先看一下艺人的资料，看看有没有中意的模特。

王剑飞派头装得很像那么回事，摇了摇头说："我不想看什么视频资料，直接看本人就行了，可以的话，今天就签约。"

柳青有些为难地说："很多模特并不是全职，也不住在公司，现在要见模特的话，没那么多……"

王剑飞说没关系，就去看本人。柳青点头说好。

我们到了一间大办公室，足足有两百平，办公室里面装修豪华，装潢设计都是顶级雍容华贵范儿。很快，一群线上线下都挺知名，至少是脸熟的美女模特们被叫进来，一排排地站在我们几个面前。

这些模特，个个都是一米七以上的身高，穿衣风格时尚，搭配的基调也各具特色，五官精致，发型、造型设计、气质等各不相同，想要什么范儿就有什么范儿的，年龄层次在十八到二十六岁不等，看得直教人眼花缭乱。这些模特都已经是小有名气了，刚才的谈话间我们也听柳青有意无意地透漏了价格，每一位艺人拍一组照片的价格都不低于五万。一开始我觉得贵，但是现在看，是真值，高端公司的模特就是不一样。

王剑飞眼睛都看直了，最后还是我碰了碰他的肩膀，这小子才算反应过来，之后尴尬地轻咳两声。

负责人柳青走进来,模特们都恭恭敬敬地叫了一声:"青姐好。"

柳青问王剑飞:"怎么样?这些姑娘,诸位老板有没有满意的?"

我听着这话很不舒服,老板选姑娘?怎么感觉跟娱乐场一样?

不过夏兮兮跟我解释说,这些模特们在平模公司本来就是"姑娘",而像是柳青这种总负责人,其实就像是"妈咪"。

夏兮兮说:"你以为成为当红模特都是那么好当的啊?如果顾客临时过来拍一组照片的,我们还可以选一选,但是如果是长期合作的大公司,模特公司会直接指派模特拍摄,没看到这些模特对这个柳青都毕恭毕敬的吗?因为柳青想让谁红,想让谁赚钱,谁就能拍大片赚钱。如果柳青不想让谁红,兴许这个模特大半年都接不到一单活儿,也就是传说中的'雪藏'了,这圈子跟娱乐圈一样,黑暗着呢。"

我点头说明白了,王剑飞却摇头说糊涂了。不过他并不是对我说的,而是看着柳青说的。

王剑飞说:"这些美女们都很不错,但是都不太符合我们公司的发展理念。我忽然想起来,前段时间在网上看到一位叫聂小茹的女士也是你们公司的模特,我觉得她的条件非常符合我们公司的要求,我们能不能见见她?如果可以的话,今天就签约,钱不是问题,拍一组照片,我还可以给你双倍价钱……"

第八节 扑朔迷离

出乎我意料的是,王剑飞说出这话的时候,柳青的表情没什么特别的变化,就好像是吃了定心丸一样。这种情况下的这种反应,要么是对某些事根本不知情,要么就是太知情了,早就运筹帷幄,信心十足。看得出来,柳青是一个干练的职场女人，城府极深，情商也很高，要不然她也做不到三甲模特公司总负责人这个位置。

所以，我依旧有理由判断，她没有情绪波动的原因，属于后者。

"不好意思王老板，聂小茹女士已经不是我们公司的员工了，您要找她拍照的话只能说抱歉了，我们公司没办法满足你们的要求。"

"为什么？"王剑飞问道。

"这是我们的公司机密，无可奉告，如果几位老板实在是没有满意的姑娘，那我们只能表示遗憾，下次有机会我们再合作吧。"

"加钱也不行？"王剑飞不放弃，继续问话。

柳青摇头，笑了笑说："我觉得你对模特公司的行规可能有什么误解，我再次强调一下，我们是正规公司，任何的合作都是有书面合同和行业准则做底线的，至于加价……呵呵，我们公司暂时还没有这样的先例，抱歉。"

王剑飞长出口气，皱了皱眉头，他无话可说了。

显然柳青这个女人把控全局的能力很强，说话不拖泥不带水，该说什么不该说什么分的清清楚楚，一丝破绽都没有。

不过，我却觉得，一件事情伪装得太过完美了，恰恰就是最大的暴露。

想及此处，我担心柳青说送客之类的话，赶紧站起来说："不是没有合适的，而是这些美女们太优秀，我们老板可能挑花了眼。那我们就不耽误青姐的时间了，我们在公司随便看看，可以吗？"

柳青点了点头说："当然可以，随便看。"

之后，她笑了笑，招呼这些模特艺人们出去，休息室里只剩下我们几个人。

王剑飞尴尬地搓了搓手道："搞不定啊，这女人心理素质极强。"

我没理他，直接站起来去看墙上的各种写真照片、艺人合影以及艺人们在某些时装大赛中获奖的照片。不过，古怪的是，这些照片里面，没有一张是关于聂小茹的。

可是，据我了解，聂小茹是七色猫平模公司的当红模特，粉丝众多，获奖无数，片约不断。这种接待宾客的会议室，怎么可能不挂聂小茹的照片？即使是解约，作为公司曾经一手捧红的风云人物，公司将她的照片展示在照片墙上也不是什么出格的行为。

所以，这已经完全不符合常理了。

我没说话，继续观察。接着，我发现这些照片都是用无痕钉钉在墙上的，无痕钉的好处就是在随后的拆除过程中只会留下一个极其微小的、肉眼看不出来的痕迹。不过，我发现这上面还是有几个之前拆除过的无痕钉小孔，被乳胶漆处理过，还没有彻底干透。

所以，这一切更是验证了我的猜想——墙上的这些照片是新挂上去的。

王剑飞站起来问我："发现什么了么？"

我指了指最大的冰雕照片说："这照片是刚换上去的，如果我没猜错的话，几天之前，这里挂的应该是聂小茹的照片。"

王剑飞瞪大了眼睛说："那这家公司肯定知道聂小茹出事了。他们在这个时候做出这样的反应，这个总负责人柳青肯定知道什么内情。"

要知道，外界只知道这段时间全城严查出租车，所有人都知道出大事儿了，可没人知道案情的具体细节，"聂小茹"这三个字从未在媒体出现过。可是这家公司居然能做到望风而动，迅速换照片，这消息也太灵通了点儿吧？或者说……这件事本身就是他们策划的？

我示意王剑飞不要那么大声，又示意他回头看一眼。

原来，此时此刻柳青一直在外面通过玻璃门观察我们几个人的动静呢。

夏兮兮小声说："要不我们就直接摊牌询问好了，聂小茹刚刚出事，作为老东家的七色猫公司非但选择不闻不问，还迅速换掉了她的招牌，这个柳青肯定知道点儿什么。"

"摊牌绝对不行。"我解释道，"这个柳青一直强调他们是大公司，大公司都是有规章制度的，在没有请假又全无消息的情况下，员工三天不来上班就属于自动离职，所以她现在说聂小茹已经不是公司员工了，这个说法合情合理。哪怕她是在掩饰撇清关系，但是人家掩饰得漂亮且合法。现在摊牌，只会打草惊蛇。"

"那怎么办，总不能一直这么耗着吧？"夏兮兮满脸黑线，"我们重案组压力可大啊，网上骂我们的话要多难听有多难听……"

这时候，我摇头问夏兮兮："办案是讲究证据的，太着急了不好。不过，你注意到柳青的指甲了吗？"

夏兮兮愣了一下，转身就要回头看。

"别回头！"我赶紧阻止了夏兮兮。

夏兮兮摇了摇头说："没注意……"

"你想办法看能不能把她手上的指甲油弄来一点，我觉得对我们查案有帮助。"

"这……好吧，我有办法，不过需要时间。"夏兮兮点头保证。

"好。"

王剑飞看我不慌不忙，一脸疑惑，这会儿也没办法多问，所以他只能配合我的想法。

其实这是我的一个大胆假设，就在刚才，我发现这个叫柳青的女人指甲上的指甲油有些磨损严重。按理说，这种时尚类的公司，每一位员工，上上下下，不管是穿衣风格还是搭配，都是很注重细节的。可是柳青作为总负责人，指甲油出现了问题却视而不见。再加上刘子伟厨房里残留的指甲油痕迹……所以看到柳青的指甲油之后，我就特别留意，仔细多看了几眼。按理说，柳青这种时尚大咖是无论如何也不会跟一个开出租车的虬髯大汉扯上关系的，正常情况下，谁都不会认为刘子伟家里的指甲油会是高端模特公司的总负责人留下的。

但是，如果假设真的有关系的话，那么很多事情就说得通了。重案组办案方式很大程度上就是要先假设再论证，这是套路。

想及此处，我吩咐王剑飞道："尽量拖延一下时间，给兮兮找机会取指甲油，拿回去做鉴定。"

王剑飞点头说："没问题，那就只能选一个模特拖延时间了。不过，组里经费有限，你小子注意点，别真签约了，不然到时候我们可就得吃土了。"

我没搭理他，出去直接找柳青了。

在我们谈话的时候，柳青一直在外面看着我们，眼神闪烁，不知道她在想什么。

我说明来意之后，柳青立刻把资料拿出来给我看，我装作谨慎，其实随意选了一名模特，到会议室进行商谈。柳青似乎也看出了点儿什么，全程都跟着我们一起，生怕模特会说出什么不该说的话一样，搞得整个行动开展得特别艰难，这个过程几乎毫无进展，夏兮兮也一直找不到机会去弄指甲油样本，整个过程我无比被动。

最后柳青已经有些不耐烦了，黑着脸问王剑飞："我说王先生，您之前口口声声说价格不是问题，现在我们公司的艺人也是你们挑选的，你们也没什么不满意的，我真不知道你们还继续耽误时间做什么？"

王剑飞被骂了个狗血淋头，最后只能摇头苦笑道："其、其实我们今天就是来……考察的，真正决定权不在我们手上……"

"你们……"柳青似乎是看出了点儿什么，所以着急赶我们走，"你们这不是在耽误大家的时间吗？有你们这么谈合作的吗？你们这简直就是在欺骗！我想我们的合作可以到此为止了！"

"不好意思不好意思……"这时候，夏兮兮瞅准机会赶紧站起来打圆场，"我们对贵公司的服务非常满意，我们回去找金主打个报告，如果金主同意合作，我们明天就过来签合同，好吗？预祝我们合作愉快……"

柳青尽量压住火气，最后跟夏兮兮握了个手。

我看到夏兮兮得手了，给王剑飞使了个眼色，鸣金收兵。

临走的时候夏兮兮表示非常有合作意愿，并向柳青女士保证我们一定会很快再见面的。这个时候我们谁也没想到，再见面的机会，能来得那么快。

回到车上，夏兮兮立刻拿出痕迹检验纸，从指尖上擦下来了一层薄薄的指甲油装了起来。

"现在我们只要回去检验两种指甲油的一致性，确认一致的话，就可以抓人并展开调查了。"

得到这个线索之后，王剑飞直接开车回局里，迅速把夏兮兮带回来的指甲油送到鉴证科去做了成分检验，我们三人就专门在检验科门口等着。

漫长的两个小时等待过后，检测报告出来了。

刘子伟厨房墙壁抓痕里留下的指甲油，和从七色猫平模公司总负责人柳青手上刮下来的指甲油，成分、品牌以及氧化程度完全一致，可以判断，这是同一个人留下的。

也就是说，在刘子伟对聂小茹实施侵犯之后，出逃跑路之前，柳青还在刘子伟的家里出现过，甚至柳青还和嫌犯刘子伟发生过关系……

分析出这个之后，夏兮兮大呼受不了："这太吓人了，柳青可是时尚界大咖啊，难不成和一个脏乱差的出租车司机还有情人关系？这什么口味啊，口味太重了吧？"

王剑飞挥了挥手道："不管什么口味，马上行动，抓人！"

第九节 突击审讯

有了这一条线索之后，重案组所有人都立刻精神起来了。

虽然案情越发复杂起来，但是有事做总比待在办公室里急得团团转的好。

二十分钟之后，我们一大队人马直奔七色猫平模公司大楼下。

如此大规模的出警行动，使得周围围观的群众瞬间就多了起来，我们不得不临时求助辖区派出所派出民警拉起警戒线维持现场。

很快，我们在七色猫公司再一次见到了柳青。柳青见我们又一次出现在她面前，后面这么多刑警冲进来，似乎一点也不意外。

我心里想，这个女人该说什么、会说什么，怕是心里也已经早就演练好了吧？不过，我始终相信，只要有证据，没有开不了口的嫌犯。

夏兮兮笑着上前一步，站在柳青面前说："你好，柳青小姐，我们又见面了，只是没想到这么快。"

"呵呵……"柳青双手抱胸，气定神闲地笑了笑，探头看了看后面的刑警，又看看我们几个，"没想到你们是警察啊，你们早说嘛，早点说是警察需要我或者整个公司配合查案的话，我们整个公司上上下下都会完全配合的，何必兜这么大圈子！你们说呢，警察同志？"

"你能有这个觉悟真的很不错，希望你能配合我们，也希望等我们调查清楚之后，你还能笑出来。"

柳青点头道："当然会的，配合调查是公民的义务，应该的。"

夏兮兮笑了笑，直接挥了挥手说："带走。"

"是。"

柳青被带走了。

整个模特公司上下将近百号人，人人都是瞪大了眼睛看着这个画面，显然，柳青的保密工作做得很好，几乎没有人知道柳青做过什么，所有人都认为警察搞错了。

但是，越是这样，越是说明柳青的可怕。

王剑飞说："把七色猫公司所有员工全部都带回去，一个一个查。"

"啊？"小胡面露难色。

"怎么，有问题？"王剑飞横眉冷对。

"这……人也太多了点儿吧？"小胡憋红了脸。

因为案情重大，全部带走也是可以的，可是，尴尬的局面是，人手不够。七色猫作为龙城首屈一指的平面模特公司，工作人员加上兼职和全职的模特足足有百余人，这要是全都带回去审查的话，工作难度实在是太大了，三天三夜都审不完，而且看样子，有价值的人恐怕根本不多。

"不用这么麻烦。"这时候，我笑着摇了摇头，"不需要把所有人都带回去。"

王剑飞盯着我说："什么意思？"

"还记得大厅里面刚换上的照片吗？"我指了指上午我们坐过的那间豪华办公室，"对准那办公室墙壁上的照片找，把那些人带回去突击审讯，足够了。"

考虑到人手问题，王剑飞同意了我的方案。

此次出警，加上柳青，我们一共带回去八个人，另外的七个人，一个是柳青的助理，另外六个都是模特。而且，不出所料，这些都是公司元老级的模特，全都是柳青的亲信、得力干将。这些人被带走的时候，神态很是淡定，跟柳青那泰然自若的神情如出一辙，好像早就知道会有这么一天似的，这更加证明我的判断是对的。

夏兮兮问我："你怎么这么确定自己的想法，万一有漏网之鱼呢？或者说，万一关键的人漏掉了呢？"

我摇了摇头说："你跟我说过，模特界和娱乐圈明星差不多，柳青决定了这些模特的生死存亡和职业生涯的走高走低，那么，她力捧的人肯定都是亲信，如果连照片都不能挂到墙上去，自然谈不上亲信了。谈不上亲信的人，自然不可能不知道什么有价值的信息，带回去是白带回去，审也是白审……"

听完我的解释之后，夏兮兮满脸崇拜地看着我，竖起了大拇指："厉害了，我的小叶哥！"

当天下午，整个市局上上下下全都忙乎起来了，我、王剑飞、夏兮兮等重案组成员则是突击审问柳青这个案件关键人物。

和预料的情况一样，审讯结果不尽人意。柳青这个女人的心理素质极好，在审讯室的时候，自始至终都气定神闲地看看这里看看那里，好像她现在不是在接受审讯，而是来派出所一日游一样。

"喂！问你话呢！你跟刘子伟是什么关系？刘子伟什么时候离开的家，聂小茹现在在什么地方？你出现在刘子伟家干了什么？说！"审讯警员拍了拍桌子，大声问道。

柳青瞪大了眼睛，做出讶异的表情，夸张地说："喂喂喂，这位警官同志，你可不要乱讲话，我都完全听不懂你在说什么好不啦？还有，你不要拍桌子拍椅子吓唬我，都法治社会了，屈打成招不切实际，你们要是真有能耐，好好查，像我这种良民，还是早点让我出去吧！毕竟我是真的什么都不知道。"

"你少给我装蒜！你以为警察办案都是无凭无据地来讹你？"警员呵道。

"是吗？不讹我你这么大声干吗？吓唬我啊？以为我柳青是吓大的？"柳青笑了笑，左右脚换了下位置，翘起二郎腿，"有什么证据啊？有证据你们可以监禁我啊，公诉我啊！没证据的话，你们就只能二十四小时内放人。我进来已经三个小时了吧，还有十九个小时，这期间如果你们拿不出确切证据，十九个小时之后，我希望我能完好无损地出去。否则，我一定会起诉到底。"

　　王剑飞在审讯室外面单向玻璃处站着，看到柳青这个表现，瞬间就火冒三丈。

　　夏兮兮恨恨地说道："这女人还真是个戏精！再装下去，她自己恐怕都信自己是个良民了。"

　　王剑飞给我递了一根烟，他自己也点上一根，狠狠地抽上两口，又摁进烟灰缸，皱眉道："我亲自去审！"

　　"哎……"我想拦住王剑飞来着，一句话还没说出来，王剑飞已经冲进去了，我也只好跟着进去。

　　柳青看到我们，往椅子肘上一靠，轻蔑地扫了我俩一眼，闭上了眼睛，没什么表现，闭目养神。

　　我真是发自内心地要给柳青的本事点赞。

　　一个女人，到了这种地方还能如此泰然自若的，实话说，柳青是头一号，绝对排名第一。她的心理素质，怕是绝大多数男人都望尘莫及的。

　　王剑飞道："呵呵，柳小姐不要激动，你想要证据吗？这多简单，我给你就是了。不过，二十四小时之内，我看你是出不去了。"

　　说着，王剑飞直接把检测报告扔在了桌子上。

　　"根据我们调查，27号晚上你曾经去过刘子伟家，你们还在厨房里面做过什么事儿，对吧？"

　　王剑飞说话，我则密切观察她的表情。

　　此话一出，柳青脸色松动了一下。

　　我心中一喜，这是有戏啊。

　　不过，片刻之后，柳青还是摇了摇头："我听不懂你在说什么。"

　　王剑飞点了点头说："你不开口说话没关系，证据会帮你说话的，你真觉得警方没证据就会乱抓人吗？你是不是还活在梦里？"

　　说着，王剑飞拍了拍桌子上的检测报告。

　　"经过检测，刘子伟的厨房墙壁上有两处抓痕，都是左右手指甲的抓痕，抓痕内残留的指甲油，和你手上的指甲油成分完全一致。柳青，三天前你去过刘子伟家里，对不对？"

柳青颤抖了一下。

百密一疏。显然，这一点如此微小到可以忽略不计的细节，她是万万没想到的。

但是，片刻之后，她还是摇了摇头说："指甲油成分一样？你怎么不说我家厨房里有肉蛋奶，杀人凶手家里也有肉蛋奶呢？食材谁都可以吃，指甲油谁都可以买来用，一瓶指甲油而已，能说明什么？能确定是我留下来的？"

柳青说完，直接揉了揉太阳穴，又说："如果这些在你们眼里就算证据的话，我想，你们还是回警校再学两年吧，真怀疑你们是怎么毕业的。我累了，可不可以休息了？友情提示一下，我心脏不太好呢警察大人……你要是再这么吓唬我，我的身子可能会吃不消，到时候再出点什么事，你们可担待不起。"

第十节 后台很硬

"呵呵……很好。"王剑飞听到柳青这么说，只能点了点头，"好得很啊，柳青小姐，你可以不承认，但是我王剑飞今天就站在这儿给你保证，这里，你出不去。"

柳青笑了笑说："那就看王警官在剩下的十九个小时之内能不能捏造出所谓的证据了，呵呵……"

"带下去！"王剑飞挥了挥手。

很快，柳青被警员带出审讯室。

王剑飞捏了捏眉心，拍了拍我肩膀说："走，出去抽烟。"

外面，我们和突击审讯的其他几人交流了成果。

审讯的警员表示，另外几个人，哪怕是亲信，也并不是每个人都知道柳青的事，只有一个叫关玲玲的模特似乎是知道点儿什么，问话的时候表情明显有些不对。很显然，柳青提前给她交代过一些事情。但是警员刚打算把话题导向有利于办案的方向，这个关玲玲就闭口什么都不说了，搞得警员也无可奈何，只能暂时停止审讯。

而就在这个时候，夏兮兮朝办公室冲了过来。

"头儿，小叶哥，有重大发现！"

我们俩来不及熄灭香烟，让夏兮兮赶紧说。

夏兮兮上气不接下气地说道："我们刚刚查到，柳青旗下的企业不仅仅有七色猫平模公司，还有一家私人娱乐会所，柳青占股百分之五十四，是最大的股东，会所的名字叫大富豪水上乐园。"

"大富豪？"听到这名字的时候，我和王剑飞双双都瞪大了眼睛。

要知道，大富豪会所这种地方可不是谁都消费得起的，那是非常高端豪华的私人休闲会所，在整个龙城是首屈一指的存在，是真正的高消费场所，超级销金窟。能出入大富豪会所的人个个非富即贵，要么是企业老板，要么就是身居高位的官场人物，它位于市中心最繁华的地段，不论白天晚上，外面停车场上都是清一色的豪车跑车。

我们万万没想到，柳青居然是大富豪的幕后老板！

"怪不得她被抓到审讯室还能如此气定神闲，这种能在江湖上呼风唤雨的女人，不简单啊。"

我愣了一下，一个女人，能有这么大本事，开这么大场子？这背后要是没点儿保护伞，娱乐场想要做大可没那么简单。这案子……说不定还能钓出大鱼来！

只是这话我没敢说出来，因为很多时候即使大鱼会上钩，鱼线会不会被人拦腰剪断就不知道了。

夏兮兮吞了下口水道："原本我们是想查柳青的案底的，却没想到扒出了这么多东西出来，我们发现，柳青当年和聂小茹一样都是东阳市艺术学院的毕业生，两人还是同一届，都是2009级应届毕业生。"

王剑飞点头说："继续说下去。"

"柳青和聂小茹从艺术学院毕业之后，双双进入了一家现在已经被七色猫并购了的平面模特公司，两人同样优秀，事业更是顺风顺水。但是三年前，正当柳青事业如火如荼的时候，突然被人爆出被富豪包养的传闻，而且被抓到了实证，当时柳青的职业生涯几乎因为这件事毁于一旦。与此同时，聂小茹却风生水起，越来越有人气。我们还查到，包养柳青的富豪是一名港岛到内地来做生意的富商，三年前死于突发脑溢血。他死了之后，给柳青留下了一大笔钱，还有一家娱乐会所，就是现如今的大富豪，大富豪的法人也是去年才更名为柳青的。而且，柳青的全名应该叫柳青青，三个字。"

我皱起眉头，分析道："两人同样处于事业上升期，其中一个人被曝光出包养丑闻，事业一落千丈，另外一人却顺风顺水、成为当红模特……那么作案动机是有了，毕竟女人的嫉妒心是很可怕的。可是这个被丑闻缠身最后一蹶不振的人两年之后摇身一变，成了对方的老板……这么一个复杂的关系下，柳青没必要再向聂小茹下手吧？"

"这恐怕就和刘子伟有莫大关系了。"

王剑飞说完就走，打算再次提审柳青，但是我拦住了他说："别着急，现在证据不足，提审一次不能得到实质性的进展，反而会让柳青认为她的伪装收效显著，更加不把咱们当回事。"

"那你说怎么办？"王剑飞其实脑子挺好使的，但是办案的时候容易狂躁。

"不如试试其他突破口。"想及此处，我抽完了最后一口烟，"走，我们两个，去提审关玲玲。"

"好。"

关玲玲是一个身材比较矮小的模特，但是长得很有特色，是一个很精致的女孩儿。见到我们进来，她也不说什么，不反抗、不对峙、不对视，全程冷处理。

我笑了笑说："关玲玲是吧？呵呵……我真不知道你这么帮柳青扛着有什么用。哦对了，不应该叫柳青，应该叫柳青青，三个字，对吧？"

关玲玲看了我一眼，依旧没说什么。

我点了点头说："关玲玲，如果我记得没错的话，资料显示，你也是山村里走出来的唯一一个大学生吧？独自一人来到大城市来打拼是挺不容易的，你想要博一个未来，于是想孤注一掷，站在柳青这一边，把她当作你的贵人。可是，你有没有想过，万一赌输了呢？"

"青姐不会输的。"关玲玲盯着我，咬牙说了六个字。

"她是不会输，但是你会。"

说着，我直接站起来，把大富豪会所的工商注册资料拿到关玲玲面前，指了指股份占比那一栏。

"你自己好好看看吧，大富豪你应该知道吧？这么大一个娱乐会所，你亲爱的青姐占了一大半的股份，呵呵……而你呢？她的确不会输，她身后甚至还有保护伞，但是你没有。你输了，你可就什么都没了。你可以选择拼了命帮她扛，可是，她恐怕从来都没告诉你，她不仅仅只有七色猫这一家企业吧？她可是一个能在东阳市呼风唤雨的女人，你也妄想能和她平起平坐？"

"我……"关玲玲张了张嘴，默默地哭了起来，"对不起，我不能说，我真的不能说……"

"你不说就是把你自己带入歧途，你的青姐非但不会因为你的隐瞒而受益，反倒会因为你的隐瞒而加重罪行。明白吗？"我大吼一声。

关玲玲猛然间身子颤抖了一下，心理防线从这一刻算是直接被击溃了。

"我……警察大哥，我要是把我知道的全都说出来，我是不是就可以回家了？我真的不想在这个城市待着了，我想回我老家去……呜呜呜……"

说着，关玲玲居然直接趴在桌子上哭了起来，哭得伤心极了，从她的眼神中，我似乎看到了她对这座城市的失望和浓浓的恨意。

王剑飞终于松了口气，说："你说出来能不能立刻回老家我不知道，但是你如果不说出来，等待你的就有可能是牢狱之灾。明白吗？"

"好，我说。"

"你为什么说不愿意待在这个城市？这个城市虐待你了？"

"你们根本不知道模特除了拍照还要干什么！"

"模特不就是拍照拍视频吗？还要干什么？"

"想红，就要舍得。想要大单，就要舍得给出去东西。女人没什么东西好给的，只有一件……你们知道的。这个圈子太恶心了，我再也不想待在这个圈子了，我想回家！我想离开这儿！"

王剑飞看了我一眼，叹了口气。

"柳青和刘子伟是什么关系？"

"情人。"

"他们两个人的生活根本不在一个世界，一个是时尚圈的一姐，一个是出租车司机，怎么会认识的？"

"半年前的一个晚上，我、聂小茹、青姐三个人在大富豪喝多了，出门叫一辆出租车回家。出租车司机就是刘子伟。青姐单身，刘子伟也是单身，刘子伟和青姐当天晚上对彼此都有好感，当晚就水到渠成，发生了关系。后来，因为刘子伟……那方面能力非常强悍，青姐手下的小鲜肉跟刘子伟比起来，不管能力还是功夫都差远了，所以从那以后，刘子伟一直都和青姐保持着情人关系，但是他们两人之间有协议，刘子伟不能插足青姐的生活，青姐会定期给刘子伟一笔钱……"

"你知不知道聂小茹在哪里？"

"我不知道聂小茹在哪里，我根本不知道青姐和聂小茹发生过什么，只知道聂小茹这段时间有跳槽的打算。她跟青姐的关系很不好，甚至也可能是从一开始就不好吧，两人最近已经因为劳务合同纠纷发生过好几次口角了，原因大概是聂小茹越来越红……"

"刘子伟又在哪里？"

"不知道，不过我猜很有可能是在大富豪。大富豪是高端私人会所，我听说那个地方连警察都不敢查，就算查了也出不了事，所以如果刘子伟犯了什么事的话，那里对刘子伟来说应该是最安全的地方。"

笔录完毕。

得到这些信息之后，王剑飞迅速上报市局，拿到领导审批之后，当即组织警力，布下天罗地网，查封大富豪娱乐休闲会所，抓捕刘子伟。

晚上 20 点，天色渐暗。

就在这时候，案情再次出了变故。由于大富豪娱乐会所的第二大股东是一位很有背景的人物，所以上级指示，刘子伟要坚决缉拿，但大富豪会所坚决不能查封。

得到这个消息的时候，整个重案组的人全都懵了，王剑飞的双眼血红血红的，握紧拳头浑身颤抖。

我笑了笑，点上一根烟，靠在墙上抽了起来。当年，我的父亲就是因为侦察这种场子，最后被人迫害，身败名裂。如今，这种境况又落在了我头上。如果睁一只眼闭一只眼，或许以后整个重案组的人，仕途都会顺风顺水。可是如果继续查下去，未来可能会一无所有。

一根烟抽完，我问王剑飞："还查吗？"

王剑飞挥了挥手，坚定地说："查！不管是谁，既然有问题，我就要一查到底！出了事，我一个人负责！"

话毕，整个重案组的人眼中都闪着泪光。

第十一节 缉拿归案

出警之前，市局外面风很大，天很冷，温度极低。北风呼啸着，市局大院外面的大柳树被吹得呼呼作响，树枝遍地都是。

"我们只有十九个小时！在这十九个小时之内，我们务必缉拿刘子伟归案！务必找到聂小茹本人！如果……如果聂小茹还活着，务必保证受害人的安全！另外……重案组所有成员，请务必保证自己人的人身安全！"王剑飞安排道。

我问王剑飞："如此大动干戈，你可能会得罪太多太多的人，你能得到什么？"

王剑飞说："我能得到一个真相，这就足够了。"

我握紧了拳头，浑身上下似乎从这一刻开始充满了力量。

夏兮兮笑着说："把这个案子搞清楚，以后不穿这身衣服也值了，至少姑奶奶我问心无愧！"

"行动！"

随后，警笛呼啸，风驰电掣，这种场面，这种感觉，真的很是振奋人心。

大队人马进入大富豪的时候，里面冲出来了一队保安，上上下下得有二十多个人，直接把特勤组挡在了门外。保安队长是一个黝黑黝黑的大汉，腰上还带着狼牙棒，似乎见过很多世面，在这种情况下一点也不怯场。

我知道这个保安肯定知道点儿什么，至少他笃定，大富豪后台很硬。

王剑飞拿出警官证，大吼了四个字："警察办案！"

没想到，那看场子的保安看到证件后却嗤之以鼻："呵呵？警察办案？谁知道你们这警官证是真的假的？兄弟们，把这群冒充警察的人给我抓起来，送到派出所去！"

这些人的狂妄程度真的超出我的想象，更张狂的是，那些保安听到命令之后居然敢直接动手。可是他们的本事跟正儿八经的警队比起来根本不是一个量级的，没过多久，十几个人全部被铐了起来，带上了警车。

果然不出我们所料，在顶层的 vip 房间里，我们找到了藏在里面的出租车司机刘子伟，这个房间里面还有大量不堪入目的色情片和性用品。

刘子伟被抓之后出乎意料的老实，根本没有跟柳青一样的淡定自如和盛气凌人。

"五年了！五年前，我原本也有一个很好的女朋友，我们两个初中就认识了，本来我们已经说好了，等我攒够了钱，买了房子，我们就可以结婚，再生一个可爱的小宝宝，到时候我们不仅会有孩子，还会有一个幸福的家庭……她在商场上班，我租了一个临街门面卖卤肉，我每天早上 6 点就起床工作，晚上 18 点才收摊，我女朋友晚上 20 点下班，我每天晚上都会骑电动车准时出现在商场大楼下面接她下班。我接送她下班整整三年，大雨暴雪，从不失约。可是我没想到，一个开奥迪的老男人只接了她三次，她就跟人家走了！就三次！呵呵，多么可笑！我跟她说过，如果别人喜欢你，我可以把你抢回来，可是如果你喜欢别人呢，我能怎么办？我只能杀了他！我恨！我恨为什么有的人从一出生就可以住豪宅、开豪车，恨我自己一贫如洗！我只有一个踩缝纫机的娘，只有一个卖卤肉遭人白眼的爹！我恨这座城市！我恨整个世界！所以，那天那个老男人在停车场接我心爱的女人下班的时候，我拿刀捅了他！只是没想到我会被保安发现并报了案，那个男人没死，我自己却被送进了监狱……

"不过，进了监狱之后，我什么都明白了。呵呵，女人，女人算什么？还是她亲手把我送进监狱的，我认了！我在监狱里面努力学习，我想成为一个好人。我想等到我出来之后，我可以堂堂正正地好好做人，做一个好人！但是……我出来了，我发现这个世界对我并不友好，我努力地去尝试过，我想继续卖卤肉，可是卫生局的人却说我做的卤肉里有烂肉剂，可是，哪家卤肉餐馆不用这种东西？为什么他们不查别人的店铺？就因为我坐过牢！他们查封了我的店铺，可以，我也认了。我出去找工作总可以吧？我打算去卖房子，可是售楼部的人说我有案底，不要我！我想去推销保险，保险公司不要我，说没人会买一个坐过牢的人推销的保险！我想，去工厂总没事儿吧？可是工厂的人说我有过犯罪记录，谁能保证我不会继续偷东西或者再发疯杀人？于是，我的请求再一次被拒！

"整个世界都不接纳我了，我只能离开我原先生活的城市，来到这家公司开出租车……直到有一天，我遇见了青姐……柳青有洋房、有好车、有公司，人人都叫她一声'青姐'，可是你们真以为她是个好人吗？她说出来的话、做出来的事，连畜生都不如！在外人看来，她就是时尚圈一姐，受人爱戴、受人追捧，处处有人巴结……

"但是柳青说，只要我好好待她，她不会让我缺钱花。从那之后，我就接受了这种生活。我还通过柳青认识了当红平面模特聂小茹。聂小茹真的好漂亮，人也善良，她不会看不起我，我跟她说我是青姐的司机，她还跟我成为朋友……

"后来，不知道什么时候开始，我发现自己已经无可救药地爱上聂小茹了。从那之后，我开始包装自己、打扮自己，每当天黑的时候，我努力地给柳青当一条狗！可是到了白天，我就穿上西装、打上领带出现在聂小茹的面前，我想追求她……聂小茹才是我真正意义上爱的一个女人，我非常非常爱她……她是支撑我活下去的唯一动力。我关注她的微博、关注她的微信、关注她的朋友圈，我关注她的一切，我拼了命地想要了解她，了解她的喜怒哀乐，我想要对她好！我可以用我的命对她好！可是有一天，当我终于鼓足勇气向她表白的时候，我才发现，她对谁都一样。她对我点头微笑，她同样也会对公司的保洁大叔点头微笑。我才发现，她对我根本就没有好感。我们根本不是一个世界的人，就像两条平行线，永远都不会相交。她有豪车、有洋房、有大好前程！我那时候才意识到，总有一天，她的身边还会出现一个真真正正的、我一辈子都比不上的青年才俊，因为那才是真正有资格得到她的男人，而我，从一开始就不配……所以我不甘心、我不相信、我不服！"

"所以你就杀了她？"王剑飞大吼一声。

"我没想过杀了她！"刘子伟情绪很激动，"我只是想占有她而已！可是她不接受……她拼了命地反抗，甚至都不愿意让我亲她一口……我一着急，就捅穿了她的心脏！从那一分钟开始，聂小茹就只能是我的女人了！只能是我的女人！再也没有人能从我手上夺走我想要的东西了！等我清醒过来，她已经死了，没有呼吸了。我不知道自己该怎么办，所以我只能选择给柳青打电话……"

"柳青怎么说？"

"我以为柳青也不会管我了，没想到柳青却说，我这条狗，居然又帮了她一个大忙……她说，只要我老老实实听话，她就可以帮我摆平这件事。那天晚上，她带我见了一个喝醉的老女人。柳青跟我说，那个女人是个大人物，后台很硬。可是，那个老女人却不让我叫她孙姐，还让我叫她妹妹……你们能明白吗警官先生？你们能明白我的那种感觉吗？我才二十六岁啊！我却要管一个五十岁的老女人叫妹妹……柳青提前跟我说过，只要我摆平了这个人，我杀了聂小茹的事情，都不算事儿。我不相信，可我还是努力做了，因为我再也不想回到监狱了……但是我没想到，那个女人却跟我说，她真的可以摆平这件事。她让我跟柳青自行想办法把尸体处理掉，然后就装作什么不知道就可以了。但是，聂小茹是我心爱的女人啊……她是我最爱的女人！

在那些有钱人、有权人的眼睛里，她就这样一文不值……人与人的差别为什么就这么大呢？有的人生来就是人，可有的人，譬如我……好像从一出生就是一条狗，哈哈哈……这个世界公平吗？正义在哪里？啊？"

第十二节 生而为人，请务必善良

我们根据刘子伟的笔录找到了聂小茹，但是找到的却不是活人，而是一具尸体。我们找到她的时候，聂小茹的尸体已经不完整了，一部分被刘子伟抛到了城东的饲料加工厂原材料堆里，恐怕已经被做成了猪饲料运送到了养猪场，再也找不到了；另外一部分则被刘子伟用床单裹得严严实实，掺杂了二十斤牛肉和卤肉用的烂肉剂扔进了护城河里，包裹下面还坠了几十公斤的大石头。

聂小茹死得太惨了。

柳青没想到刘子伟这么快就认罪伏法，在知道刘子伟已经交代了全部细节之后，心理防线崩塌，情绪失控，最终供认不讳。

柳青的动机很简单。

她恨聂小茹，也恨这个世界对她不公。

"当年毕业的时候，我比聂小茹更加优秀，我身体条件比她好、我家境比她好，可是为什么我被曝光了，职业生涯毁于一旦，她却可以步步高升，大红大紫？这个世界对我太不公平了！我被包养又怎么样？我只是不想再过苦日子而已，我想要让自己变得有钱而已，我有错吗？可是，为什么被曝光出来之后，网上铺天盖地都是骂我的？那么多自诩公平正义的键盘侠站出来攻击我，骂我是贱人、骂我是骚货、骂我不是东西。

"而聂小茹，这个世界对她太好了……什么好东西都是她的。职业生涯顺风顺水，名气越来越大，我恨她！明明都是一样的起步，明明都是一样的出身，她凭什么？现在她红了，居然还想着跳槽，想要离开七色猫，想离开我的掌控！呵呵……我绝对不允许！所以我让刘子伟接触她、认识她，我也想把我当年承受的痛苦让她尝一尝，看看她还能不能站着说话不腰疼。只是没想到，刘子伟居然杀了她！那条狗居然还爱上了她！呵呵，狗，永远都是狗！哪块骨头香，他就会去啃哪块骨头……"

事情到此算是水落石出了。凶手和相关人员全部认罪，整个案件犯罪事实清楚，犯罪证据充分。等待他们的，将是法律的审判。重案组队长王剑飞获个人二等功，整个重案组所有成员记集体一等功。

只是事情闹大了，舆论压力实在太大，那位传说中的"孙姐"最终也以从事非法娱乐场所的罪名被缉拿定罪。

而且这个案子也在警局内部掀起了一阵讨论风潮，讨论的主题是两个字：公平。刘子伟觉得这个世界对自己很不公平，觉得自己受到了太多的不公待遇，他觉得自己也应该有钱，也应该有花园洋房。可是有了花园洋房的人，譬如柳青，她觉得公平吗？她似乎也觉得命运对她根本不公平。

可是，如果这么理解的话，谁又有公平了呢？如果公平了，那我们的奋斗还有什么意义？

而就在这个时候，夏今今又说出了一个细节。据调查，当年找狗仔队拍照录像曝光柳青被富豪包养的始作俑者，正是聂小茹。因为当年有过一次模特大赛，大赛最终只能有一名冠军，而当时，柳青和聂小茹同为好闺蜜，也必定是最终的竞争者。

知道这一切之后，所有人都恍然大悟。

"娱乐圈真的比我们想象的要黑暗得多了……"

"对，生而为人，务必善良。况且我始终相信，好人总归会有好报的。"说着，王剑飞递给我一个文件袋，"你看看这是什么……"

我打开一看，里面是一纸委任状，发出单位是上级领导直属管理的秘密小组——红S小组办公室。

那一刻，我整个人都像是凝固了一样，话都说不出来了。

王剑飞同时晃了晃手上的另外两份委任状，道："很幸运，'立警为公，执法为民'这八个大字，我没有白讲出来。"

我吃惊地问："另外两份是谁的？"

"一份是我的，一份是夏警官的。"

说着，王剑飞认认真真地站起来，把委任状递给夏兮兮一份。

"我？是我吗？"夏兮兮吃惊地指了指自己的鼻尖，"我……我也能进入红S了？天啊！我这不是在做梦吧？"

王剑飞冲我使了个眼色，道："叶警官，不如你帮夏警官证明一下她是不是在做梦？"

"好嘞！"我猛然一个鲤鱼打挺坐起来，抄起手上的文件袋，抡圆了，直接拍在了夏兮兮的脑袋上。

"我去，疼！"夏兮兮尖叫一声，追着我就开始打，一边打一边叫，"让你打你还真打！知不知道怜香惜玉，你还是不是个男人，啊？"

第四案 红衣女子

第一节 校园命案

一周之后，红 S 办公室。

我原本以为红 S 是一个多么强大、多么高端大气上档次的组织，却没想到，整个红 S 调查小组除了我们三个人之外，原本也就只有三个人。王剑飞说他们三个个个身怀绝技，不过我没看出来。

红 S 小组的组长叫唐钰，是个超级漂亮的女人。我之所以用三个"超级"，是因为她真的太美了，美得简直不像话，不论身材还是脸蛋儿。只不过王剑飞说她不经常笑，一般情况下，她都冷得像座冰山。

还有一个是吴教授，六十岁了，头发花白，年轻时候是个法医，传说他能和尸体对话。其实谁都知道，尸体自然不可能说话，这也就说明了这位吴教授在法医领域有多么出色了。

最后一个人叫小猛，年纪跟我差不多大，不过是个榆木疙瘩，见到我们只是憨厚地笑了笑，连声招呼都不会打。他的绝技是拳头，据说是退伍特种兵，关键时刻能一个打二十个，强悍得没边儿了。

红 S 办公室在市局一处废弃的办公楼里，连供暖都免了，老旧的落地空调在开着制热，发出一阵像是老牛拉破车一般的声音。

见到这个场面，我是真忍不住皱眉头，尴尬地看了一眼王剑飞道："这外面把红 S 吹得也太厉害了吧？就这阵仗，不知道的还以为是……是在市局要饭的呢。"

唐钰听到我说的话，笑呵呵地走过来，点头道："该有的福利都有的，你就放心好了，再说了，为人民服务不能计较个人得失。看看这个案子吧，咱们今天晚上刚好就要出警，你们赶紧了解一下案情。"

说着，唐钰递过来一沓厚重的文件，这一切都显得那么理所当然。

我问王剑飞："要不，咱们还是回重案组吧，行吗？"

王剑飞嘟囔道："恐怕晚了，应该是回不去了……不过我可以找局长申请一下，这地儿太破了。"

可是就在这时候，我在红S小组的办公桌上发现了一个包裹，包裹上面用的是大红色猩红扎眼的记号笔。这包裹的样式，我总觉得有些熟悉，包裹上面的字迹，我好像也在哪儿见过……

突然间，我脑子里灵光一闪，想起来了。

因为我看出来了，桌子上这红色笔迹的包裹跟我收到的装着我自己的照片、装着平面模特聂小茹照片的包裹，无论从字迹、大小、包裹上面的内容来看，都一样，甚至用的笔都是同一支。

这分明就是同一人所为。

想及此处，我冲王剑飞摇了摇头说："不走了，红S，我就在这儿了。"

"啊？"王剑飞和夏兮兮听到我这话，同时瞪大了眼睛，"不是吧……转变这么快？"

唐钰笑了笑说："相信以后你们会喜欢上这里的，这个调查小组在市局里有很大的权力，想知道吗？"

王剑飞点头："想！我一个堂堂重案组队长，立了功到你这儿反而成了队员，我当然要知道我能得到什么了。"

"无穷尽的荣耀感算不算？"唐钰双手抱胸，说得一本正经。

那一刻，我几乎从王剑飞脸上看到了一排乌鸦飞过。

这时候，唐钰清了清嗓子说："说正事儿。我们红S小组的特权主要有：第一，可以不经过领导特批随时进入停尸房，全程参与尸检，甚至绕过法医组单独进行二次尸检；第二，发现嫌疑人，只要有充分的证据，在特定情况下可以直接抓人，不需要找市局领导批捕，也就是先斩后奏……"

"这个好！"王剑飞双手赞成，"以前很多时候就是因为不能直接抓人，最后延误了最佳时机，导致办案失利。"

唐钰看都没看王剑飞，继续说道："第三，以后我讲话的时候，希望所有人都别插嘴。"

"噗！"

我当即一乐，夏兮兮也瞬间乐了。

王剑飞脸都黑了，恨不得找一块儿豆腐撞死去。他堂堂一个重案组一把手，到了红 S，连话语权都被剥夺了。

"报告，我有话讲。"夏兮兮举手。

"讲。"

夏兮兮问道："咱们红 S 的特权都是工作的特权，有没有私人方面的特权啊？譬如工作时间，譬如，有没有年底双薪？"

唐钰的脸色终于缓和了一些，道："说到这个嘛，组织对我们这些特殊部门还是有优待的，比如红 S 小组的经费要比任何一个部门都多得多。也就是说，钱随便用。当然，不要高兴得太早，任何人都不能以个人的名义用公费，这个道理，不用我提醒吧？"

"懂。"我们纷纷点头。

"至于个人工资嘛……大概是每个月加上餐补、加班费、交通费等等，比你们在重案组的时候能多个三两百块。"

"噗！"

唐钰摆手道："两百块钱不是钱？谁还有问题？"

"我有。"

这时候我站了出来，但面色，一点也不从容。

可能是因为从进来到现在一直都没说过话，所以现在站出来众人都很讶异，所有人的眼神全都集中在了我身上。

"畅销书作家，刑侦探案天才，叶小川，呵呵。"唐钰伸出右手，"欢迎你来到红 S。"

我没有跟唐钰握手，因为我没心情。我第一时间拿起了拿起了桌子上那个红色包裹。

"我想知道，这个东西是哪儿来的？"我问唐钰。

"证物。"唐钰指了指我手里厚厚的一沓案卷，"那就是我递到你手里这个案子的证物。应该说，是连续三个案子的证物，惊天大案。"

"什么意思？"我的心里猛然间震了一下，似乎是被针扎一般。如果说，这红色包裹真的和某些案子有牵连的话，那是不是某一个像是游戏一般的棋局，我早已深陷其中？

"是什么案子？"我问。

唐钰上下看了我一眼，打了个响指，直接来到了办公桌前。

别看王剑飞、夏兮兮我们三个刚才聊天儿打屁，可是到了碰见案子的关键时刻，谁都没有怠慢，神经瞬间都紧张了起来。

唐钰用遥控器打开了投影仪，案情资料出现在了我们面前。

唐钰开始陈述案情。

"第一个案子。三个月前，东阳市第一师范大学，一名女大学生，名叫梁茵，二十三岁，大四，死在了大学女生宿舍里。她死的时候穿了一身大红色的衣服，披头散发，死状极惨，眼球破裂。经过专案组法医首次验尸以及吴教授二次鉴定之后，确认这是一桩谋杀案，致死原因是过度惊吓导致的心脏骤停，后来经过调查，发现这名女生在遇害之前曾经报过警，下面是当时女子亲自去派出所报案的详细过程……"

唐钰说完，用遥控器在大屏幕上播放了一段视频。视频是派出所大厅接待处的监控录像拍下来的，时间是三个月之前的9月14号晚上。只见一个女子慌乱地跑进派出所，身上只裹着一条白色的浴巾，头发湿漉漉的，脸上的表情很是惊恐，就像是见到了什么特别恐怖的事情一样，进入派出所之后连滚带爬的。

派出所的人接待了这名女子之后，女子已经衣不蔽体，口齿不清。她表示，她住在大学附近的酒店里，十分钟之前在干湿分离的盥洗室洗头的时候，发现有人在她旁边儿站着，看着她，她一睁开眼，那人就消失了。她一闭上眼，那人又出现了！她吓得不敢再洗下去，所以洗发水的泡沫还没有冲干净，就直接跑过来报案了。

王剑飞轻咳了一声道："会不会是有人恶作剧？"

唐钰说："女子报案的时候称房间内只有她一个人。其次……你别插嘴，好吗？"

"咳咳……"王剑飞点了点头，闭嘴。

唐钰继续陈述案情："众所周知，不管是男性还是女性，不管是在自己家还是出门在外，人们在洗头过程中，尤其是闭上眼睛，用水冲洗泡沫的时候，总会不自觉地产生一种不安全感，就好像是背后有人一样，甚至有人明显感觉到脊背发凉，这是正常人都会有的恐惧反应。所以，在这名女子报案之后，治安民警也第一时间考虑到了这一点，先安抚了女子的情绪，随后进行现场勘查，确认没有特殊情况之后，建议女子进行一段时间的心理辅导，大学里面也有专门的心理辅导室。这个案子，到这里为止，看起来是告一段落了……"

王剑飞张了张嘴，可能又有疑问，不过，他是不敢插嘴了。

唐钰直接没理他，继续说道："请注意我的用词是'看起来这个案子是告一段落'，其实不然。在女子报案之后的第三天，校方又报案，称有一名女子死在了大学女宿寝室里，死者正是梁茵，正是三天前报案说有人看着她洗头的这名师范大学女学生。"

"她死了？"我瞪大了眼睛。

要知道，唐钰刚才说的，人在洗头的时候会产生恐惧感和不安全感，这是有科学依据的，在心理学中这叫"光阻危险感"。简单点儿来说，一个正常人，不管在明亮或者黑暗的环境中，只要能睁大眼睛，就会有安全感。看不看得到东西是其次，主要是能不能睁开眼。反之，如果必须要闭上眼睛，那么不管在黑暗中还是在光明中，都会产生恐惧感。最能反映这种现象的，就是我们每个人在洗头过程中，闭上眼睛冲掉泡沫的时候的感受。这是正常的。

但是，死了人，这就不正常了。

"死了就有蹊跷了。"我说，"'光阻危险感'是绝对不可能致命的。"

旁边的吴教授冲我竖了竖大拇指，示意我分析得正确。

却没想到，同一时间，唐钰盯着我，再一次提高了音量："能别插嘴吗？"

第二节 死亡包裹

我当即老脸一红，赶忙闭上了嘴。

唐钰继续她的陈述。

"命案必破，这个原则不管是在重案组还是在红S都一样适用，所以这个案子在三个月之前直接移交给了红S，在后期的侦查过程中，我们在梁茵被害的女生宿舍的空调室内机里面找到了一枚针孔摄像头。这说明的确有人在监视着梁茵。梁茵自己不知道是什么人以什么方式在监视她，可是她有感觉。可是就在这个时候，案情发生了转机，因为现在是寒假期间，宿舍里面一共住了六个女生，除了一个是本地人，家境优越，偶尔回去一趟之外，其他四个人全都回了老家。而根据事后我们走访调查，却发现空调内机里面的针孔摄像头是梁茵自己安装上去的……摄像头上是她本人的指纹。"

"会不会是凶手有反侦查手段，刻意消除了自己的指纹，留下了梁茵自己的？"

"不是。"唐钰说，"开始我们也有这个想法，但是随后我们在梁茵的遗物中找到了一枚U盘，U盘里面除了针孔摄像头的拍摄内容之外，还存了大量的专业课课件，是梁茵自己的笔记，我们还在梁茵的网络购物账号上找到了购买针孔摄像头的订单记录。因此可以证明针孔摄像头是梁茵自己安装的，而摄像头所拍摄的内容也没有涉及宿舍内其他任何人，拍的全都是她自己从晚上21点半熄灯到第二天早上5点半起床之间这段时间的内容……"

"也就是说，她在自己监控自己，还报案说有人在监控她？"

"案情发展到这里，线索全断了。"唐钰说完，目光扫过我们每一个人，"现在你们可以发挥自己的光和热了，发表一下自己的看法。"

王剑飞早就忍不住了，问："人是死在女宿里的，死之前三天报案的时候她出现在学校附近的酒店，对吧？负责民警专门问过她房间里面都有谁，梁茵自己亲口说，房间只有她一个人。那么问题来了，自己明明有女宿可以住，距离学校又那么近，根据调查也没有男朋友，她一个人开房干什么呢？难道是为了洗头？这不符合逻辑吧？"

夏兮兮说："我见过男变态偷拍女乘客，也见过女变态偷拍男厕所，甚至我见过男人对男人玩偷窥，但是自己偷拍自己的，这我还是头一次见，这女人有没有精神病史？"

唐钰点了点头说："这些都是案情的疑点，但是没有线索可以切入。"

接下来，便是沉默。

唐钰好像是在等着我说话，但是我一直没开口。唐钰忍不住了，就开口问我："叶小川，你有看法吗？"

我摇了摇头说："如果能排除她有精神病史的话，我暂时没有想法……"

唐钰解释说："我们跟校方了解过，梁茵学习成绩很好，非常努力，性格开朗活泼，参加了不少社团，琴棋书画都会一点，年度文艺汇演上属于最吸引目光的那一个。她甚至还很爱养花，对花艺也有研究，是真正意义上德智体美全面发展的那种学生。此外，追求她的男生有很多，但是梁茵总是以学业为由拒绝，从来不跟任何男生有超过同学友谊的交往。这种情况下，我们几乎可以排除她患心理疾病的可能，同时我们查过她的医疗档案，也没有过往精神病史……"

我说："有没有可能不是他杀，而是自己吓死了自己呢？"

"有这个可能。"唐钰打了个响指，"经过尸检，我们发现梁茵的尸体上并没有任何的外伤，根本不存在致命伤，喉咙、心脏、肺部有大量的淤血，具体死因是心脏充血骤停。以前也有人吓死人、自己吓死自己的案例，所以，不排除没有凶手。但是现在关键问题就出现在这个红色的包裹上。"

"包裹？"我下意识地瞪大了眼睛。

果然，不出我所料，案情最终还是绕回到了包裹上面。

"跟包裹有什么关系吗？"我问道。

唐钰皱了皱眉头，似乎是想到了什么，问道："你好像一直都很在意包裹的事啊？"

我赶紧摇头，假装淡定道："我只是觉得这个包裹有些特别，没有运单号，没有承运公司，全程手写，有点别扭。"

"是挺别扭的。"唐钰说完，迅速切换到了下一个镜头，"我们来看下一个案子。受害人是一家国有银行的基金经理，男性，三十五岁，叫苏鸣。他在出事之前也报案过，当时他报案的陈述过于荒唐搞笑，警察根本没在意，三天之后，苏鸣死在了自己家里，没有外伤，心脏、肺部、咽喉处都有大量淤血，眼球破裂，和梁茵的死法相同。看起来，这两个受害人，不管是年龄段还是工作、社会地位，都没有任何相同的地方。可是，他们又有不少相似之处，比如，第一，他们的死因相同；第二，也是最重要最关键的物证，就是你看到的包裹，他们在出事之前都收到了这种大红色字迹、手写的包裹。"

"收到包裹的都……死了？"我刚喝了一口水，差点儿一口水喷出来。

夏兮兮看了我一眼说："你这么激动干吗？"

我心说，我能不激动吗？这包裹我也收到了啊！不仅如此，我还收到了两份包裹，其中一份是聂小茹的，而聂小茹已经死了。

可是，杀害聂小茹的人是刘子伟，刘子伟也已经认罪伏法了啊。难不成，在每个案件背后还有一双看不见的手在推动不成？

我大口大口喘着粗气，心情久久无法平复。

吴教授看了我一眼，盯着我问道："叶警官好像状态不太好啊？有什么想法吗？"

"没有没有。"我赶紧摇头，"吴教授，您不要叫我叶警官了，叫我小叶或者小川都行。"

"呵呵，不舒服就喝口水吧……"吴教授点了点头，不再看我。

我再次喝了一口水，问唐钰："有没有调查过，他们收到的包裹里面，装的东西是什么？"

"照片。"唐钰不假思索道，"是他们自己的照片，而且，无一例外，全都是偷拍。"

瞬间，我的耳边像是炸雷一般，响个不停。

我收到的包裹，里面装着的也是我的照片，同样是偷拍。

这时候，王剑飞举手说道："请问唐小姐，我可以说话了吗？"

唐钰点头："说。"

"能不能详细说一下，这个叫苏鸣的人，报警时候的'搞笑'是怎么个搞笑法？因为案件细节很重要的。"

"可以。"

唐钰摁了一下遥控器，大屏幕上出现了某派出所门口的监控录像。画面中出现一个穿着西装打着领带拎着手提挎包的中年男子，男子慌慌张张地冲向了警局，看起来很害怕的样子，还时不时地东张西望，很不符合常理。监控录像的时间是晚上 20 点半，天色已经完全黑了，路上鲜有行人……

"这名男子就是苏鸣，他当时报案的理由是，他当天在银行因为一笔理财的账目没有核算清楚，所以一直加班到了20点才回家，可是回到家他发现自己家的门是开着的。因为他是单身，所以家里不可能有别人，钥匙也只有一把，当时就在他自己身上。他的第一反应是有贼撬锁偷东西了，门还虚掩着，很有可能小偷还没有离开，所以，他没有跺脚触发楼梯道里的声控灯，而是悄悄地摸黑进家，打算来个人赃并获。巧的是，他进家之后，还真的看到了黑暗中有一个影子在他家，可是没有在翻找东西，而是在客厅里坐着，还开了电视，穿着一身黑西装，就像是在自己家一样毫不客气。见到他回来了，黑影也不跟他打声招呼，站起来就走了……苏鸣还觉得这个人有些熟悉，好像在哪儿见过似的，可是当时一时间想不起来究竟在哪儿见过。苏鸣表示，他当时都懵了。哪有当贼的这么气定神闲地坐在别人家看电视喝茶的？他一句话也说不出来，眼睁睁看着那个人出了家门，下楼梯，走人了……"

说到这里，唐钰停顿了一下。

"关键问题来了，就在黑影已经走远，楼梯道里的脚步声已经越来越远，近乎消失了的时候，苏鸣忽然反应过来……那个人的身影、样貌，他岂止是熟悉，那根本就是他自己本人！所以，你说滑稽不滑稽？一个人来报案说他看到了贼，警察去现场勘查之后发现没有丢失任何财物，他又说他自己看到了自己。所以，几乎所有人都把这件事当成恶作剧了。"

"是挺滑稽的。"

"然而，就在报警之后的第三天，苏鸣死在了自己家里……"

第三节　第三桩命案

"又死了？"听唐钰说到这儿的时候，我们所有人都倒吸了一口冷气，浑身上下都冷飕飕的，办公室的温度都好像随之而下降了三分。

"是的。"唐钰点了点头，"我们通过尸检，很难确定这是他杀，因为发现尸体的地点就是第一案发现场，尸体上没有任何致命外伤，现场除了受害者本人也没有发现其他任何人的痕迹，包括脚印、指纹、毛发以及皮屑组织等等，都没有。可以说，所有能够作为线索推断案情的痕迹，全都是一片空白。"

"可是这件案子绝对没那么简单。至少，两个工作和生活全无交集的受害者，同时收到了死亡包裹，这摆明了存在人为因素。"我分析道。

"没错，所以我们现在哪怕没有证据证明这属于他杀，暂时的侦查方向也必须定义为他杀。甚至……变态谋杀！"

夏兮兮举手说："回头我想看一下尸检报告，如果有必要，我想，我能不能进行二次尸检？"

"可以。"唐钰点头，"但是尸体已经存放三个月，尸斑已经全面形成，人体组织冷破坏严重，况且身体没有外伤，二次尸检的意义可能不大。"

"小叶哥说，距离死者越近，距离真相就越近，所以，我想走近点。"夏兮兮直接把锅甩到了我脑袋上。

"呵呵……"我尴尬地摇了摇头。夏兮兮虽然在重案组的时候不参与法医尸检工作，但是我知道，在夏兮兮的个人资料一栏中写着：高级法医。

唐钰的性格干脆利落，说完了第二个案子，很快又进入了第三个。

"下面我开始陈述第三个案件。但事实上，从某种角度理解，我们可以将这三个案件列为同一个案件。"

很快，大屏幕上出现了一个健壮青年男子的照片。

"常伟，男性，二十八岁，本市一家健身房的健身教练，主要负责瑜伽项目。死亡时间是上个月 17 号晚上 18 点钟左右，死亡地点是他手下一名女学员的家中。跟之前两起案件的相似之处是，这个常伟在遇害之前，也曾经遇到过恐怖的、匪夷所思的事情。不过他并没有报警，而是将自己的所见所闻讲给了他的老同学兼好朋友，也就是那位女学员的老公听了。这位女学员名叫方桃，女学员的老公叫宋学林，他们三个曾经是大学同学。"

所有人都屏住呼吸，生怕错过案件的任何一个细节，整个办公室内鸦雀无声，我们甚至能听到彼此的心跳声。冷气流蔓延在我们中间，哪怕房间里开着暖气，所有人也都时不时紧一紧领口，皱皱眉头。

唐钰停顿一下，继续说道："但是，跟师范大学梁茵的死还有国有银行基金经理苏鸣的死不同的是，这位瑜伽教练常伟没有死在自己家里，而是死在了女学员方桃的家中。也就是说，他的死亡地点并非是自己经常出现的地方。而且，死状极惨。他的身体有明显的外伤，还曾被分尸……不，'分解'更准确。法医尸检过程中，对尸块儿的颜色、氧化程度以及肌肉收缩程度进行了分析，结果发现，常伟被肢解，并不是在死之后，而是发生在死之前……"

"活体分解？"我、王剑飞、夏兮兮三个人不约而同地吼了出来！

"没错。"唐钰摸了摸鼻子，继续说，"凶手曾用高尔夫球杆砸过受害人的脑袋，导致受害者颅骨碎裂，颅内大出血，但是这次攻击没有致死，而后凶手又对他进行了肢解，作案过程中用的凶器全都是就地取材，用的都是方桃家的器械。"

"凶器上提取出指纹了吗？"王剑飞问道。

"有，但是只有方桃和宋学林夫妻二人的，没有任何第三人的指纹，家中除了这夫妻二人的痕迹之外，没有其他任何人的痕迹。"

"报案人是谁？"王剑飞问道。

"方桃的老公——宋学林。"唐钰说道。

"我有一个假设。"夏兮兮站起来，"瑜伽的姿势大家都知道，对于女性来说，瑜伽其实是一种很私密的健身活动，虽然说这年头男女性别的界限已经越来越模糊了，可是终究男女有别，更何况这个方桃是个有家室的人。抛开教练和学员的关系之外，三人还都是大学同学，通常情况下，大学那个年纪……存在很多说不出口的'秘密'，你们知道吧？再加上成年之后的男女都比较大胆了，对男女之间的这种事并没有学生时代那么保守和拘谨，很容易擦枪走火。如果我们假设方桃和常伟存在一定的暧昧关系，然后又被方桃的老公宋学林发现，激情杀人，冲动之下动了手，这很合理，同时也解释了为什么常伟会死在方桃的家里。"

"这个逻辑的确说得通，但是从我们目前掌握的情况来看，宋学林和方桃夫妻二人，在常伟死的时候，双双都有不在场证明，况且他们都表示，常伟和他们关系非常铁，是多年的老相识儿了，还再三请求警察一定要查明真相，他们愿意随时配合调查。而且，我们也没有发现任何的证据指向宋学林或者是方桃……再加上常伟在死之前也曾经收到过包裹，见到过恐怖事件，所以我们只能暂时排除这对夫妻的作案嫌疑。"

"恐怖事件具体是什么？"我问道。

"恐怖事件也是宋学林提供给警方的，宋学林表示，常伟在遇害前去他家吃过饭，吃饭的时候无意间说起，说最近这段时间总是恍恍惚惚的，比如早上起来发现牙刷在床头，可是他明明记得前一天晚上是刷了牙过后放在了卫生间的。又比如，他晚上睡觉的时候将鞋子脱掉放在床边，可是第二天早上起床发现床边没有鞋，最后却在阳台找到了。而且，鞋子还放在阳台的护栏边儿上，就好像是要跳楼一样……不过，常伟并没有报警，只是将这些事情说给了宋学林。目前这三起案件，我们所掌握的情况只有这么多。相同点，收到过死亡包裹，不同点，师范大学梁茵是女性，后者苏鸣和常伟都是男性；其次，前二者都死在了经常活动的地方，健身教练常伟死在了别人家里……"

这时候，我接话道："那如果说……常伟死在了方桃的家，这个家，恰恰就是常伟的经常活动地点呢？我们按照夏兮兮的思路推断下去，假设常伟和方桃有一定的暧昧关系，趁着宋学林上班、出差等不在家的时候去方桃家里鬼混，那这很符合逻辑了。这样一来，常伟死的地点跟前两者一样，是经常活动的地点啊。"

"确实合理，甚至宋学林选择主动报警也很可能是'贼喊捉贼'，这个假设也很合理。"唐钰表示赞同，"但是，我们没有任何证据。所有刑侦技术我们都用上了，一无所获。宋学林没有逃跑，也丝毫不紧张慌乱。宋学林是小学老师，哪怕存在一定的反侦查经验，也不可能将这一系列变态作案做到如此完美，滴水不漏。"

案情进展到这个阶段，只有两个结果。第一，继续查，先假设，再论证；第二，放弃侦破，档案封存，贴上红条，永不启封。

唐钰说："假如一个案件连红S也无能为力的话，是可以永久封存、列为悬案的。但是，我觉得这几起连环杀人案还是有迹可循，所以在这个恰当的时候找到你们加入。尤其是你……"

说完，所有人都不约而同地看向了我。

我茫然道："啊？你们……都看我干什么？"

第四节 404 恐怖宿舍

唐钰站起来给我倒了杯水，她踩着高跟鞋，性感又魅惑，吐气如兰。

"咱们红 S 小组六个人中，你的想象力最丰富，是吧，大作家？我们红 S 调查案呢，正是需要强大的想象力和逻辑推理能力，要不然，你以为我凭什么让你进入红 S 小组？"

我点了点头说："我过来就是来破案的。但是我的想象并不是凭空想象，我的想象都是需要一定的证据来支撑的，所以目前，我也没办法分析出更多的东西来。"

"我知道，你来红 S 组，是想要了解人骨雕花案。"唐钰看了我一眼，"但是高层领导已经决定将人骨雕花案封存了，想要再次启封，除非手上没案子了……你能明白吧？这是规章制度，我们也要服从安排的。"

"我……我明白。"我揉了下太阳穴，努力放空自己，让自己站在客观的角度上去考虑案情。

时间一分一秒地过去，我也不知道过去了有多久，大概是三分钟，也可能是五分钟。偌大一个办公室静悄悄的，落针可闻。

过了半天，我脑袋舒服了些，便开口说："我想，或许我们可以回到案件本身。我们暂时抛开这个死亡包裹的论调，把三个案子分开来查。可能死亡包裹只是一种死亡讯息，发包裹的人未必就是杀人的人，对吧？"

"同意。那我们下一步，从哪着手呢？"

"先从三人的社会关系以及案发现场的细节开始查起，我们六个人可以分成三组，每两个人一组，分别重新勘查现场，了解案情细节。福尔摩斯曾经说，每一次走近案发现场，每一次都会有不同的发现和想法，这个理论，我深信不疑。"

"好。"唐钰打了个响指，"我就知道，重案组来了这么多得力干将，破案率一定会大大提高。"

随后，我们进行了随机分组。

王剑飞和夏兮兮一组，去查国有银行职工苏鸣的家。

小猛和吴教授一组，去查方桃以及宋学林的家。因为小猛不善言辞，而吴教授"老奸巨猾"，比较容易套出有价值的信息来。

而我，跟谁一组无所谓，可是我第一个选了去师范大学查梁茵的案子。因为，梁茵是收到死亡包裹的第一个人。每一次连环凶杀案中，第一起案件往往是确定基调和案情走向的案子，就好像是吉他调音、钢琴定调一般。有了第一起案件做定调，后面的往往像是绳子串珠子，都一样，没特点，同时也很难发现破绽。

"很巧，我的想法和你一样，只能咱们俩一组了。"唐钰走到我身边，淡淡的兰花香味扑鼻而来，我皱了皱眉头，"现在是上班时间，你是个警察，虽然你是我领导，但是我还是要批评你两句，你这个形象，不太好……"

唐钰笑着说："红S是特殊部门。你没发现整个小组都没有警服吗？我们越像正常人越好，所以说，你见哪个正常女人不喷香水的？"

"……随你吧。"我点了点头。

众人约好了勘查过后回办公室吃宵夜，之后各自出发。虽然所谓的宵夜可能只是一桶泡面，但是看得出来，所有人还是很期待早点儿吃上这碗泡面的。

王剑飞和夏兮兮走了，小猛带着吴教授奔往宋学林家。原本我是打算坐在后排分析案情的，没想到唐钰直接把她的车钥匙扔给了我，说："发扬点风格啊，大晚上的，总不能让我一个女孩子家开车吧？"

"我去……"我看到她的奥迪Q7的时候都震惊了，"咱组里的经费，你可小心着点儿啊，你开这么高调的车，作风问题要谨慎啊……"

"想什么呢你！"唐钰白了我一眼，"这是我去年生日的时候我爸送给我的礼物，跟经费有个屁关系！别乱说话！"

"够奢侈的啊！"我坐上驾驶室，"那我冒昧问一下，你今年生日过了没呢？"

"还没呢，不过快了。"唐钰一笑，"你这是打算贿赂贿赂领导？"

"得了吧。"我赶紧摇头，"生日礼物都送Q7了，这个级别的生日我可过不起。我是打算最近买辆车的，你爸今年生日要是送你其他车了，你这个车倒是可以充公，给我开一下。"

"呸！"唐钰先是冷哼一声，之后反而笑了笑，"看你表现吧。"

"坐稳了！"

车子一开，风驰电掣，大排量的 suv 驾驶体验的确非一般，跟王剑飞的 jeep 指南者比起来……简直没得比。

我们到达东阳市师范学院的时候，天已经黑了。

此时是寒假期间，学生都放假了，只有少数学生放假没回家。这个时间点，学生们要么出去嗨不在宿舍了，要么在教室奋发图强……宿舍里只有着零星的灯光，聊胜于无。

冬季的校园内万木凋零，走进来空荡荡的，连个鬼影子都没有，风一吹，枯黄色的法国梧桐落叶席地而起，群魔乱舞一样，多少有点儿恐怖的味道。

唐钰说："要不要通知一下校领导？"

"不用了。"我摇了摇头，"我们知道详细的楼层和宿舍号，直接过去就是了，知道的人一多，反而不容易查清楚事实真相，出其不意才能攻其不备，孙子说的。"

"还挺出息。"唐钰赞赏地看我一眼。

我们俩迅速根据资料显示的地址，来到了女生宿舍区 B 座第四单元。

"就是这栋楼，4 楼 404 宿舍。因为宿舍出过事儿，很有可能已经被锁了，你确定不找校领导开门吗？"唐钰问。

"不用。"我摇头，迅速上楼。

唐钰没好气，只能老实跟着我。

这个天气，温度实在是太低了，总给人一种背后发凉的感觉。因为长期不通风，再加上大四学生马上就要实习，大三宿舍楼也接近大学生涯的尾声，这栋楼里入住的学生并不多。黑漆漆的宿舍楼道里阴暗潮湿，连地面都有些粘鞋底，有女生扔掉的袜子、鞋子，还有扔掉的泡面桶，一切散发着难以表达的怪味……

"这里案发之后应该很少有人来过了吧？"上了四楼之后，我看到角落里还有黑色的类似虫子的东西蠕动着爬过，这摆明了，这里至少有两三个月没有人出入过了。

"原本就没多少人在这儿住，再加上发生了命案，女生们都胆小，同一楼层的早就搬出去了，整个四楼恐怕都没人来过，下楼上楼的学生经过四楼楼梯口都是屏住呼吸闭上眼睛走，梁茵死的房间也被命名为'404恐怖宿舍'了。"

"第一案发现场没有被破坏，这样最好。"我点了点头，不由得加快了脚步。

唐钰在后面嘀咕道："办案心切，勇气可嘉，这个值得鼓励。不过像你这样见到犯罪现场就像是打了鸡血一样兴奋的，还是头一号呢。"

我没搭理她，很快就来到了404宿舍的门口。

来之前我曾经了解过，这栋女宿舍楼大概是建校之后首次扩建的产物，不过距今也已经有二十多年了。整栋楼肮脏破旧潮湿，门把手处有很严重的磨损痕迹，锁是很普通的单排一字锁，还有很多长年累月被撬的痕迹，大概是女学生们没带钥匙的时候留下的。

我拿出指甲刀夹层中磨指甲用的刀片，插入单排一字锁，三秒钟之后，开锁。

唐钰吃惊不已，惊道："你还有这技能？你这技术，当警察可惜了吧？"

我懒得理她，拿出两副脚套和手套示意她带上，之后拿出提前准备的弱光手电，推开宿舍门走了进去。

然而，就在这时候……

第五节 奇怪的花

我单手用力打算推开门，却没想到，木质的老旧破门刚被我推开，在门的内侧，宿舍里面，忽然有一股反作用力猛然间朝我的方向反弹。这个力量，比我单手的力量都要大得多。

我一个不留神，这扇门又重新关上了。

一瞬间，仿佛狂风大作，巨大的撞击声响彻了整个走廊，伴随着回音游走在走廊两端，木门迅速"吱吱呀呀"响个不停……

我的脑袋一下子就大了起来。

"啊！"

唐钰也毫无准备，被这反常的情况吓得尖叫出声，跟跟跄跄后退几步，靠在了走廊后墙上。因为太过空荡，唐钰这高跟鞋的声音伴随着她的尖叫声，在走廊里连续回响了四五次。

整个走廊空荡荡的，404 宿舍在走廊最尽头，往另一端楼梯口看去，到处都是黑乎乎的，看不到一丝光亮。

我整个人汗毛瞬间就炸了起来，当即吓出一身冷汗，摸了摸脑袋，细密的汗珠密密麻麻的，直接遍布额头。

"别害怕别害怕……冷静。"我扶着唐钰的双肩，让她不要再叫喊。要知道，即使唐钰是红 S 小组的组长，可她终究也是个女人，而且只是一个二十来岁的女子，胆子再大，能大到哪儿去？

至于我，说不害怕是假的，这种凶案现场，任谁都不可能来去自如，我也一样。

唐钰大口大口地喘着粗气，惊魂未定。

我们一冷静下来，走廊里很快陷入了沉寂，我捡起地上的弱光手电，盯着唐钰，小声说道："这是室内长时间空气不流通，突然打开房门导致的空气对流，不用怕。好点了吗？"

唐钰长舒了口气道："我们早该想到这一点的，404 宿舍已经封闭三个月了，宿舍内空气压强大于室外是基本常识，吓死我了……"

"还是要小心，冷静，好吗？"我揉了揉眼睛，小心翼翼地站起来，脚步轻微，再次推开了 404 宿舍的木门。

房间里面灰尘弥漫，透过弱光手电的光束，可以看到灰尘在上下浮动，能见度很低，站在宿舍门口根本看不到对面墙的窗户，好像进入了瘴气弥漫的深山老林一般。发霉的空气压抑得几乎令人窒息，似乎随时都要喘不过气来。

我赶紧打开手电筒的强光，可视范围才好了点儿。唐钰收拾好心情也迅速进来。

"把门关一下，避免破坏现场。"我提醒她说。

"你还挺有经验的。"唐钰戴上橡胶手套之后，回头把门虚掩上。

仿佛整个世界都开始变得静悄悄的。

地上有红色的小号雪糕桶摆出的人形，这是痕检组挪走尸体之后摆放的尸体位置。

房间左右两侧一共是四张上下铺，八个床位，其他七个床位已经全空了，只有一个床位的床单被褥还放在床上，杂乱无章。

唐钰指了指那张床说："那就是梁茵的床铺，出事之后，同宿舍的人都第一时间搬走了，只有梁茵的东西一直在。"

"梁茵的家长没来收拾过遗物吗？"我问。

唐钰解释道："因为还没有破案，档案也没有被封存，现在还处于侦破阶段，所以一切和案发有关的东西全部都被固定了位置不能带走。其次，梁生活在单亲家庭，母亲在她很小的时候就去世了，父亲很快另娶，但她的亲生父亲又在她读高中的时候因工伤辞世。梁茵出事之后，老家那边只有一个养母来看过，听说还没有破案，就回去了。"

"也是个可怜的丫头。"我感叹道。

这时候，手电筒的光，照在了墙角的一大株盆栽上面。

这盆栽很大，花盆直径大概有四五十厘米，高度约八十厘米，在黑暗的环境下，居然还在开着花，花朵很大，在这昏暗的光下，显得无比妖异且鬼魅。

这盆栽不是寻常的盆栽，很明显经过花艺师的修剪。虽然我对花艺不是很懂，但是好看的东西谁都分辨得出来。

"这盆花是梁茵的作品？"我问道。

之前听案情分析的时候，唐钰曾经说过，梁茵的花艺水平不错，现在看来真是名不虚传，这盆栽的修剪水平几乎能与专业的花艺师媲美。

"是的，曾经还在东阳市花艺展览会上获奖过，网上都有新闻的。"唐钰解释道。

我说："我总觉得，这盆花有点怪怪的……"

这盆花花色鲜艳且不说，重要的是，这房间已经被封锁将近百日了，花朵居然一点都没有干涸枯萎的迹象。

"这盆花是有养料的。"

"养料？哪儿来的养料？"

"血。"说着，唐钰指了指地上的尸体位置，"梁茵死了之后被学生发现，警察赶来的时候梁茵已经没有生命体征了，血流得遍地都是，血迹顺着瓷砖衔接处的缝隙，全都流到了盆栽下面。花盆下面都有孔，这盆栽吸收了大量的血，以血为养料，当然开得鲜艳。"

"等等，你不是说梁茵没有外伤吗？"我诧异地问道，"怎么会流那么多血？"

"眼球没了。"唐钰说，"当时我和吴教授就在现场，梁茵的眼球是裂开的，血从眼眶中喷出，后来她的生命体征消失，血液凝固，两个眼眶里面黑洞洞的，全是黑色的污血，真的很惨……"

我下意识地打了个寒战，这种故事，听着都让人不寒而栗，更何况我们现在就在凶案现场。

我脑补出各种画面，想象不出梁茵死之前究竟经历了什么。可是冥冥之中，我总觉得这盆花有蹊跷，便想拿出手机拍张照片回去慢慢研究一下。这盆花被死者精心修剪过，同时是有一定的艺术语言在里面的，我想，或许我们能从盆栽的修剪方式上解读出梁茵生前一定的心语。

"别碰那花。"

没想到，我刚走近那盆栽，唐钰就赶紧制止了我，把我吓了一跳。

"吴教授说，这盆栽叫文珠兰，有剧毒。"

"什么？"

"剧毒？这是文珠兰？"

这盆栽肯定有问题！至少至少，这是一个侦破方向！

文珠兰，又叫十八学士，是一种石蒜科文殊兰属植物。文珠兰全株有毒，以鳞茎最毒，中毒症状初期为腹部疼痛，先便秘，后剧烈下泻，脉搏增速，呼吸不整，体温剧烈上升，最严重者可迅速导致心肺功能衰竭而死。

"既然这盆花是剧毒的文珠兰，为什么你们早前不把侦破方向放在文珠兰上？任何一个正常人，无论怎么热爱花艺，都不会拿自己的生命开玩笑吧？"我质问唐钰。

"吴教授以及法医组的人已经多方鉴定过了，梁茵的死不符合文珠兰中毒的症状，而且文珠兰有毒这件事，任何一个懂得花艺的人都清楚，这是常识。梁茵不可能不知道文珠兰有毒，所以，为了不大面积破坏现场，这盆花就没动。"

我冷哼道："你们恐怕恰恰是忽略了最重要的一个细节！"

想及此处，我也懒得理会唐钰了，直接拿出手机拍照。

可是，就在这时候……

"哒哒哒……"

"哒哒哒……"

"哒哒哒……"

外面安安静静的走廊处，传来了一阵有节奏又不紧不慢的脚步声，似是散步一样。

"嘘！有人！"

我开始以为是我听错了，结果没想到，我刚一转身，唐钰就对我做出了嘘声的手势："关灯！别说话！有人朝我们这边来了……"

可是，这里三个月都没人来过了，而且空气发霉，臭味弥漫，怎么会有人来？

尽管我再怎么怀疑，但那分明就是一个人的脚步声。而且，来人正在朝着走廊这一段缓慢靠近……这个脚步声要比正常人走路的速度还慢得多。而且来人穿的鞋子好像是老式的花边手纳千层底，走在水泥走廊上会发出这种独特的声音……

唐钰小声道："会不会是校方发现这边有动静，所以有人过来看情况来了？"

"你见谁查看情况的时候是慢悠悠走过来的？"我握紧拳头，努力屏住呼吸，"这人似乎一点都不忌讳这种命案现场，反倒好像是来游玩一样，这人的脚步太有节奏感了！就像是……对，梦游！这很像梦游症的人正在走过来一样，脑子毫无意识，怎么会这样……"

唐钰听我这么说，似乎也有点慌神，道："梦……梦游？谁会梦游会往这儿跑？这整个四层都没人住！等等！我记得调查资料显示，梁茵她……"

"梁茵怎么了？"我听出她话里的蹊跷，全身上下的血都在往脑门上冲。

"我们当初在查她的过往病史的时候，发现她小时候确实有患过梦游症，该不会……"

第六节　寒衣节，五色纸

"怎么可能！别乱说话！"我赶紧摇头，"梁茵的尸体在冷库里呢，你别自己吓自己！"

唐钰也冷静下来，冲我点了点头。

房间内一片黑暗，窗外的毛月亮不知道什么时候明亮了起来，整栋大楼静悄悄的，脚步越发清晰了起来。

唐钰下意识地掏出了她的六四式配枪。

"冷静。"我提醒她，"这是学校。"

"万一是凶手呢，你也小心点儿。"

我一直以为唐钰毕竟是女人，胆子不会太大，恐惧心理相对更重。可是这时候我发现，她能当上红S小组组长，必定是有她的过人之处的。她会害怕，这是正常人都会有的恐惧心理，但是从她的表情上我看得出来，如果此刻外面真是凶手，她会毫不犹豫地冲出去，甚至是以命相搏。

想及此处，我下意识地把手放在了旁边的一个凳子肘上，如果今天晚上这么巧真的遇到凶手了，不管付出什么代价，我都必须抓他归案。

我们俩不约而同地躲在了单扇门左右。

转眼间，脚步声音近了。最后，走到404宿舍门口的时候，停了下来。

我和唐钰几乎屏住了呼吸。

外面的人似乎没打算进来，所以并没有发现宿舍门其实是开了一条缝隙的，更不知道门后正有两个人，有四只眼睛正在盯着外面。

遗憾的是，视线受阻，我只能看到来者的脚和半截腿的样子，因为情况不明，所以我不敢轻举妄动，也不敢动这扇门。

通过半截腿和脚我可以分辨出，来者个子不高，穿着老旧的黑色棉鞋，无法分辨出是男是女，不过，来者喘息声音明显很重，可能是身体不太好。

"咣当"一声，似乎是一个盆子放在了门口，通过零星的月光可以辨认出，这盆子是铁质的，外面烤着红色花纹。

我皱起了眉头，不知道来人这是打算干什么。

"唉……闺女，你是个可怜的丫头啊！原本，我是打算寒衣节的时候给你送钱送衣裳的，可是寒衣节是祭奠长辈的日子，你叫我一声阿姨，我是你的长辈，所以啊，我就又等了半个月，你们俩，在下面应该都冷了吧……"

这是一个妇人的声音。很明显，她是来烧纸的。

来者在 404 宿舍门口烧纸，自然是祭奠死者梁茵的。

这妇人的声音听起来有些虚弱无力，甚至，话语之间隐隐有些愧疚的味道。

可是，我却从这些话中捕捉到了一个非常关键的信息。那妇人说的是"你们两个"，为什么是两个？这是什么意思？

寒衣节是传统三大鬼节之一，顾名思义，就是给已故的人烧衣物下去御寒的。虽然说这是迷信的说法，但是这在民间属于传统节日，寄托了人们对逝者的哀思。

但是，这个妇人说"你们俩"，是什么意思？难不成，死的不仅仅是梁茵一个人？

我下意识地看向了唐钰，唐钰显然和我想的一样，也对这个"意外收获"一无所知。

"嘘！"我吹了下食指，示意唐钰不要出声。

从这个妇人的言语中，听得出来，她一定对梁茵的死知道点儿什么。

唐钰点了点头，压低声音道："听声音，这应该是这栋楼的宿管阿姨。但是我们之前在做调查询问的时候，这位宿管阿姨说她当时请假回了老家，对这件事情一无所知，而且校方当时也开出了证明。"

我瞪大了眼睛，回道："肯定有人搞鬼。宿管阿姨如果真不知道什么，不可能来这里烧纸，还叫梁茵一声'闺女'……"

"嗯。"唐钰点了点头，没再理我。

就在这时候，我不经意之间看向门缝。那一刻，我浑身上下瞬间起了一层鸡皮疙瘩。

外面，一双干枯皱巴巴的手从一个大号编织袋里拿出了几件衣服。诡异的是，这些衣服并不是纸扎的衣服，也不是折叠的假衣服，而是……真衣服！花花绿绿的，绿色的上衣，大红色的袖子。

更可怕的是，那些衣服全是童装，是小孩的衣服！

旋即，那妇人蹲在地上，在瓷盆左右两侧点上了两根白色的蜡烛，走廊里面瞬间亮起了两道灯光，火苗跳动之下，那皱巴巴布满褶子的手像枯枝烂叶一般，带着轻微的抖动，又拿出了小孩的上衣、裤子、帽子、鞋子、手套、坎肩等等，一应俱全，应有尽有……

这些衣服全部都花花绿绿的，帽子是那种圆形的西瓜帽，黑色的，头顶一个红色的珠子，很是复古，就像是古代富家少爷横死下葬的时候穿的那种老式服装一样，做工很是精致。可是，这么巴掌大的衣服，被这一双手摆成人形放在瓷盆中，总给人一种毛骨悚然的感觉。

"孩子啊，阿姨给你们送衣服了，两盏长明灯，三件御寒衣，你们走好……"

很快，衣物点燃，剧烈的烧焦的糊味顺着门框的缝隙弥漫进来……

我目不转睛地在缝隙中看着这一幕，烟熏得我眼睛生涩不已，可是我不敢错过任何一个细节。

果不其然，很快，在烧完了小孩子的衣服之后，那双手又拿出了几件成年人的衣服。不过这就不是真实的衣服了，而是用金色的锡箔纸和花花绿绿的纸张等折叠而成的纸衣，类似于冥品店里出售的纸衣。

看到这里，我几乎可以确定，这妇人的祭祀品，一定是烧给两个人的。

锡箔纸折叠成的明显是成人衣物样式，自然是烧给梁茵的。可是那小孩子的衣物是烧给谁的？莫非……梁茵还有孩子？

有了这个念头之后，我脑海中，猛然间，一个念头一闪而过。

我回头看向了那一盆文珠兰。

之前看到那盆文珠兰的时候我就觉得这里有什么问题，那花分明是个什么形状，奈何立体思维没那么强，一时间看不出来表达的是什么。可是，当我有了"梁茵有孩子"这个想法之后，再次回头看的时候，那文珠兰修剪出来的形状，分明就是两个孩子在放风筝！绿叶是孩子的身体，红花是孩子手里那飞上天空的风筝……修剪水平极高，栩栩如生，就像真的一样。

看到这一幕，我当即一震。

"那盆栽有问题，雕刻的形状，是个孩子！"

唐钰将信将疑，回头看了一眼。下一秒，直接张大了嘴巴，瞠目结舌。

来之前，我们万万没想到，这次过来居然会有这么大的发现。

"这盆文珠兰的养料怕不仅仅是梁茵的血那么简单。我有预感，这盆文珠兰下面，一定有问题。今天晚上回去，我们必须立刻给梁茵做二次尸检，着重检查盆骨和子宫，我怀疑梁茵生过孩子，或者……她曾经做过引产手术。"

唐钰冲我点了点头表示同意。

很快，外面的衣物和纸钱烧得差不多了，那妇人慢悠悠地站起来，去了宿舍斜对面的公用卫生间。

我猜测，她可能是去打水，用来灭火和清理现场。

妇人离开了之后，我直接开口道："这个宿管肯定知道点什么，而且从她的话里听得出来，她明显对梁茵有愧，心里有鬼……"

说完，我直接推门站了出来。唐钰点了点头，收起配枪，也走了出来。

走廊烟雾缭绕，那妇人听到这边有动静，刹那间猛一回头。

第七节 花盆下的婴儿

那老妇人看到我和唐钰之后，先是一愣，之后下意识瞪大了眼睛，浑身止不住地颤抖了起来。

"梁……梁茵？闺女，我……你不要来找我，你不要来找我……"

"阿姨。"

这时候，唐钰从腰间拿出强光手电，打开，整个走廊瞬间明亮了起来。

"我是市局专案组的唐钰，我们见过面的。"

我也第一时间站出去，拿出了警官证。

"我们是警察，刚才您在烧纸的时候，我们就在房间里。"

"你们……"

老妇人听到警察两个字，浑浊的眼白猛然间翻动了一下，之后，像是忽然想到了什么一样，点了点头，支支吾吾道："哦……办、办案，好，那你们忙吧，我收拾一下就走……"

"走就别走了，我想，我们应该聊一聊了。"我努力保持冷静，冲着老妇人笑了笑。

"聊……聊什么？我们有什么好聊的？我什么都不知道，你的同事之前不是已经跟我聊过了吗，梁茵这闺女出事的时候，我请假回老家了，我都已经说得很清楚了，你们还要跟我聊什么？"

"当然是聊聊，你是怎么愧对梁茵……还有她的孩子的？你说呢？"我笃定地说完，盯着老妇人的眼睛。

果不其然，老妇人心理素质明显不行，在我说出了这句话，尤其是说出"孩子"这两个字的时候，妇人的身子猛然间抖动了一下，惊恐地看着我，满脸不可思议，手上的笤帚"吧嗒"一声掉在了地上。

"我……我不知道你在说什么，我不知道，我什么都不知道。"说完，那妇人扔下笤帚，趿拉着棉鞋直接跑开。

唐钰同样从这妇人的表现上看出了问题。

"走吧，去宿管阿姨的宿舍仔细问问，让她开口，不难。"唐钰说道。

我摇头道："你先去吧，我去看看那盆文殊兰。"

唐钰疑惑地看了我一眼，最终点了点头，下楼去找宿管阿姨，我则转身重回宿舍。

冥冥之中，我觉得这盆栽一定藏着莫大的秘密。

回到宿舍之后，我打开宿舍的灯，走近那盆文殊兰，戴着橡胶手套，轻轻捻起里面的一些泥土，放在鼻孔处闻了闻。

的确是血腥味儿，而且还是人血的味道。我天生对血腥味敏感，父亲在世的时候常说我就是做刑侦的好材料。

如果说单单是梁茵的血从瓷砖缝隙中流过去被土壤吸收，血腥味儿不可能如此之浓。

想及此处，我毫不犹豫，抄起板凳直接从一侧砸烂了盆栽的花盆。

"哗啦"一声，瓷盆碎裂。我迅速打开强光手电，翻动土壤。

下一刻，我看到了我这一辈子都忘不了的画面。

花盆的土壤之中有一个塑料袋，那透明塑料袋里面分明裹着一个未发育成型的婴儿。婴儿通身已经呈黑紫色，几乎难以分辨出人形，大号茶杯大小，还没有发育出骨骼，与其说是一个人，倒不如说是一块烂肉。

我将塑料袋打开，强烈刺鼻的腥臭味瞬间弥漫了整个房间。我强忍住胃部的翻江倒海和惊恐，当即拿出手机打给了王剑飞。

王剑飞接到电话之后，第一句话就问："有发现？"

"马上来师范大学，发现了尸体。"

"什么？"听到这话，我隔着电话都能感觉到王剑飞的诧异，"又出人命了？"

"不是……也算是。"我着急地说，"你来了就知道了，叫上小胡和小王，带上法医组，立刻过来，要快！"

"是。"

我发现了这个之后，直接冲下宿舍楼找唐钰。

唐钰正在给那位过度受惊而完全不敢开口说话的宿管阿姨做思想工作。见到我之后，唐钰吓了一跳，说："怎么回事儿？你脸色怎么这么难看？"

"孩子找到了，就在宿舍的花盆里埋着。"

"什么？埋……埋着？还真有孩子？"唐钰也像是被电击了一般，整个人都跳了起来。

"我已经通知了王剑飞，他们马上就到。"

"带我去看。"唐钰说完，头也不回地直接出门冲上楼。

那宿管大妈也跟着我们冲了上来，见到那已经没有人形，或许根本就没有发育出人形的婴儿之后，脚下一软，跪在了地上。一瞬间，老泪纵横。

"孩子……孩子，我可怜的孩子啊！"宿管大妈整个人都趴在地上，悲声大放，大声哭了起来。

巨大的哭声很快惊动了校方在校的领导，很快，一群保安和校领导带着矿灯冲上了楼。

与此同时，远处红蓝警灯闪烁，拉着警笛的警车已经赶来了。

副校长冲过来，看到屋子里面一片烂泥，又看看宿管大妈趴在地上，大声质问道："喂！你们是什么人？在这儿干什么？"

我拿出警官证给副校长看了一眼，说："警察办案。"

"这……"副校长擦了擦脑门儿上的汗珠，"你好你好，原来是警察同志，失敬失敬，真是不好意思。你们来办案可以提前通知校方陪同啊，就直接这么过来，我们也没个准备不是……"

"准备？"唐钰打量了一下这个副校长，"警察办案，一切实事求是就好了，为什么要准备？或者说，你打算准备什么？"

"啊……不不不……误会误会，我不是那个意思。"副校长赶紧摇头，"误会了警察同志，我的意思是，我们可以提供一些力所能及的帮助啊……"

"的确是需要你的帮助。"我点了点头，"李校长是吧？从现在开始，我需要你的电话24小时开机，我们能随时联络到你。"

"这没问题。"副校长点了点头，"这一定没问题。警察同志你放心，我们校方一定保证百分之百配合警察的工作。只是……"

说到这儿，校长似乎有些为难。

"只是什么？"唐钰问道。

"只是……咱们办案，能不能不要这么大动干戈？你们闹这么大动静，被媒体知道了不好，咱们这……毕竟是学校，事情传出去了，影响不好，会影响学校形象的……"

"影响学校形象？"我实在抑制不住胸中的愤怒，"那都是人命啊！人命关天！你跟我说警察办案影响学校形象？早点知道办案会影响学校形象，你为什么不对学校加强管理，导致了这种事情的发生？所有发生在学校的命案，都跟学校脱不了干系！"

以往，出现在学校的命案案例也不少。我始终认为，任何一位学生出了问题，归根结底是教育和所处的教育环境的问题，跟学校脱不了干系。

"我……"副校长扶了扶鼻梁上的眼睛，尴尬地点了点头，"好，好，我一定配合，一定配合。"

这时候，我听到警笛声音停了，王剑飞他们大概已经上来了。

这件案子没有那么简单，一定有人在隐藏着什么，想要弄清楚事实真相，揪出真凶，一定要单独侦查，限期破案。

这话，我并没有说出来，但是，从唐钰的眼神中我看得出来，唐钰的想法看法，跟我完全相同。

然而，谁也没想到的是，就在这时候，瘫软在地的宿管大妈颤抖着站起来，脸上挂着泪痕，一字一顿地问我："警察同志，如果，我把我知道的说出来了，凶手，就一定能认罪……伏法吗？你们能保证吗？"

唐钰眼前一亮，瞪大了眼睛，不等我开口，直接保证道："我保证！是凶手，我们一定会让他伏法！"

"好！我说……我，我把我知道的，全都告诉你们！"

第八节 我不是凶手

王剑飞、吴教授、夏兮兮上了楼，其他人也一起跟了上来。唐钰和夏兮兮带着宿管阿姨去另外一间宿舍做笔录。法医组迅速拉起警戒线，对宿舍进行了二次痕迹检验。但是，因为这个已经完全腐烂的婴儿实在是太小了，哪怕已经肿胀，也不过水杯大小，装尸袋根本没办法用，最后法医像是包垃圾一样小心翼翼地将婴尸卷起来带走。

另外一方，唐钰和夏兮兮在女生宿舍与管理员潘凤芝进行了谈话。

"梁茵的死，跟你有什么关系，或者说……跟谁有关系？"

"跟韩博有关系！一定是韩博杀的梁茵，一定是他！肯定是他！"

"韩博是什么人？"

"课外花艺培训老师，同时也是梁茵的男朋友。不，他就是个畜生！"

"你都知道韩博和梁茵之间的什么事儿，全都说出来。"

"几个月前，有一天晚上，天还不是很冷，我在巡查宿舍的时候发现一个女孩儿在厕所里面呕吐，我问她的时候，她说是肚子不舒服，我也没在意，就走了。可是第二天晚上我巡查的时候，又发现了她在呕吐。我也是过来人了，就怀疑她是不是怀孕了。我问梁茵，但她不承认。后来，我再三劝导她，告诉她，就这么隐瞒下去也不是办法，如果真的是怀孕，肚子一天天会大起来，到时候想瞒也瞒不住了……"

"说下去。"

"我跟她说通之后，这个可怜的丫头当即就哭了起来，哭得伤心极了。一开始我还以为是她谈了男朋友，我对梁茵这个丫头印象很深，她性格活泼开朗，愿意帮助同学，人缘好，学习成绩也好。我就跟她说，如果不想被学校开除的话，可以趁着肚子还没有大起来，找你的男朋友暂时办理休学，回家结婚把孩子生下来之后再回来继续学业。可是，梁茵跟我哭着说，他们没办法结婚……我是不建议打掉孩子的，毕竟那是一条人命啊！于是我就问她为什么不能结婚。这时候，这可怜的丫头才跟我说，孩子的父亲是她在校外学习花艺时认识的一个男人，都已经四十岁了。而且，他根本就是个骗子！他骗梁茵说他是单身，没有家庭，可是，梁茵怀孕了之后才知道，那个韩博岂止有家庭，连孩子都读初中了！在知道梁茵怀孕之后，他第一时间要跟梁茵分手，躲着不见梁茵，简直不是个东西！"

"你亲眼见到了韩博杀害梁茵？这个问题，请你务必想清楚后再回答。"

"这……这倒是没有，但是我见到过他来过学校，还警告梁茵不要再去找他。当时梁茵已经怀孕将近四个月了，他居然还动手打了梁茵！当时要不是我说要报警，这个禽兽真敢把孩子活生生打死在肚子里……"

"之前你为什么不向警察如实说出情况？为什么要故意隐瞒？"

"因为……因为梁茵这个孩子太傻了！太傻了啊！在她没出事之前，我曾经劝导过她，既然是这种情况，那就只好打掉孩子、报警，再将韩博这个畜生告上法庭。可是梁茵这个傻丫头是真的爱上了这个畜生，哪怕被他伤害，她也是忍气吞声地自己承受着，还求着我不要找韩博的麻烦，我架不住她的再三恳求，只得答应了她……可是我真的好后悔！我如果早知道韩博会杀了梁茵，我一定饶不了这个畜生！只是，后来警察来问的时候，梁茵人都已经死了，我毕竟答应过梁茵帮她隐瞒的，就没说。"

"那你现在为什么又决定说出来？"

"我真的憋得太难受了，警察同志，你们能不能抓住这个畜生？我全都说了！杀人凶手一定是韩博！他必须得到报应！不然，我闭上眼睛就是梁茵这丫头……太痛苦了！"

……

有了宿管阿姨提供的新情况，我们决定着手调查韩博。

经过调查，韩博的确是一个花艺师，自己在学校附近开了一家花店，梁茵又对花艺很感兴趣，两人也是在这个时候认识的。

我们又调查到，梁茵因为从小失去了母亲，养母对她又不好，所以，梁茵是有一定的恋父情结的。这也合理解释了梁茵为什么会真心实意地爱上一个四十多岁的老男人，哪怕知道韩博已经有了家庭，她也是选择自己默默退出。

韩博对曾经和梁茵发生过关系的事实供认不讳。同时，也承认自己曾经因为一时冲动而动手打过梁茵，原因是梁茵太粘人了，一点也不知道见好就收。但是，自始至终，韩博绝不承认是他杀了梁茵。

审讯室里，韩博情绪显得非常激动。

"这个女人就是个变态好不好？警察同志，你们要相信我的话啊！现在社会开放了，大家相互看得顺眼，去酒店开个房，这很正常吧？可是谁知道她那么容易就怀孕了啊！好吧，就算是怀孕了，如果不想要，堕胎也很正常吧？可是，她偏偏非要把孩子生下来！我的天……真不知道这女人的脑子里装的是什么，玩玩也当真啊？我实在是受不了，所以，我那花店已经关门半年了，我最近一次知道的关于她的消息也是她的死讯。你们一定要相信我说的话，她的死真的跟我一点关系都没有啊！我是无辜的啊！"

无辜的？

互相看得顺眼就去开房？

堕胎也很正常？

不管是我、王剑飞还是夏兮兮和唐钰，听了这个韩博的"变态言论"，都愤怒得不能自己。

"我看你才是个变态！"王剑飞大声吼道。

韩博不屑地说："不管怎么说，我是真的没有杀她。你们可以随便调查，我也配合你们调查。除了上床、打过她耳光，我跟她没有其他任何的接触。"

不过，即使我们再厌恶这个韩博，但是办案就是办案，我们也不能仅仅因为他的这些变态想法就去拘捕他。而且，后来经过警方多方调查，事实证明，韩博虽然可恶，但是确实跟梁茵的死没有关系。

据我们分析，梁茵彻彻底底被韩博伤了心，在极度失望的情况下，她独自一人去做了堕胎手术。但是她真的很舍不得这个孩子，所以把孩子的尸体带了回来，做成了花艺，埋在了盆栽下面。可是，这件事对她的心灵创伤实在是太严重了，梁茵很长一段时间都精神失常，甚至再次出现梦游的症状，有时候行为极其反常。

她是个很努力的学生，认清现实冷静下来之后，她也想过重新走回正常的生活，可是当时她的行为已经不正常了，就很难走出来了。同宿舍好几个女生都说梁茵出事之前有过梦游，半夜还会哈哈大笑，或者是半夜起夜时候，发现梁茵根本不在宿舍……

当时的梁茵也可能是看出了同学对她异样的眼光，听到了有人说她晚上有什么异常行为、怪异现象之类的话，所以她自己给自己的宿舍安装了摄像头，并且只监控自己睡着之后的画面。

但是，我们也拿到了监控录像，夜晚的梁茵并没有什么异常。

吴教授说："当时梁茵去酒店，可能是因为一种民间迷信的说法，因为酒店这种地方人来人往，在玄学的说法中，阴阳五行流动性很强，所以她想要把孩子的灵魂彻底送走，远离她，所以才会选择独自一个人住在酒店。可是，当时她太害怕了，所以产生了幻觉……进而彻底心理崩溃，选择了报警……"

案情理顺了，各方面的猜测也有现实依据做佐证。但是，我们依然无法解释的一件事是——既然梁茵不是自杀，那么凶手究竟是谁？

或许，我们是时候把侦破方向重新放在那个神秘包裹上了。

第九节 新麻烦

关于神秘包裹，我们目前掌握的信息是：红色字迹，没有运单信息，通过笔迹的对比，也找不到能与之匹配的线索。

三个受害人——女大学生梁茵、国有银行经理苏鸣、瑜伽男教练常伟，他们在死之前都经历过怪事儿，也收到过同样的包裹。而包裹的内容，也全都是他们自己被偷拍的照片。

一开始他们自己都当成了恶作剧，但是后来很快丢了性命。

按理说我也收到了包裹，如果说背后的杀人真凶真的是以包裹为死亡讯号的话，或许，我也有机会亲眼见到杀人凶手。又或许说，我也会出现幻觉，听到不该听的声音，看到不该看的某种令人毛骨悚然的画面。比如觉得有人盯着自己，又比如说，能看到"自己"从自己家里走出来，亦或房间里面的东西会自发挪动。

遗憾的是，我除了之前在窗户处看到一个人之外，没看到任何东西。况且，我几乎可以确定那就是个人，而不是什么诡异现象，只不过这个人的犯罪手段非常高明，他甚至可以想到利用光学原理去避开夜间的监控。

回到案件本身，如果我们现在假设三起案件的凶手都是同一个人的话……或许，背后的凶手所发出的包括我的四份包裹，所要表达的目的一定是不同的，至少我还没有死。

梁茵喜欢上了大自己二十岁的男人，之后又因为这个男人杀掉了自己的孩子。从某种程度上说，梁茵是有罪的。而背后发出"死亡讯号"的凶手，或许是在心理上将自己作为执法者，去惩戒梁茵。他一定非常恨这种行为。可是，造成梁茵惨剧的始作俑者其实应该是花艺师韩博，这个人如此聪明，他不可能不知道，但是他却没有对韩博下手。

现在看来，这个凶手，有能力以神不知鬼不觉的方式杀掉任何人。那么疑点是，他为什么不直接杀了韩博来满足自己的执法欲望，而是杀了梁茵这个受害者？

这时候，我忽然间想到了一本书。

这本书是世纪90年代一个美国作家写的，英文名字叫 Origin of Crime，翻译成中文叫《犯罪起源》。作者曾经做大面积的调查分析和凶杀案真实参考，最后得出一个结论——往往具有暴力倾向、变态正义的杀人凶手，他是没有杀人动机的，如果非说有，可能是一种变态的心理满足感。

换句话说，他们主张对有罪的人执行死刑，他们将自己想象成正义使者，来惩戒这个世界上的一切黑暗。

当然，从心理学的角度分析，这类凶手一定遭受过某种不公又无法解决，就想要把这种痛苦的滋味儿强加在其他人身上，从而疯狂报复。他们在很大程度上会倾向于选择和自己有同样经历的人作为对象，有时候选择的正是造成他某种痛苦经历的某个人。

如果是这样的话，我觉得，我们不妨换一个角度去想问题。

假如，三起案件全都是一人所为。那么，我个人收到包裹，很显然，凶手认为我也有罪。而另外三个人，梁茵、苏鸣、常伟也一样，凶手认为，必须让他们拿命来抵罪。每一个收到他的死亡讯号的人，统统有罪。

我边想边坐着发呆，烟也已经不知道啥时候抽了一大堆了，还几乎烫到了手指。

唐钰看到我便喊了我一句，顺便起身给我倒了杯水：问："想到什么突破点了？"

我摇了摇头。

我不确定这个思路对不对，为了避免误导整个案件的侦查方向，索性还是不说了。

喝了口水之后，我说："我需要国有银行经理苏鸣还有瑜伽教练常伟的详细资料，包括工作状态、人际关系、平时的消费、家庭状况等，这个能做到吗？"

唐钰点了点头说："这些在资料库里都有。"

"好。"我点了点头，拿了资料准备回家去。

我需要一个人冷静，冷静分析他们每一个人的问题，找到三个受害人的共同点，而且我也已经有了方向。但是由于过于投入，我一起身便撞倒了凳子。

"我去……"唐钰冲着我的背影喊了一句，"你不用那么着急的，保证自己的安全才是侦破的基础，好吗？"

我没理她的喊话，直接走人。

可是这时候，外面刚好来了一群穿着警服的人。为首的人高大威武，一身正气，个头得有一米八几，脸上有一块儿疤，看起来挺吓人的。看他肩膀上的肩章，就知道这人是个大领导。

不过此刻他的情绪似乎不太好，脸上像是吃了苍蝇一样。

看到这一幕，我心里一紧。因为这位"大人物"明显是朝着红S办公室来的。莫不是又出现了什么大事儿？

想到这儿，我正疑惑呢，却没想到这位大领导居然先看到了我。他看到我之后，顿了一下，直接走过来。

"你是红S组的叶小川同志吧？"

"我是。"我点了点头，疑惑地看着他，"您是……"

"你好，小叶，我叫肖明。你父亲当年是我的领导，我知道你的事，我正要去你们红S组。"

"哦……"我点了点头，听到我父亲的事儿，便不想再把话题继续下去，清了清嗓子准备开溜，"那我就先走了。"

"别着急！你现在走了也出不去，你们手上的连环凶杀案出现新的状况了，我正要去红S组安排你们下一步的工作，你马上跟我回去！"

"啊？出状况了？出什么状况？"

我瞠目结舌，下意识瞪大了眼睛。

之前我听王剑飞说过，红S组一般情况下是在市局工作，但是按照规定是直属省厅的管辖。现在这位肖明领导急匆匆地亲自来安排工作，怕不是这桩案子又有了什么新的变数？

想及此处，我来不及反应，点点头直接跟上脚步。

这位肖明果然是一线领导，位高权重，直接统管红S。但肖明来的目的，是整个红S小组都没想到的。

案情被媒体曝光了。

我也终于明白为什么刚才肖明说我就算想走也走不出去的原因了——门口此刻已经围满了记者和各类媒体的摄像头。

肖明让助理将案情泄露的具体情况跟红S组做了一个通报，同时也叫来了重案组参与工作。

肖明说："这个案子被曝光出去之后，一石激起千层浪，仅仅半天时间，我们就被推向了风口浪尖。现在整个东阳市各大贴吧、论坛、微信群等等，全都在猜测议论这个案子，说什么连环杀手来到了东阳市，造成了极大的社会影响以及社会恐慌。"

唐钰道："案子进入红S之后，我们一直都在全力侦破，但是我们绝对不可能泄露给任何媒体，这绝对不可能。"

肖明说："现在事情都已经这样了，找到是谁泄露的消息不是关键问题。再等二十分钟，我就要接受多家媒体的采访，我会告诉全体东阳市民众，三天之内，我一定会给所有人一个清楚明白的交代。现在我宣布，重案组从今天开始归你们调配，三天之内，你们必须将案情全部搞清楚，将真正的杀人凶手缉拿归案！"

第十节 死者皆有罪

"三天？"

唐钰和吴教授都瞪大了眼睛。

吴教授是老法医了，但是，这种境地之下，他同样表示，这个案子目前几乎没有任何进展的方向，因为凶手作案的手法实在是太高明了。

吴教授说："我们只能通过推理论证，确切地说，这的的确确是一桩有目的、有计划的连环谋杀案，可是三处凶杀现场、三个受害人身上，几乎没有留下任何与凶手有关的痕迹。三天时间，怕是远远不够啊……别说破案了，我们现在根本连嫌疑人的范围都划不出来。"

"我不管你们有没有线索，红S和重案组的职责本来就是侦破这种无头案，如果你们完成不了，下星期全都带上辞职信来我办公室找我。但是，不管你们下星期辞不辞职，这个案子，三天时间，必须侦破！"

肖明的情绪很激动，已经动怒了，他的压力也非常大，案子无法侦破，谁也无法安心。

这时候，我站了出来。

所有人呆呆地看着我，满脸希望。自然，我也不会让他们失望。

我说："凶手之前的确没有留下任何痕迹，但是现在，他似乎出现了！"

"嗯？"

所有人都满脸狐疑地看向了我。

"什么意思？"唐钰问我，"你是发现什么了？"

我说："不管是重案组还是红S，在接到连环凶杀案的时候，所有的侦破行动都是高度保密的，不可能有任何人提前知道消息。而现在，仿佛一夜之间，整个东阳市各大媒体全都来了。他们的消息是从哪儿来的？"

"你的意思……是凶手？"

"对，就是凶手！"我点了点头，"凶手似乎很着急和我们正面博弈，他等不及了，他在催促我们快点儿破案！或者可以理解为，他想让我们快点进入一个进退两难的境地，想要看看某些事情我们是怎么处理的。奈何这个高智商的犯罪天才没有留下任何犯罪痕迹，导致我们一时间根本找不到方向，他等不及了，所以给我们留下了线索，让媒体大肆曝光案件，引发舆论，将重案组和红S拉上断头台。所以，这就是他给我们留下的线索。"

"你的意思是说……凶手是在和我们……博弈？"夏兮兮问我。

"没错。"

我点头，又翻开了三个受害者的档案，然后看向肖明，说："三天时间抓住凶手，这个案子，我们接了！"

此刻，整个办公室内鸦雀无声，所有人都呆呆地看向了我。

肖明一乐，痛快地挥手道："好！我就知道叶队的儿子不简单！看你的了！三天之后，我等你的好消息！"

我点头笑了笑。

整个红S组都没人说话，偌大一个办公室静悄悄的，剩下的，只有翻动档案的声音。

因为有了方向，所以我将重心全部放在了个人消费记录、人际交往和社会关系方向。

果不其然，我找到了某些信息。

首先，梁茵作为一个优秀的东阳市艺术学院大学生，成绩优异、前途广阔，可以说，一片大好前程正在等着她。可是她却爱上了一个大自己二十岁的男人，在旁人看来，这是几乎完全无法接受的事情。可是，梁茵非但爱上了，而且还怀了孕，甚至在知道韩博对她只是玩玩而已的情况下，还对其念念不忘，动了真感情……

暂且不论梁茵的恋父情结到底如何而来，但我们可以肯定的是，这种情况，在凶手看来，就是一种对生命的亵渎，甚至是耻辱的行为。所以，从梁茵的死上面，我们可以分析出，凶手一定对年轻女子荒废青春、不知道自尊自爱的行为十分憎恶，甚至是恨到了癫狂的地步，所以才会对无辜的梁茵下手。

我再翻了翻国有银行基金经理苏鸣的资料档案。

既然是银行经理，那他的死因应该和钱有关。虽然不能说是绝对，但是可能性最大。所以我着重查看了苏鸣生前的个人消费。

果不其然，资料显示，在两个月之前，苏鸣曾经有过大额的个人进账和个人缴费。根据银行提供的账单明细，大额进账的转入账户是境外账户，也就是说，这笔钱来路不明。而他个人消费方面，最多的是消费于东阳市第一人民医院缴费处。

我立刻让夏兮兮联络这家医院，并拿到了缴费单号信息。

据了解，这位基金经理是苏鸣的母亲，因为尿毒症和肾炎，常年透析，而就在半年之前病情恶化，做手术需要大额的费用。不过，根据资料显示，最终苏鸣是给自己的母亲做了手术了的，只是结果并不理想，手术没有成功，他的母亲于一个半月之前辞世——也就是苏鸣遇害的半个月之前。而这笔手术费，超过了苏鸣正常工作薪水收入的百倍以上。

重案组立刻调查了苏鸣所负责的业务范围，调查过后，发现这笔钱，的的确确是有问题。

苏鸣利用职务之便，私自篡改最近半年以来几乎所有客户的小额理财账户基金数据，甚至存在引导基金购买、篡改客户基金收益数据，将钱神不知鬼不觉地挪到自己腰包的行为。

这是典型的职务犯罪。但是在苏鸣遇害之前，这一行为还没有被任何职能部门发现。

可能苏鸣早在半年之前就知道他的母亲会病情恶化，又不忍心看着母亲因为自己负担不起高昂手术费而导致病情恶化死去，所以选择了利用职务之便，侵犯他人权益。或许，他是出于好心，然而，犯罪就是犯罪。

所以，凶手认为，该惩罚他。

甚至，更加戏剧性的是，在后续调查中我们还发现，苏鸣的客户中有人因为急用钱却无法及时赎回基金从而导致了巨大的损失，同样也是耽误了病情，最后追悔莫及。

"苏鸣想要救治自己的亲人，侵害了他人权益，最后导致这笔钱的所有人蒙受损失。所以，苏鸣有罪。可是苏鸣并没有受到惩罚，所以凶手等不及了，亲自下手，杀了银行经理苏鸣。"

案情分析到这里的时候，所有人都懵了。

这凶手究竟是凶手，还是正义的化身？难不成凶手还算个好人了？

唐钰摇头说："不管以什么目的杀人，杀人就是犯罪。除了法律之外，没有任何人可以决定他人的生死，没有任何人可以左右他人生命。"

"可是凶手，似乎还在告诉我们一个信息……"我说。

"什么信息？"唐钰问我。

"法律空白。"我解释道，"比如梁茵的死，始作俑者是韩博，可是韩博却没有受到法律的制裁，因为他不是杀人凶手，也不曾目睹杀人过程，顶多算是梁茵最终被逼疯的一根刺。梁茵最终付出了生命，但韩博失去了什么？"

他最多是良心上过不去，遭受道德的谴责。可如果韩博也像马松那样没心没肺，那么他连道德谴责都不会有，依然心安理得地过自己的好日子。好人死了，坏人却活着，这是很多人接受不了却又没办法的事儿。

前面两个案子分析完了，剩下的男性瑜伽教练常伟的死，据我们推测，或许和常伟自己有着莫大的关系。因为有了明确的方向，所以侦破过程还算顺利，最终发现，案情事实和我们的分析几乎一样。如果非要形容出来的话，就是最荒诞、最不可思议、最令人咂舌，却又在情理之中。

和我们之前的猜想一样，是情杀。

然而，情杀的方式千万种，情杀的理由却几乎千篇一律。

第十一节 你没错，但有罪

第三起案件的性质被定义为情杀。

事实调查证明，死者常伟和宋学林的妻子方桃，确实存在一定的暧昧关系。

凶手曾经潜入宋学林的家，在方桃和常伟鬼混的时候用高尔夫球杆打烂了常伟的脑袋，用菜刀分解了常伟的四肢。而方桃目睹了整个案子的发生，却因为家庭压力和内疚，一度选择沉默。

但和正常情杀不同的是，杀掉常伟的并不是被老婆戴绿帽子的宋学林。甚至在警察拿出确切证据的时候，宋学林自己却不敢相信这个事实。多年的兄弟情谊、夫妻感情，居然抵不过他们少年时期的懵懂爱情，即使多年过去了，即使他们已经彼此成家，这对男女依然不管不顾地走到了一起……

他们三人是大学同学，三人关系非常好，情同手足。而常伟和方桃，似乎是从大学时期就关系不一般了。只是因为当年有些特殊情况，方桃没有嫁给常伟，而是嫁给了现在的先生宋学林。

方桃和宋学林结婚之后，一直都和常伟保持联系，同时因为他们三人都互相认识，宋学林也并没有发现什么异常，甚至还主动接纳早年落魄的常伟在自己家中过夜，怕也就是那个时候，方桃和常伟彻底越过雷池。现在看来，这几乎是引狼入室。

经过调查，方桃和宋学林夫妻二人有一个孩子，在做了 DNA 鉴定之后，结果也同样遗憾——这个孩子的确不是宋学林和方桃的孩子，而是方桃和常伟所生。

有时候，现实中的剧情真的比电视剧中还要荒诞和狗血，可是，这些情况都切切实实地发生在生活中。警方拿到结果之后同样震惊，甚至几乎不愿意将事实情况告诉方桃的老公宋学林。

一个男人，其实也可以很脆弱，我们真担心他经受不住打击。宋学林曾经一再请求警方务必侦破此案，他是真心拿常伟当兄弟。宋学林也曾经全力配合调查，极力维护妻子方桃，尽量不让方桃和警察正面接触，他也是真爱自己的妻子。也正是因为宋学林的维护，在侦破过程中方桃几乎不曾开口，警方也没有发现方桃的任何异常。

可是如今，事已至此，宋学林不得不接受现实。拿到 DNA 检测报告的时候，宋学林一度因为这个现实而几乎失声痛哭。

这时候，总结三起案件案情我们发现，三起案件，凶手的行凶动机似乎不仅仅是杀人解恨，他似乎是在给警方出一个难题——杀人者与被杀者之间，究竟谁更可恨？

梁茵案中，凶手痛恨梁茵的这种行为，所以杀了她。可是当事人有两个，杀一个留一个，梁茵和韩博，究竟谁更可恨？

苏鸣案中，凶手同样痛恨以权谋私的人，最后直接杀了他。甚至经过我们调查，苏鸣的母亲死在了苏鸣家里，所以当时苏鸣报警称在自己家里看到了自己，估计那恰恰是凶手给苏鸣的恐吓。

一位母亲得了不治之症，儿子为了救活母亲，拿他人的救命钱救自己的母亲。或许，得了不治之症的母亲，也是不愿意自己成为儿女的累赘的。可是儿女这种愚孝，终究还是酿成了悲剧。苏鸣以权谋私的根本原因，是贪财吗？似乎不是。苏鸣这算孝顺吗？似乎也不是。

是母亲从一开始就没把这个孩子教育好吗？或许凶手是这么认为的。归根究底，还是教育出了问题。

而在常伟案中，凶手对行为不检点、对家庭不负责任、对丈夫不忠的方桃并没有下手，他只杀了常伟，却没有杀掉方桃……常伟是死了，那么方桃就无辜吗？

似乎在法律中，婚姻法中，这种情况，没办法处置，这完全就是一段法律空白。

通过方桃的证词，我们了解了凶手的一些基本特征，因为方桃曾经亲眼看着凶手杀害了瑜伽教练常伟。这个人戴着一个白色的恐怖面具，男性，声音有些沙哑，左撇子，身高在一米七到一米七五之间，右手缺了一根小拇指。凶手对作案环境很熟悉，几乎可以判定是东阳市本地人。

唐钰说："我们几乎可以锁定嫌疑人范围了。他或许曾经经历过恋爱甚至是早孕、堕胎，所以他恨梁茵；或许他还因为缺钱而失去过亲人，所以他恨苏鸣；甚至他还可能遭遇过妻子背叛、家庭不幸，所以他恨方桃和常伟。最最重要的是，极有可能在他经历了这么多不公之后，法律并没有给他一份他想要的或者是他认为的公正，最后导致他心理扭曲。所以我们可以分析，凶手极有可能有过案底，我们可以从公安系统数据库里按照这些条件一一筛查对比，看看有没有新的线索。"

一转眼，距离上级领导限期破案的时间只剩下一天了。重案组和红S那边，嫌疑人的筛选排除还在继续，不过，已经有些眉目了。

警方已经从东阳市范围内1400万人口中第一批筛选出了600人，二次筛选剩下147人，三次筛选剩下69人，四次细节对比后，筛选出12人……

案情似乎是结束了。但是，我却提前离开了。

忙了整整两天两夜后，我回到家，洗了把脸，并没有去睡觉。我知道凶手今天晚上就会被确定，但我却并不想知道他是谁。

他是个天才，可是他也是犯罪天才。

他是个受害者，可是他选择了去害别人来发泄自己的愤怒。

他也许没错，但他肯定有罪。

我打算将这复杂荒诞而又骇人的剧情写出来，做一个案件推理总结，算是给我自己一个交代。伟大作家屠格涅夫曾经说过，作品因现实而荒诞，又恰因荒诞而精彩。

可是就在这时候，我忽然又想到一个细节。

根据资料显示，梁茵收到包裹是在三个月之前，死的时间是收到包裹之后的第三天。

国有银行基金经理苏鸣收到包裹是在两个月之前，死的时间也是收到包裹之后的第三天。

瑜伽教练常伟是一个月之前收到的包裹，遇害时间同样是收到包裹之后的第三天。

我盯着手上拿的红色包裹……猛然间，居然打了个寒战。

今天，距离我收到包裹，已经是第六天了。

如果三天前凶手已经来找过我了，那他肯定找不到我，因为当时我一直在追查聂小茹的案子，一直住在单位里了。

如果凶手认为我有什么罪，那么三天前的晚上肯定要来杀我。可是三天之前他没有找到我，所以他疯狂、烦躁，甚至将案情披露给媒体，来发泄他的疯狂。而最近两天，上级领导要求红 S 限期破案，限制的期限也是三天。我们整个重案组忙里忙外了两天两夜，终于有了些眉目，我今天才得以回家写一下个人纪念之用的案情总结。

可是……

如果说，凶手也会在特定的时间来找我的话，那么今晚……

这年头，没人不怕死，谁也不敢独自一人面对穷凶极恶的连环杀人犯。

我知道组里大概已经确定凶手的身份了，可确定了不等于已经抓到了。毕竟，他是个犯罪天才，他可能对一切早有防备。哪怕我现在也算半个刑侦工作者，可是离开了办公室，我就是一个普通人，我也有自己的生活。

我下意识想要打电话给王剑飞。然而，好巧不巧的是，就在我刚拿出手机还没有拨通的时候，一道紧凑有力的敲门声响了起来。

"砰砰砰！"

我的公寓是小区统一安装的木质的大门，声音沉闷而又极具震动感。

因为之前我曾经在窗帘处见过人影，所以我已经找人换掉了透明的窗帘，用了厚布窗帘。如果凶手真的再次站在窗帘处的话，他肯定是看不到里面的，所以……他选择了敲门。

"谁？"我喊了一句。

然而，没有人说话回答我，回答我的只是一阵急促而又有力的敲门声。

"砰砰砰！"

这敲门声，简短，有力，我想站起来，可我却不敢……

若真是死者皆有罪，那我有什么罪？

"砰砰砰！"

敲门声依然在继续。

第十二节 直面凶手

我在这座城市没有亲戚朋友，一般情况下我根本不会叫朋友到家里来，所以很少有人知道我的住址。小区里面有严格的监控，外来人员的出入都受到限制，有严格的盘问，保安室也会提前电话通知。

可是，这个人来之前，保安室没有给我电话，说明他躲过了监控，也躲过门卫保安的眼睛。

我几乎可以确定，此刻站在我门口的，就是那个杀人凶手。

他来找我了！

我知道，一旦我开了门，他或许就会立刻对我动手。

可我并不怕他。

如果说他所杀的人都是他认为有罪的人。那么，我有什么罪？至少我与凶手素不相识。

所有的连环杀人犯都有一个共同的心理特征，就是行为偏执，甚至是极度变态的偏执。简单来说，他认为有罪的人一定要杀。相反，如果是他认为无罪的人，他就无论如何也不会动手。

2008年曾经有一个真实案例，c市出现了连环杀人案，造成了极大的社会恐慌，而凶手每杀一个人就会在现场留下一道晦涩难懂的数字魔方。凶手还给警方放话，只要你们能解开这个数字魔方，你们就能抓到我。

可是，尽管专案组在半个月之内请教了无数心理探案专家、画像师、高级数学教授，甚至是被称为神童的数学天才，但是对这个魔方，众多人士都一筹莫展。

所有人都蒙了。

这时候有人发现，或许凶手跟正常人的思维根本不在一个维度，基于这个猜想，专案组从监狱里面找出了一名同样变态的连环杀人犯，让他去解这个数字魔方。结果，这个杀人犯只用了不到三十秒，就从数字魔方中确定了凶手留下的地址。

这就是一种偏执，是心理上的偏执。

我认为我无罪，所以我不惧开门跟他见面。倘若凶手认为我有罪，我倒是很想听听我有什么罪。不过，在开门之前，我还是拨通了王剑飞的电话，将手机屏幕扣在桌子上，又拿起用一本书盖上，起身去开门。

但是开门的瞬间，我是吃惊，甚至有些失望。

至少第一眼，我不认为这是一个杀人犯。

来敲门的是一个邋里邋遢的男人，身高一米七五左右，嗓音沙哑，右手少了一根小拇指。

见到我之后，他一脸笑嘻嘻，行为乖张，动作表情更是夸张，看起来居然还有些人畜无害。大冷的天，他只穿了一件黑色的皮夹克，衣服倒是很干净，人甚至还很有礼貌。

见到我开门之后，他点头冲我笑了笑说："你好，是叶小川叶先生吗？我叫梁宽，是你的忠实粉丝。"

说着，他拍了拍身上背着的一个单肩包，说："这里面全是你的书，你出的书我一本没落下都买了，也都看了呢。"

看起来，他似乎并不是那种狂躁型的杀人犯。我不敢去激怒他，只是努力保持平静，点了点头说："你有什么事儿？"

"书里面有些东西我不明白，所以就想跟你见一面，当面解答一些疑惑，叶先生，可以吗？"

不等我回答，他就直接侧身挤进来了。

我也没办法，只好关了门，开了灯。

整个客厅内，一片光明，我也能稍微镇静一些了。

他进来之后有些拘谨，甚至还觉得自己的鞋子有点脏，像是没处下脚一样。

我指了指椅子说："坐下说吧。"

"好啊。"他冲我咧嘴笑了笑，之后把书包里面的书都拿了出来。

我说："别着急，你有什么问题，可以慢慢说。"

他盯着我笑了笑，拍了拍书的封面说："你写过很多凶杀案，我都看懂了，你让人思考和衡量道德与法律，你在书里给杀人犯正名，我认为你是这个世界上唯一能理解我的人，所以我很崇拜你。但是，这几天……你一直在帮警察抓我啊，我很不理解。"

说着，他看了看我桌子上的烟，毫不客气地拿起来抽了一根，点上，盯着我看。

我心里瞬间一阵紧张。我以为他至少会隐瞒或者不承认，却没想到他对这件事似乎一点都不避讳，相反，还如此堂而皇之地说出来。

我下意识地看了一眼桌子上的手机，屏幕还在亮着，王剑飞肯定在电话那边听着，重案组肯定已经行动。

"梁茵、苏鸣、常伟，都是你杀的？"我问他。

"是啊。"他点了点头，神态淡然，似乎是理所当然一样，"这些人都挺该死的，梁茵嘛，那个丫头，呵呵。原本她可以有个大好前途的，可是偏偏选择做个贱人，自己放弃自己，你说她是不是该死？反过来说，那个叫韩博的家伙，他才是罪大恶极吧？可是我看警方好像没打算把他怎么样……我昨天就看到韩博被释放了，你书里写的，是在骗我啊！最可恨的人是无罪的，法律定的。呵呵，多么可笑的理论！你说呢？"

他又抽了一口烟，笑呵呵地看着我。

我选择不回答这个问题，而是问他："你怎么杀的人？"

"梁茵嘛，自己都精神失常了，我要弄死她太容易了。她去酒店开房间，我偷偷复制了她的房卡，她在洗头，我就在旁边看着。她宿舍的门很简单就能打开，她回来之前我就在宿舍藏着等她了，她看到我，立刻就吓死了……"

说着，他拿出了一个白色的面具扣在脸上晃了晃，只露出两只眼睛。

我也被他这突如其来的举动吓得一个激灵。梁茵在当时的情况和身体状态下发现有人躲在宿舍等她，被吓死，完全可能。

"苏鸣呢？"

"苏鸣？那天我其实是去杀他老娘的，她教育出来这么一个愚忠愚孝的人，假公济私，自私自利，他老娘罪大了！不过我到他家之后发现了他老娘的遗像，遗憾了，所以我就回头杀了他……"

"常伟也是你杀的？"我问。

"破坏别人家庭不该死吗？我杀了他合情合理啊！"他抽了口烟，闭上眼睛，吞云吐雾。

我说："除了法律之外，任何人都不能做执法者，哪怕他们有罪，你明白吗？"

"那我给你讲个故事吧，你想听吗？"他看着我问道。

我看了一下手机，市局到我家的距离大概是二十分钟。在这二十分钟之内，我要稳住他，至少不能激怒他。现在大概过去了五分钟，还有十五分钟王剑飞就会过来，我要尽量拖住这个时间。

"好，你说，我听着。"

"我的女儿，在大学的时候被几个有钱人家的公子玩弄了，还怀孕了，最后堕胎了，她生不如死……我请求法律给我公正，给我公义！可是他们太有钱了，我拼了老命，拒绝任何经济补偿，不惜一切代价去告他们，最终，强奸犯只判刑三年。呵呵，多么可笑，我女儿搭上了一辈子，他们只关了三年……"

我点头道："然后呢？"

"然后，我听说只有三个多月那人就出狱了，这件事情就这样定论了。当时我很相信法律，很尊敬法律。可是，法律好像并不理解我的苦。十年前，我的妈妈得病了，我很爱我的家人，我也存了一笔钱打算给她做手术，可是我去银行取钱，却发现我的钱不见了。银行让我找存钱时候的单据，可我上哪儿找去？我拿不出证据，法律说没办法帮我主持公道。后来，我妈死了，没钱做手术死的。"

"那常伟呢？他有什么罪？"

"我很爱我的妻子，可是我的妻子却给我戴了绿帽子，甚至这顶帽子我戴了好几年了我都不知道。但是，法律会审判她吗？作为一个男人我连最后的一丝尊严都没了。可是，她却可以开开心心地和别的男人鬼混……"

"所以你就要去杀人？"

"我再重申一遍，我杀的都是罪人！"

我无话可说。

"今天我来，是杀你的，你也有罪。"

说到这里，他的神色突然间一变，气氛瞬间变得不一样了。

说着，他淡定自如地拿出了一把明晃晃的剔骨刀，是屠宰场用的那种剔骨刀。

他又吐出一口气，盯着我笑了笑说："当然了，我杀的人，我都会让他们死得很明白，我给你说一说你的罪吧……"

又是一声巨响，剔骨刀直接砸向了书桌，我的手机直接被砸烂，屏幕熄灭，电话挂断。

只是一瞬间，他的情绪便变得暴躁不堪，他面目狰狞，浑身上下都在疯狂地颤抖着。

"原本我以为你是一个能站在凶手角度想问题的人，可是我刚一来你就偷偷报了警，你真坏啊，呵呵……我原本以为我们是同类，至少你知道我的痛苦，叫我发现你在骗我啊！我生平最恨骗我的人！所以……你就去死吧！相比于他们，我会尽量不让你痛苦……毕竟我是你的忠实粉丝，来吧！"

说完，他戴上那白色的面具，直接举起了刀……

第十三节 不止一个

我下意识地从凳子上跳了起来，反手抡起屁股下面的凳子。

又是一声巨响，他的剔骨刀砍在凳子上，半条竹凳腿儿直接被削掉一大片。

我在警校的时候，散打和擒拿本领也是过硬的，躲过了这一击之后，我并没有坐以待毙，而是侧身一躲，远离了他的攻击范围。

"梁宽！任何人都不能代替法律，成为执法者！你更没有资格！我劝你，现在束手就擒，争取宽大处理，法律会根据你的遭遇酌情减轻你的罪行，但是如果你继续这么顽固不化，谁也救不了你！"

"哈哈哈……"面具之下传来了疯狂而沙哑的笑声，"谁也救不了我！这一点你是说对了，但是，从一开始我就没有指望任何人救我！你还是先想一想谁能救得了你自己吧！我，一定会弄死你！"

说完，他的剔骨刀猛然间一横，再次狰狞着疯狂地朝我冲了过来。他的动作手法很是娴熟，下手也极狠，几乎每一刀都是致命的。我知道，如果稍有不慎，稍稍被这把锋利的剔骨刀擦中，我这一条小命就算是完了。

虽然王剑飞肯定会第一时间赶来，可是这个时间还是太迟了。凶手已经进入癫狂状态，我没得选。

想及此处，我猛然间一跃而起，拼尽全力一个侧踢，直接踢中了梁宽的脑袋，他直接被踹翻在地，手上的剔骨刀也落在地板上。

他疯狂的时候似乎感觉不到疼，依旧没有打算放弃，在地上一个翻滚站起来就要重新去拿那把剔骨刀。

可是，他的速度没我快。我第一时间冲上去一脚踢飞了剔骨刀，紧接着左脚迈开，一个连环腿直接踢在了他的脑袋上。

梁宽"嗷"地惨叫了一声趴在了地上，那白色的面具被我踢碎，血水从嘴角淌出来。

"哈哈哈！"

可是，他疯狂地哈哈大笑起来。

"没想到！没想到啊！你居然这么能打！但是，我敢玩命，你敢吗？啊！"说着，这家伙在地上挣扎片刻，再次像是行尸走肉一样朝我冲过来，面目狰狞。

失去了理智的人比野兽还要可怕，这句话是对的。梁宽再次咆哮着冲过来的时候，我都有些慌了神。但是，我必须保持冷静，否则他真的会毫不犹豫地杀了我。

他已经受伤了，更加不是我的对手，我再次飞起一脚，一个侧踢直接将他踹倒在地。

他的脑袋重重地砸在了木质地板上，发出了一道沉闷的撞击声。

这一次，他终于不再动弹了。

就在这时候，我眼睁睁地看着他缓缓地挣扎着站起来，满脸是血，可还是带着让人毛骨悚然的笑容，慢慢后退，靠近了那把剔骨刀……

我原以为他要去捡剔骨刀再次朝我动手，所以握紧了拳头，从地上捡起了一根摔坏的板凳腿儿。

面对可怕的变态杀人狂，哪怕我也是个警察，我也不能杀了他，但是如果他要杀了我，我只能选择防卫。

可是我却没想到，他转身冲到剔骨刀旁边之后并不是朝我冲过来，而是以一个变态的姿势跪在了地上，我还没有反应过来，却见他猛然间反手一划，锋利的剔骨刀直接划破了自己的颈动脉！

"住手……"

他这是在自杀！

看到这一幕，我当场就懵了，扔掉板凳腿赶紧冲过去。

可是，他已经开始浑身颤抖起来，他似乎很清楚颈动脉的位置，一刀下去，动脉处直接喷出了大量的血液，身体也开始止不住痉挛……

可是，他还是在盯着我笑。

"没有人可以审判我，法律也不配……我……我死了，你不会好过，他……还会……会继续……帮……帮我的。"他盯着我，说出了这两句话。

我根本没心思听他说什么，这一切都发生得太快了，快到根本来不及做出任何反应。

"你这个疯子！"

我满头大汗，心跳骤增，大口大口地喘着粗气，赶紧捡起地上的手机，但是手机已经报废了。

就在这时候，可能是公寓的保安听到了动静，外面来了一阵急切的脚步声和敲门声。

我赶紧开门，大喊一声："打120！快！"

保安看到这一幕，惊得帽子直接从脑袋上飞了下来。

"哦！好好，好！我这就打，这就打！"

与此同时，王剑飞等人刚好赶来了，重案组的队员直接包围了我的房子。

夏兮兮和吴教授两名专业的法医立刻开始对凶手进行紧急抢救。不过，遗憾的是，五分钟之后，梁宽完全失去了生命体征。

痕检组立刻取证拍照，把我房间里面里里外外全都拍了个明白。

唐钰、王剑飞和夏兮兮来不及忙手上的工作，赶紧冲过来问我："你感觉怎么样？有没有受伤？"

我摇了摇头说："我没事儿，但是下次遇到这种情况，你们能不能来快点？我差点儿就死了！"

王剑飞一脸愧疚地点点头说："是我的失职！不过我们有重大发现，你先休息一下，等一下再跟你说。再说了，我们根本没想到凶手会过来找你。"

二十分钟之后，现场被处理干净，梁宽的尸体被运走。

我跟随重案组的人去警局做询问笔录。做完笔录，已经是凌晨了。可我睡意全无，一点儿也不困。我反复思考梁宽在自杀之前的那两句话是什么意思。

"没有人可以审判我，法律也不配。我死了，你不会好过，他还会继续帮我的。"

第一句话很好理解，但是，第二句话是什么意思？什么人在帮他？

这时候王剑飞走过来，拍了拍我肩膀，递给我一根烟，说："怎么样了？缓过劲儿来没？"

我摇了摇头，看着王剑飞说："你跟我说的重大发现，是发现梁宽是凶手，但凶手不止一个吧？"

听到我这么说，王剑飞不可思议地看着我说："这你都猜到了？"

我没说话。

王剑飞说："原本我们已经根据条件锁定嫌疑人了，可是我们发现，首先，梁宽就是一个农民，而且他根本不是本地人，只有小学学历，文化程度很低，如此娴熟地作案杀人，之后又完美逃脱，这不符合逻辑；其次，他一次又一次地通过红外线补光成像逃过了监控摄像，这可不是一个小学水平的人能想到并利用的。也就是说，杀人凶手是梁宽没错，可是，背后还有人在帮他做这件事。整个案件中，梁宽是执行者，但不是策划者……"

我无力地冷笑一声说："他太过于天才了，他随手帮助了梁宽，就能把整个重案组和红S耍得团团转，现场更是从未留下过他的任何痕迹，对吧？"

"是的。"王剑飞转而问我,"这些你是怎么知道的?"

我笑了笑,指了指桌子上的证物,说:"因为我也收到过那包裹……但不是梁宽发的。"

王剑飞大喜过望地看着我说:"有线索吗?这个人如果能抓到,案件才算是真正意义上的告破。"

"有,他开着一辆黑色的城市 suv。"我说。

"还有吗?"王剑飞问。

我摇摇头说:"没了……"

王剑飞有些失望,但还是安慰道:"不着急,王倩倩案有他的影子,孙莉案有他的影子,聂小茹案也有他的影子,这次案子他更是贯穿始终。呵呵,他好像很想把这个游戏继续下去,那就继续下去吧,他总会露出马脚的,很快!"

我不知道王剑飞说的"会很快"是有多快,不过,这件案子终究是以一个看似圆满的方式结束了,肖明也终于可以站在媒体面前给东阳市全体市民一个满意的交代了。

不过,我们所有人都知道,太平盛世并没有就此到来,那个真正的背后推手,正在暗处,盯着我们所有人的一举一动……

第五案 回不去的山村

第一节 豪车下的血迹

上一个案子刚结案半个月，东阳市内又发生了一起骇人听闻的碎尸案。

报警的人是早上起床晨练的大爷大妈。他们起初发现开放公园的小树林里面停着一辆车，觉得有些怪异，走近一看却发现车底盘下面满地都是血，于是直接报了警。重案组的人赶到之后直接拉起了警戒线，经过初步侦查，确定为他杀。可荒诞的是，和尸体一起被剁的，还有一个户口本，五个房产证，两把车钥匙，一辆是保时捷帕拉梅拉，一辆是奥迪A6L。

唐钰见过现场之后，皱着眉头说："杀人就算了，还要把房产证和车钥匙一块儿剁碎在尸体里，简直是闻所未闻！这凶手也太变态了点儿……"

人的脑袋骨骼硬度太高，如果不借助机械工具的话是无法轻松击碎的。所以一般情况下，凶手会将受害人的脑袋割下来单独抛尸，扔到一个他认为警察永远也找不到的地方。不过，正常情况下，凶手掩埋头颅和抛肢体的地方距离都不会太远。

红S组和重案组协同侦破，立即成立专案组，当即接手了这个案子。

吴教授说："这里不是第一现场，凶手是在某个地方碎尸之后又将尸体用编织袋一包一包提着放在了车上，把车开到了小公园，弃车逃走。"

王剑飞问小猛："公园附近的监控调查得怎么样了？"

小猛摇头道："最近两年城市建设速度很快，这附近还有一个大型公园，是刚刚修建的，娱乐设施很完善，除了一些广场舞大爷大妈之外，这边一般没人来玩了。市政方面也很早就表示这个公园要重新修建，所以一些配套设施陈旧老化，根本没有及时更换，出入口可以随意进出车辆，也没有完整的监控。"

夏兮兮说："这说明凶手很了解这附近的安保情况，极有可能提前做过摸排蹲点工作。"

唐钰说："当务之急是确定死者身份。"

说完，她立刻吩咐人拉上警戒线保护现场，"我们才刚刚被大领导表扬过，高帽子刚戴上，可不能就这么摘了！尽量消除影响，封闭消息，尽快破案！"

尸检工作由吴教授和夏兮兮协同重案组的两名法医共同完成。但是，因为尸体被破坏得实在是太厉害了，无法拼组出完整的指纹，况且没有头部，经过大半天的尸体重拼，也只能还原出大概的四肢形状。

唐钰吩咐小猛："带人去搜查，以抛尸公园为中心向四周延伸五公里，寻找受害人的脑袋。"

王剑飞说："考虑到凶手是开车抛尸的，有作案工具，我建议将摸排范围扩大到周围二十公里，或许还能同时找到第一犯罪现场。"

很快，整个红S组、重案组还有一线行政干警，如火如荼地投入了高度紧张的摸排调查工作中了。

下午，交管部门打来电话，发现碎尸的那辆奥迪A6L虽然没有了牌照，但是根据发动机号、车架号，找到了车主信息。

车子是去年的准新车，全款买的，车主名字叫刘大旺，身家过千万，算是个大器晚成的富豪。他在本市装修建材市场做装修材料生意，最近两年房市大涨，跟风买房炒房的人越来越多，搞装修的人越来越多，刘大旺的生意更是顺风顺水，越做越大。经过调查，刘大旺还有一辆车子，是2016款的保时捷帕拉梅拉，同样是全款买的，虽不是最高配，但也花了一百多万。与此同时，车主刘大旺名下还有五套房产，都分布在东阳市各大顶级一线楼盘。

基于以上情况，现在我们的侦破方向包括但不限于情杀，仇杀，甚至是财产侵占。

下午17点，小猛带人在距离抛尸公园十五公里的水库里找到了一个黑色的编织袋，里面装着一颗人的脑袋，因为脑袋沉水，水库里面禁止垂钓，有大量的鱼虾鳖类，抛尸时间超过了二十个小时，脑袋被打捞上来的时候已经被鱼类啃得面目全非，且面目发福，惨白得像是蜡纸一样，没有一丝血色。

不过，我们依旧没有找到第一作案现场。

法医组将头部带回解剖室，放在了那四肢和躯干顶端，如此，才拼成了一副人体的完整结构。只不过，看起来依旧烂得不成样子，污血污水不断地从皮肉组织中渗出，解剖台周围不得不围上吸水纸，但还是不断地有血水蔓延出来。

法医组提取了死者的DNA，又在那辆奥迪A6L的车角落里提取出了毛发皮肤组织，经过DNA分析比对，确定死者就是装修建材老板刘大旺。

确定死者身份之后，红S组当天晚上出警，兵分两路，我、唐钰、夏兮兮去刘大旺的家，吴教授、小猛、王剑飞则去装修市场打探消息。

晚上22点，我们驱车赶到装修建材市场附近的一个高档小区，可是敲门很长时间都没人应，不得已，我们敲开了邻居的门。

开门的是一个中年妇女，看到刘大旺的照片之后，她说："我已经好几天没见到刘大旺了，你们找他是有事儿吗？我这里有他老婆的手机号，前段时间我们家装修，用的就是他们的材料……"

得到唐钰的允准之后，中年妇女很快打通了刘大旺妻子张慧丽的手机。

电话接通，张慧丽表示自己最近在外地进购材料，这段时间不在家，五天前走的。这也符合我们从王剑飞那里得到的信息，王剑飞说他们赶到了刘大旺在建材市场的门店，但是门店锁门了，街道监控和隔壁老板都说，他们的门店已经五天没开门了，一直都没人过来。

我从中年妇女手中接过电话，表明了身份，然后告诉张慧丽："你的老公出事了，人已经遇害，请尽快回来协助调查，尽快抓到凶手。"

张慧丽听到噩耗，表示很震惊和很伤心，并表示今天晚上会连夜坐飞机回来，大概明天早上8点钟就能赶到东阳市。

挂断了电话，夏兮兮说："以前的穷人如今变得有钱了之后，多多少少会膨胀，第一表现就是夫妻关系逐渐淡化，不回家、不交流、不沟通，同床异梦。所以，刘大旺的妻子张慧丽的作案嫌疑不能排除，尽管她对这个消息表现得很吃惊。"

唐钰表示同意这一点。

我说："你们俩都是女人，居然这么丑化女性形象？"

唐钰说："正因为我们都是女人所以才了解女人。你看这个刘大旺，有钱了之后，一年时间买了五套房、两辆车，这种暴发户心态，很容易对现阶段家庭不满，对现任妻子无感、没兴趣，进而移情别恋，甚至包养小三、寻找情人……"

我点了点头说："我们还是用证据说话吧。"

随后，我们和刘大旺家的左右邻居进行了谈话，旨在了解一下刘大旺平时的生活习惯以及夫妻二人的家庭关系。

结果，调查情况却让我再次无语。中年妇女表示，这个刘大旺很不是个东西，最近两年生意逐渐有了起色之后就按捺不住了，有时候还会把年轻漂亮的女人往家里带。

夏兮兮问："他的妻子张慧丽不管了吗？"

"管！一开始也是大吵大闹的，但是后来就管不了了。男人就是猫，猫要偷腥，你非要拴住他，鱼死网破了对谁都不好，所以后来张慧丽就不怎么回来了，一般情况下都住在建材市场那边的门店里，熟悉业务，拉拢客户。"

唐钰悄悄跟我说："这一点，不排除张慧丽有釜底抽薪、揽走生意的可能。"

我问中年妇女："那你有没有听说过，他们有没有提及过离婚？或者是，张慧丽有没有情人？"

如果说张慧丽发现老公偷腥，屡教不改，她放弃家庭之后转而投入工作，进而想得到一些重要的客户资源或者一大笔钱的话，那么刘大旺肯定不同意，两人就会发生矛盾，甚至出现离婚纠纷。那么在这个时候，如果张慧丽也有情人的话，这个人站出来杀死刘大旺，再与张慧丽结合，占有财产，就能说得通了。

中年妇女摇了摇头，有些为难地说道："这个就不好说了，我们也不知道，再说了，女人这方面的事儿外人不好评价的，你们问问别人吧……"

紧接着，我们又找到了另外一个邻居，询问了关于张慧丽和刘大旺的一些琐事，结果发现事情远不是我们想象的那么简单。

第二节 非正常关系

我们根据走访结果，发现与刘大旺保持不正当关系的女性还不止一人，至少左右邻居无意间见到他带回家的女性就不是同一个。不过，这些女人同样都是长发飘飘、年轻漂亮，年龄大概二十五岁左右。

不过遗憾的是，我们并没有问出张慧丽是否有情人这个问题的答案，邻居都表示自己不知情。刘大旺有多处房产，被张慧丽撞见和其他女人鬼混之后，张慧丽就不怎么回家了，张慧丽也睁一只眼闭一只眼，直接搬出去住在了建材市场。

11点半，我们两队人马分别回到红S办公室，双方交流总结调查的结果。看来，某些信息是一致的，但是有些情况又存在很多疑问。比如，不管是家里的邻居还是门店的邻居，表示都知道刘大旺在外面有女人，也知道他们夫妻关系从两年前就开始不睦，两人见面也不搭话，刘大旺偶尔来建材市场，要么是有老客户，要么就是来查账拿钱。而关于张慧丽的个人私生活方面，有的人说撞见过她上过其他男人的车，有的人表示曾经见过有中年男人来建材市场找过她，两人还大白天的去里面房间不知道干什么。也有人说张慧丽是个贤良淑德的好媳妇，老公不珍惜家庭，她却兢兢业业，努力在维持这个家，建材市场的工作，里里外外都是她一个人在打理，去外地进货都是一个人去的。一个女人做到如此境地，很不容易，可敬可叹。

以上，是我们现在掌握的所有信息。

吴教授说："根据细节查验，分尸的工具有很多，有尖锐型的锤子，还有锋利的刀片，甚至还有电动小型砂轮机等等。抛尸的编织袋是很常见的那种厚蛇皮袋，碎尸之后大概是用铁铲一类的东西统一装进编织袋，提上车，开车抛尸。初步分析，凶手借助一套装修工具进行分尸，而刘大旺本身就是做装修建材生意的，所以他的妻子张慧丽有重大作案嫌疑。凶手分尸之后，抛尸过程中开的还是刘大旺的奥迪A6L，这说明凶手有他的车钥匙，亦或是从刘大旺手上抢走了车钥匙，那么可以分析，凶手很可能是死者的熟人，至少和刘大旺是认识的。此外，和尸体一块被剁碎的还有他的房产证，能拿到一个人房产证的人应该不多……所以我认为这个案子一定是熟人作案，动机未知。"

唐钰强调了工作重点，说："首先，张慧丽不能排除重大作案嫌疑，虽然她最近几天都在外地，可也不能排除她故意制造不在场证明的可能，等到明天上午张慧丽回来，我们直接提审张慧丽，看看能不能套出什么有用的信息；其次，今天晚上，我们必须连夜摸排刘大旺除了张慧丽之外其他的社会关系，从房产和最近半年的消费记录着手调查！"

"是！"

每次出现大案要案，红S和重案组的人都几乎是彻夜无休的，可以在办公室里打盹休息一会儿，一旦发现了新的案情重点，就全部要打起精神来继续工作，一直到破案为止！这也是为什么红S组穷得夜宵只有方便面，可是高档咖啡和香烟却是24小时提供的。说白了，就是给大家提神。

唐钰说："大家都打起精神来，抓紧时间全力侦破！等到这个案子结束了，我请你们去k歌，大吃大喝！"

夏兮兮说："这可是你说的啊，领导请客，别怪我们这群做下属的揪住机会狠狠地宰你一顿啊！"

唐钰一乐，道："随便你宰，你要是能把我的Q7吃下去，我以后叫你夏姐！"

我无奈地看着夏兮兮摇了摇头说："你想单凭一个胃来宰唐钰这种货真价实的富二代，简直太愚蠢了！再能吃，你能吃多少东西，她有的是钱，你不如让她请你去商场消费一下，或许她能稍微肉疼点！"

王剑飞这个工作狂不喜欢闲聊，摆了摆手，喝完了杯子里的咖啡，向我们挥了挥手道："行了，大家伙都不要闲聊了，该干活了！考虑到女性晚上出现场不人道，小川、小猛、吴教授，我们四个去调查一下刘大旺的房产，夏兮兮、唐领导，你们在家查他们的社会关系、通话记录、消费记录吧，尤其着重调查张慧丽的个人通讯记录。"

"没问题！"夏兮兮打了个响指，心情不错。

唐钰看着这个生龙活虎的团队，欣慰道："我们红S组以后肯定能进入国家刑侦队，我很看好你们！"

我没说话，四个人迅速离开。一路上，哪怕车上坐了四个人，车内也没有一丝声音，彼此都能听见对方的呼吸声。吴教授一路上都在闭目养神，小猛这个榆木疙瘩也不喜欢说话，王剑飞专心开车，而我，则在脑子里分析案情。

刘大旺的第一处房产位于东湖小区，这是他一年前买下的第一套房产，买的时候大概是六十万，现在市值应该在一百万左右。我们到了之后连夜找到物业开锁，遗憾的是第一处房产还没有装修，物业的人表示，业主刘先生很少过来。

第二套房产和第一套一样，虽然装修了，但是家电基础设施都没有，没有人住过的痕迹，也只能放弃。

我们原本以为今晚不会有什么发现了，却没想到，到达第三处房产的时候，物业的人表示不用他们给开门，因为房子里面有人，而且是个女人，刘大旺经常带她过来，最近这几天这个女人一直在这儿住着，物业的人还以为是刘大旺的妻子呢。

在物业的带领下，我们敲开了房门。

开门的是一个年轻女人，大波浪卷的头发，穿着一套睡衣。开门之后见我们是警察，这女人明显有些紧张和抵触。

物业把我们带来之后就走了，我们四个开始详细询问这个女人。

"叫什么名字？"

"李芙。"

"你跟刘大旺是什么关系？请你如实回答！"

"情……情人关系，不过他说过等他离婚了就会娶我的，我也一直在等他，我们是真心相爱的！"李芙强调道。

吴教授一直没说话，站起来四下看了看。

李芙见到吴教授站起来，明显有些紧张，问："这老头儿……也是警察吗？"

王剑飞乐道："怎么？你害怕警察发现什么？"

"不是，没有。"李芙摆了摆手，故作镇静，"我就是觉得，老人家这么大年纪了，这么晚了还出来办案挺不容易的，警察同志，要不然我给你们倒杯水喝吧。"

"不用了。"王剑飞摆了摆手，"你最后一次见到刘大旺是什么时候？"

"一个……一个星期以前吧，他说他这段时间比较忙，让我安心住在这儿，然后就没来过了，警察同志，是发生什么事儿了？"

王剑飞说："刘大旺被害了。"

"啊？"李芙吓得瞬间瞪大了眼睛，浑身都开始颤抖。

我看得出来，她不是故作震惊，而是真的手足无措。

"这……怎么会这样？警察同志，你们是不是搞错了？这怎么可能呢？"

还没等王剑飞说话，李芙又立刻开始撇清自己，道："那……警察同志，这可跟我没有关系啊！我真的什么都不知道，我一点消息都不知道啊！怎么会这样，我的天啊……"

王剑飞冷哼一声道："或许你真的什么都不知道，不过还是麻烦你跟我们走一趟，回去配合调查。"

"啊……可是，我……"李芙说着，眼角余光总是时不时看向卧室……

我想，她对刘大旺的死应该是不知情的。可是，她震惊之外又紧张有余，这种情绪很不正常。

我怀疑卧室里有猫腻！

想及此处，我站了起来，问道："不好意思，我能去卧室看一看吗？"

"你……卧室有什么好看的，卧室是私密的地方……我、我的内衣内裤都在那，你看什么呢……"李芙直接开口拒绝。

却没想到，吴教授开口了："你的内衣内裤是没什么好看的，但是藏一个大男人在窗帘后面这就精彩了吧？"

第三节 婚姻坟墓

我和王剑飞听到吴教授这么说，下意识地站了起来。

李芙紧张得打碎了茶几上的水杯，看得出来，她很不安。

小猛第一时间冲向了卧室门口，干脆利落地掏出了配枪，直接对准了卧室门口。看到这一幕，我真是佩服得五体投地，怪不得之前都说小猛能一个打二十个，有这个反应和速度的人，作战能力都是顶级的。

不过，我们冲到卧室门口的时候，并没有看到什么高大威猛的对手，只见一个光屁股的年轻男子颤巍巍地拉开了窗帘，看到小猛拿着黑乎乎的枪口直接对准了他的脑袋，当场就怂了，浑身发抖。

"别开枪！别开枪……对不起，对不起大哥，我不是有意对不起你的，是她先勾引我的，都是她勾引我的……"这个男人说话的时候都带哭腔了，我们听得也是一脸尴尬。

"你还是不是个男人，老娘真是瞎了眼！"李芙听到这男子的话，直接破口大骂了起来。

十分钟之后，来龙去脉清楚了。

刘大旺生前的确是包养了李芙，李芙和刘大旺也的的确确是情人关系，但是刘大旺的生活显然并没有围着李芙转，他虽然安排了李芙住在这里，可是并不需要李芙天天陪他，刘大旺大概也就一周来一次，有时候甚至超过一周。

而今天晚上我们在卧室见到的男人是李芙的情人，叫周磊，是某大学学生，还是社团社长，很优秀，很帅气。李芙觉得自己不缺钱，又不甘心总是跟刘大旺在一起，而周磊也看上了李芙的美貌，两个人就勾搭成奸。

今天晚上警察来办案，周磊还以为是李芙的那个暴发户发现了李芙还有其他男人，担心遭到痛打，所以开口就叫大哥，直接认怂，跪地求饶。直到确定我们是警察之后，周磊才表示："警察同志，你们说谁死了？这可跟我一点关系都没有啊，我跟这件事绝对没关系，你们要相信我啊……"

王剑飞给重案组打了个电话，道："有没有关系，你留到审讯室说吧，带回去。"

这一趟下来，第三处房产，抓获一男一女。第四处房产，一无所获。

审讯一直进行到了凌晨4点钟。但是结果很遗憾，和我们之前猜测的一样，李芙对于刘大旺的死并不知情，周磊更是根本不认识刘大旺。这个线索算是断了。

"睡觉吧，总不能瞪着眼等到 8 点。"唐钰提醒大家。

"好。"王剑飞长出口气，抽了根烟，跟我说，"睡一会儿吧，有线索也不是没线索，不用瞪着眼到天亮。"

"嗯，睡吧。"

女士优先，夏兮兮和唐钰去了休息室，我们几个则是直接趴在办公室休息一会儿。

桌子上放着唐钰和夏兮兮调查出的刘大旺生前的消费记录。不过都是一些吃喝的消费，并没有什么异常。换句话说，我们唯一能做的，只剩下等着张慧丽回来了。

第二天上午 10 点，张慧丽被带到了审讯室。

张慧丽今年三十七岁，但是风韵犹存，身材很好，皮肤也保养得非常好，她化了个淡妆，脸上几乎看不出来岁月雕琢的痕迹，也没有生过孩子，加之有一米七五的身高，走到哪儿都能吸人眼球。总的来说，如果不说真实年龄，她是个看不出具体年龄的女人，说只有三十岁也有人信，甚至说二十多岁也不会太突兀。她对自己老公刘大旺的死表现得很震惊、很伤心，不过并没有什么特殊的情绪表达，用她自己的话说："我们已经至少两年没有在一张床上睡过觉、没有在一口锅里吃过饭了，婚姻名存实亡，家庭无法维系，现在说他死了，我会履行法律意义上一个妻子的义务配合你们调查，但是如果你们想看到我呼天抢地抹眼泪的话，抱歉，我是真的哭不出来。"

所有人都能理解，婚姻这玩意儿，时间久了就是搭伴儿过日子，要么转化为亲情，要么转化为无情，大概刘大旺和张慧丽是属于后者吧。

有时候婚姻就是坟墓，夏兮兮说这句话说得是真没错。太多太多的婚姻在岁月侵蚀摧残之后都变成了闹剧，无甚激情，如果双方都能努力地去经营、去维系，婚姻不会破裂，可如果逐渐淡了，再不加以经营和维持，走向破裂也是必然结局。

王剑飞问："你说，刘大旺的死你毫不知情，而且他长期和其他女人保持非正当关系，对吗？"

张慧丽点头说："是的。"

王剑飞问："那你呢？"

张慧丽眼神跳转一下，道："我怎么了？"

王剑飞继续问："你有没有情人或者是……报复性出轨行为发生？"

张慧丽坚定地说道："没有。"

王剑飞挥了挥手，夏兮兮拿过来了一份通话记录和聊天记录的打印卷。

张慧丽已经开始有些紧张。

事实上，谁都想得到，三年来，老公又毫不掩饰地出轨，自己也才三十来岁，妆容精致，精力旺盛……我们有理由怀疑张慧丽的个人生活也不是那么干净。所以，在张慧丽还在外地飞回来的飞机上的时候，夏兮兮和唐钰就已经联合了通讯部门调查了最近一年以来张慧丽的通话记录和QQ、微信等社交软件的聊天记录。

王剑飞说："我们已经拿到了你的通话记录和聊天记录，最近一年，有一个手机号和你频繁通话，且通话的时间从晚上22点到夜里深夜2点不等，这个时间段，你该不会也是在谈生意吧？此外，我们还从你社交软件聊天记录中得知，有一个人和你聊天频繁，这你怎么解释？或者说，你先回答一下，和你通话的与和你聊天的这个人，是不是同一个人？"

"你们……"

张慧丽真的懵了。她以为自己装得天衣无缝、滴水不漏，却没想到现在警方的侦察手段已经超乎了她的想象。

丈夫被杀，妻子首先不能排除作案嫌疑，尤其是夫妻关系存在矛盾的家庭。张慧丽的聊天记录哪怕已经全部删除，在通讯部门却还是有长时间的保留，有迹可循。

她根本没想到警方的动作会这么快。

"好吧，我承认。"僵持了大概两分钟，张慧丽长出口气，"他们是同一个人，他叫武林。"

王剑飞问："你们是情人关系？"

张慧丽矢口否认道："不是。只是他最近半年以来一直在疯狂追求我，说我很漂亮，说我偷走了他的心，他说他疯狂地爱上了我，他说他一定要和我在一起……但是我没有接受他。"

王剑飞问："仅仅是他追求你？你并没有接受他吗？"

张慧丽点头："是的，我有我的家庭，我是绝对不会接受婚外情的。"

王剑飞问："你们有没有上过床？请你如实回答我这个问题，想清楚再回答。"

"我……"张慧丽张了张嘴，半天才点了点头，"上、上过……"

第四节 真凶

"那你还说自己不接受婚外情？"王剑飞怒道。

在调查过程中警方还了解到，刘大旺出轨被发现之后曾经和妻子张慧丽发生过口角，两人撕扯扭打，张慧丽不是刘大旺的对手，被打得满身是伤。有了这个前提，张慧丽的情人武林在冲动之下杀了刘大旺泄愤，甚至是想让张慧丽因感激而爱上他，也不是说不过去。

据悉，武林不是东阳市人，而是东阳市辖区内一个乡镇户口，最近几年一直在东阳市搞装修建材生意，初步判断，他也正是因为工作才和婚姻出现裂痕的张慧丽发生接触，随后逐渐走在一起的。

我们根据张慧丽的供述，迅速找到了武林的家庭住址。不过，我们去的时候，已经是人去楼空了。这套房子是武林租住的，房东表示，武林已经有好几天没回来了。

如此一来，武林作案之后畏罪潜逃的可能性就更大了，我们立刻决定前往武林的老家东阳市蟠龙镇。当天上午 11 点钟，王剑飞、我、小猛、吴教授、夏兮兮还有唐钰几个人开了两辆车，提前联系了蟠龙镇的派出所，直奔武林家去。

三个半小时车程之后，我们来到了武林的老家。

如我们所料，武林的确是回来了。不过，我们并没有第一时间见到武林，而是见到了武林的妻子——张美芳。

张美芳说她的丈夫武林三天前才刚刚回来，因为今天就是她的生日，丈夫去镇上给她买生日蛋糕去了。

张美芳是那种朴实的农村女人，在同村一所小学当老师，她很喜欢孩子。张美芳说，以前她的丈夫武林也很喜欢孩子，原本他们两个从认识到结婚之后，一直都是约定在村里面一直教书，平平淡淡、和和乐乐过这一辈子的。

可是结婚两年了，张美芳的肚子始终不见动静，夫妻二人商议之后就去医院做了检查，结果发现张美芳不能生育，而且是先天性的不孕。知道这个消息之后，张美芳犹如晴天霹雳，痛哭流涕，伤心欲绝，一度几乎失去活下去的信念和勇气。

张美芳说，那段暗无天日的日子，是丈夫武林一直在安慰她，说不能有孩子还可以领养一个孩子，再说了，学校里还有那么多孩子呢，那都是他们的孩子。张美芳原本知道这个消息后已经生无可恋，但是在丈夫的感召和爱抚之下，重新收拾心情，努力经营生活、经营这个家。她打算努力将家变得更加完整，她也更爱自己的丈夫了。她觉得自己不能生育，可是丈夫都不嫌弃她，还对她这么好，她简直是这个世界上最幸福的女人。

可是，在这种日子持续了大概半年之后，武林忽然说："我们现在的生活实在太困苦了，在村里教小学，一辈子也赚不了几个钱，好吃的也没吃上，好穿的也没法穿，我想去大城市看看能不能赚点大钱。"

张美芳只是叹了口气，没说什么，默默地帮武林收拾行李，放他离开。

可是在丈夫临别的时候，张美芳还是忍不住问一句："你还会回来吗？"

武林摸着张美芳的鬓角说："你说什么傻话呢，我是去给你打拼生活，什么叫我不回来了，你永远都是我的小芳。"

小芳，是张美芳的乳名，除了父母之外，只有武林这么叫她。

那一刻，张美芳笑了，是发自内心的开心，她亲自送丈夫去了车站。

丈夫走了之后，她日盼夜盼，每天都会朝着村口的方向看一眼，想着自己亲爱的丈夫会在自己哪个不经意的瞬间出现在自己的视线之内，给自己带回来最爱吃的薄皮大包子，还有城里姑娘才会穿的碎花洋裙。

然而，时间一转眼就过去两年，张美芳始终没等到那个给自己买碎花洋裙的丈夫。

一直到三天之前，丈夫突然回来了。

然而，张美芳觉得这次丈夫回来之后有些变了，而且，丈夫并没有给她买薄皮大包子，也没有碎花洋裙。丈夫回来之后的第一天晚上，他烧了一桶水，洗了个澡就睡觉了。

张美芳叹了口气，翻了个身也睡觉了。她想要亲吻自己的爱人，可是自己的丈夫明明就躺在自己的身边，她却觉得十分陌生，就好像是个从来没见过的人，再也没有以前那无话不谈的感觉了。

张美芳心想，丈夫在外面是不是有人了。

可是，她不敢问，因为她觉得自己不配问。作为一个妻子，自己却不能给丈夫传宗接代、生儿育女，就算丈夫真的在外面有人了，那又怎么样呢？还不是自己的错。

张美芳一夜都没睡。

第二天一大早，武林起床之后说："今天是你的生日，我去镇上给你买个蛋糕，你今天别去教书了，在家等着我。"

张美芳的心忽然又被揪了一下，她没想到丈夫还记得自己的生日，她自己都快忘记了。感动之余，她点了点头说："好。"

我们见到张美芳的时候，她还化了个妆，穿了一身干干净净的衣服，坐在自己家堂屋，等着丈夫回来。

可是，张美芳再也等不到丈夫武林回来了。

武林死了，是在镇上巡逻的民警发现的。在山村和乡镇的交界处，一个山坳坳里面，上吊自杀。

张美芳听警察说丈夫出事了，立刻跳起来喊道："他在哪儿，我要去看他！"

王剑飞说："人已经死了，你没办法看了，而且现场正在勘查，尸体要带回市局重案组，你暂时没办法看。"

蟠龙镇辖区民警在重案组和红 S 组赶到之前，先行做了一个初步的现场勘验和尸体检查。

等我们赶到的时候，警方已经给出了结论，说武林是自杀。

现场有绳索，有石头垒砌成的两尺高的石凳，绳索被系成了死结，一端拴在一棵歪脖树上，一端挂住武林的脖子上。站在石凳上之后，双脚一蹬，石凳倒了，脖子被狠狠束缚，人便可以当场身亡。

当地民警说："这种死结在农村杀猪的时候常用，古代时候叫绊马索，现在叫杀猪扣，是死结，越挣扎越紧，用这种办法自杀的人大概两分钟之内就能毙命，算是无痛苦的。"

根据我们的推测，武林是有畏罪自杀的可能的。

他在城里勾搭上了有妇之夫张慧丽，且两人发生了关系。甚至根据张慧丽的陈述，武林一开始是疯狂追求她的，给她买好吃的，买薄皮大包子、买碎花洋裙、买鲜花、看电影。张慧丽也是抵挡不住这种柔情攻势，半推半就，最后在一起。

武林对张慧丽爱之深，对张慧丽那个出轨且家暴的丈夫刘大旺便恨之切，所以冲动之下杀了刘大旺，事后分尸抛尸，本人畏罪潜逃离开了东阳市，回到了蟠龙镇老家。可是，当自己的情绪逐渐归于平静，武林才意识到自己爱上的人是有丈夫的，自己杀了人是要被警察抓的，心理几乎趋于崩溃。见到了自己的妻子张美芳之后，武林更是内疚自责，悔不该当初，恨不得时光倒流。

可是，事情已经发生了，什么都回不去了，索性在谎称去买蛋糕的路上选择了上吊自杀，蛋糕也还没买到。

如果杀刘大旺的凶手就是武林，那么武林的自杀极有可能是畏罪自杀。这是一个可以结案的方向。

可是，在做了现场侦查之后，吴教授第一个摇了摇头说："不，这不是自杀，这是他杀，武林是被杀死的。"

所有人都瞪大了眼睛看着吴教授。这时候，王剑飞和夏兮兮下意识看向了我，唐钰也看向了我。

我只好摊了摊手，说："我也确认武林是被杀的。而且，杀了武林的那个人，才是真正杀刘大旺的凶手。"

第五节 蛛丝马迹

唐钰问我："你是依据什么判断的？"

我说："张慧丽哪怕是出轨，哪怕是对不起过自己的丈夫刘大旺，但是她骨子里痛恨出轨和行为不检点，所以一开始才口口声声说自己拒绝婚外恋。而且哪怕她跟武林曾经发生过关系，也并没有像自己的丈夫刘大旺一样搞得人尽皆知。根据张慧丽的描述，他们每次都很隐蔽……我们不要忘记了，刘大旺被碎尸的时候是同时伴随着房产证、户口簿、车钥匙等物一起被碎的，而武林几乎不可能接触到刘大旺这些私人财物。"

"可是这只是判断，我们没什么证据啊……"夏兮兮说，"我也觉得案情没那么简单，可是，武林畏罪自杀，这在逻辑上最说得通。"

我说："以武林的尸体为中心，向四周扩散，两公里内地毯式搜索，会有证据的。"

"好。"

王剑飞点了点头，立刻安排当地民警和重案组成员向四周搜索线索和证物。

吴教授赞许地看了我一眼，走到我旁边儿，问我："你也认为这是有人故意杀了武林，栽赃嫁祸，好让自己逍遥法外？"

"嗯。"我笃定地点了点头。

吴教授问我："依什么判断的？"

我说："人心。"

或许武林嘴上说没事，但是心中早就对自己不孕不育的妻子有不满，所以才离开村子，离开这个家，两年都没有回来。而最近，他刚刚经过自己的不懈追求，得到了一个风韵犹存又有钱的漂亮少妇张慧丽，而且还很有可能走到一起。这么一个人，他是无论如何也不会放弃一切，走上自杀这条路的。

虽然没有证据，但是我可以这么判断，甚至，我还有一个更加大胆的推论——这次武林回来重新面对自己的原配妻子张美芳，并不是真的要给张美芳过生日，极有可能是想要提出离婚。

而背后真正的杀人凶手，一定要在警方侦破这个案子之前，第一时间找到一个合适的机会，一个逻辑说得过去的理由，一个合理的替罪羊，来帮自己顶罪。如此，他才可以逃脱法网之外。

经过缜密的思索和观察之后，真正的杀人凶手把目标瞄准在了刘大旺的妻子、张慧丽的出轨对象身上。

杀掉武林，制造自杀假象，如此一来就可以做到完美撇清关系，将自己彻彻底底从案件中剥离出来。

而从这里，我几乎断定，真正的杀人凶手一定和刘大旺、张慧丽的关系很是亲近，甚至不排除生意上的紧密合作伙伴，或者是称兄道弟、不分你我的兄弟。因为只有这种关系，才能清楚地知道刘大旺和张慧丽夫妻关系不和的现状，才能拿到刘大旺的车钥匙和房产证，能知道张慧丽偷偷有和其他男人幽会等等一系列的私密事。

吴教授问我："那你觉得下一步应该将侦查方向瞄准哪里？"

我说："回归案情本身，瞄准刘大旺的社会关系。尤其是最近和刘大旺有过联系的、有过会面的人，都有嫌疑。"

吴教授看了我一眼，喃喃说了一句："果然是后生可畏啊，你真的很厉害，角度刁钻，逻辑合理，看法很独到。"

我笑了笑，没说话。

这时候，重案组的干警急匆匆地赶来，大声喊道："果不其然，有重大发现！"

"什么发现？"

所有人第一时间围过去。

王剑飞道："我们在两公里以外的地方发现了蛋糕，还在蛋糕附近的河道里发现了一个背包，背包里面放的是武林的身份证、钱包、银行卡，还有一份离婚协议书。"

"离婚协议书？"

"没错。"王剑飞点头，"协议书是镇上一家叫春峰律师事务所的律师拟定的，我们已经联系了这家事务所。事务所的工作人员说，上午9点半的时候，武林的确去委托律师拟定了离婚协议书，离婚的对象，自然是原配妻子张美芳。"

如此一来，我的推断似乎没错。

武林非但不会自杀，恰恰相反，他还打算和张美芳离婚，然后去和城里人张慧丽结婚，生儿育女，组建成真正和睦完整的家庭。

他永远也不会知道，他的原配妻子，其实在昨天晚上就自行拟定出了一份离婚合同。

夏兮兮说："女人的第六感都是很强的，丈夫和自己同床异梦，是个女人都能感觉得出来。张美芳知道丈夫不可能不嫌弃无法生育的自己，倒不如这个坏人让自己做，自己打算主动提出离婚。早上原本她正打算说这个话题的时候，丈夫武林却说今天是她的生日。所以，张美芳就打算吃完了生日蛋糕，再提出离婚，这样也挺好的，至少以后回想起来时多了一丝快乐，自然就少了一丝烦恼。"

可是恰恰没想到，短短两个小时时间，这对夫妻没有挥手道别，没有含泪再见，就已经阴阳相隔。

确定武林是他杀之后，警方立刻重新整理思路，将侦破方向和嫌疑人范围放在了刘大旺生前半个月所有接触的人，且是熟人的范围内。

在接下来两天时间内，整个红S组和重案组所有成员，都在抽丝剥茧地对刘大旺生前的行踪、消费记录、通话记录等进行周密谨慎的全方位排查。最终，将犯罪嫌疑人锁定在了一个叫魏骏杰的人身上。

魏骏杰和受害人刘大旺是进门堂兄弟，虽非同一姓氏，但却算是同出一门，是从小光着屁股一起长大的。

经过调查，刘大旺现在虽然是东阳市本地户口，但是根据派出所户籍室提供的户籍变动记录可以看出，刘大旺是在五年前生意稍有起色，在东阳市站稳脚跟之后才办理的户口迁出手续。而在五年之前，刘大旺的户籍是邻市襄州下属的一个小山村。

五年时间，国家发展迅速，山村面貌也是日新月异。

但是，山村的形象相比于城市，哪怕现在比起来，也仍旧不是一个层次，更何况是五年前。五年前的这个山村还没有通电，还没有修路，路上全是泥巴，下雨都走不出来，没办法出山。天一黑，家家户户用的都是煤油灯，没有QQ，没有微信等即时通信工具，更没有手机随时随地都能通向外面的世界，听听别人说一说外面的世界有多精彩。

而刘大旺就出生在这样一个小山村里。和他一块出生在这穷乡僻壤的，还有堂兄弟魏骏杰。

大概是十几年前，刘大旺和魏骏杰在村里躺在猪草上看着天，刘大旺说："我以后一定要去大城市看看，听说外面世界特别精彩，各种好东西应有尽有……"

刘大旺从小就有成为城里人、彻底离开穷乡僻壤的梦想。那时候，跟在他屁股后面，小他两岁的魏骏杰就开始傻呵呵地笑，他并不知道刘大旺向往的生活到底是一种什么样的滋味，可是他跟着大哥刘大旺说："以后等俺出去了，俺也要像你一样……"

第六节 归案

后来，真的如刘大旺所说，一次偶然的机会，山里面来了几辆车，某公司在这里组织了一次公益募捐活动，刘大旺这人比较猴精，跑前跑后帮忙，累得满头大汗也不嫌苦、不喊累，赢得了很多人的好感。于是，刘大旺就趁着那次机会，跟着募捐活动的车，晃荡了三天两夜，最后离开了那个不通水、不通电、不通路的山沟沟里。

到城里之后的刘大旺就是个乡巴佬，不会说普通话，脸色黝黑黝黑的，没人能听得懂他在说什么，所有人都嘲笑他、挑衅他，甚至是欺负他。

可是，刘大旺一点儿都不觉得苦，他觉得外面的世界太酷了，就连超市里扔出来的过期面包都是那么美味，比起山里面吃的玉米饼子美味多了，简直是天上人间的区别享受。

一个偶然的机会，刘大旺来到一家餐馆做工。每天他都吃餐馆的剩饭剩菜，偶尔还能吃到一个客人剩下来的完整的鸡腿儿，那简直是人间绝味。那一次，刘大旺舍不得吃，晚上把鸡腿带到被窝里闻，他觉得这辈子都没吃过这么好吃的东西。

再后来，餐馆倒闭了，刘大旺失业了。但是这个时候，他已经能够用普通话和城里人正常交流了。路边的零散泥瓦工队伍接纳了他，还将最脏最累的活都给他干，他也不嫌弃，能吃饱穿暖就行。

他住着两百块钱的房子，但是那是平房，跟山村里面那种夏天漏雨冬天透风的草房子比起来，简直是别墅。

再后来，刘大旺因为勤学苦干，逐渐从电工师傅手上学会了接电，从焊工师父那里学会了电焊，从木工师傅手上学成了木匠，从防水师父手里学会了怎么做防水，学得一身好本领，逐渐还有了老顾客，得了一个外号叫"大旺神手"，谁家的卫生间渗水了，谁家的地板碎了需要补地板了，全都找这个刘大旺，大家都夸他活儿干得精致，收费还低。

几年之后，刘大旺手里攒了点钱，租了门面，干起了装修老本行。加上之前积累下来的口碑，生意几乎是做得顺风顺水，半年时间就在偌大一个装修建材市场站稳了脚跟，笼络了一大批老顾客，赚的钱也是越来越多。

这时候，适逢房价上涨大风潮，家家都争着买房，户户都要装修。刘大旺几乎是在短短几年时间，从一个山村里的孩子逐渐成长成为一个坐拥千万身家财产的富人。甚至还在生意逐渐做大了之后认识了如今的妻子张慧丽，两人迅速结了婚，婚后的生意更是越做越大，成了旁人羡慕的对象。

张慧丽的父母都是教职工，城市户口，书香门第，独生女，二老的掌上明珠。二人结婚之后，又有了二位老人的帮衬，等于是如虎添翼。到这里，刘大旺也算是完成了儿时的伟大梦想。

不过，没有人知道，张慧丽同样是不能生育的。这个秘密，刘大旺没对外说起过，张慧丽也没对外说起过。

偶尔有人提醒他们不能一直忙工作，该要个孩子了，张慧丽总是摇摇头说："现在钱赚得还不够，养儿不容易，攒够了资本再说。"

想来真是造化弄人，武林放弃了不能生儿育女的妻子张美芳而选择了少妇张慧丽，很大程度上是不想自己空活一辈子都没有个孩子。但是他恐怕到死都不知道，一切都在冥冥之中自有定数，他寄予厚望的张慧丽同样是不能生育的，只是，这个消息他再也不可能得知了。

经过警方的摸排调查分析得知，如果说刘大旺的人生是一部顺风顺水的小人物成长史，那魏骏杰的运气就没那么好了。

魏骏杰在刘大旺离开山村的第二年，也趁着一个机会去了大城市。然而，到了大城市之后，他发现这个城市根本容不下他。首先便是语言不通，他连想吃饭都不知道都不知道该怎么向别人表达。小混混欺负他，人人都冲他翻白眼。他就像是一只见不得光的鼹鼠一样，从山村来到城市，躲躲藏藏，过着人人喊打的生活。

这种日子大概过了一个月。一个偶然的机会，他见到了一个海报上的美女。他也是后来才知道，那种能上海报，穿着碎花洋裙，皮肤白得像是牛奶，笑起来跟星河一样灿烂的人，叫明星。

他顺着海报上的地址找到了那个明星，悄悄地潜伏在了那个明星的家，等到晚上夜深人静的时候，冲上了人家的床……一时冲动之下，魏骏杰犯了强奸罪。

他没有超高的智商，没有反侦查经验，甚至不知道这样做就是犯罪。毫无意外，当天晚上魏骏杰就被抓了。由于犯罪事实清楚，犯罪证据充分，案子迅速宣判，魏骏杰入狱，一切来得水到渠成。

两个同出一门的山村小伙，人生却像是两道分水岭，从离开山村的那一刻开始，就走上了两条截然相反的道路。

七年之后，魏骏杰被释放了。他对这个城市更加陌生了，他觉得这里更加无法接纳他，高楼林立，车水马龙。站在大街上，他就像是一个小丑一样，没人理他，行人匆匆，熙熙攘攘，甚至根本没有人会多看他一眼。

就在这个时候，魏骏杰看到了公交站牌的海报上，装修建材市场的投放广告，上面还放着一个人的照片。

魏骏杰当即就咧嘴笑了：这不是光屁股的大旺吗？

于是，魏骏杰找到了刘大旺，刘大旺也接纳了魏骏杰。

刘大旺有钱了，故人重逢，他也是喜不自胜。他疯狂地为魏骏杰花钱，让他去吃山珍海味，住高楼大厦，他听说魏骏杰因为当年的一个电台主播被判了七年，笑得几乎岔气了，骂魏骏杰说："那也叫明星？那就是个电台主播啊！这年头，只要有钱，什么都可以买得到……这样吧，阿杰，哥今天晚上带你去见识见识啥是真正的明星。"

当天晚上，魏骏杰被刘大旺带进了娱乐场所，尽情吃喝玩乐。

深夜 2 点钟，刘大旺和魏骏杰都喝得醉醺醺的。

这时候，刘大旺拍了拍魏骏杰的肩膀说："怎么样？知道什么叫欲仙欲死了吧？哈哈哈……"

说着，刘大旺拍了拍他新买的奥迪 A6L，问魏骏杰："知道这叫啥车不？这叫奥迪！等一下回车库，我再让你看一个更酷的，那叫帕拉梅拉，保时捷！呵呵，城里人都买不起的，可是我买了……"

随后，刘大旺带着魏骏杰去看了看他的一套套房产，高大亮丽的房子，红彤彤的房产证，刘大旺解释说："有了这个本子，就证明这房子是我的，就证明这些钱都是我的，我可以找明星、开豪车，明白吗？"

他又让魏骏杰专门去车库看了那辆城里人都买不起的保时捷帕拉梅拉，魏骏杰笑着说："我学了二十遍都学不会这个车怎么念……怕拿没拿吗？"

刘大旺笑着说："你真是个土包子……"

大半夜的，魏骏杰支支吾吾地问魏骏杰："我能不能开开你的车？没有驴子的车是怎么跑的，真俊啊……"

于是乎，刘大旺带着魏骏杰去了公园没人的地方，让魏骏杰开一开他的奥迪 A6L 新车。

这是魏骏杰第一次坐进驾驶室，感受着这辈子都没感受过的不用驴子驮着就能跑的车……不过，他的脸上并没有欣喜和激动，而是狰狞和扭曲……

车子停在了小公园荒地里，魏骏杰踩住了刹车，车子猛然间停了下来。

刘大旺吓了一跳，对魏骏杰吼道："撞到我脑袋了，你这个土包子……"

魏骏杰没理他，抽了一根他的中华烟，眼睛血红血红的，他扭头看着后排的刘大旺，咬着牙问他："哎，大旺哥，你能不能给俺解释一下，为啥咱俩一块出来的，一块光着屁股长大的，这些东西你都有，我却什么都没有？为什么？"

"呵呵，为什么，因为你真是个傻小子，跟着你大哥我，这些东西，我会让你有的……都会有的！咱哥俩谁跟谁啊，谁都没有咱俩关系好……"刘大旺醉醺醺地说着。

然而，月光之下，恍惚之间，他看到魏骏杰面无表情地从驾驶室跳下来了，径直拉开了后排车门……

第七节　选择性心理失衡

在随后的一段时间里，魏骏杰毫无人性地杀了自己小时候的伙伴刘大旺。

警方根据摸排调查到的线索，在一处出租屋里找到了魏骏杰，干枯的血迹在水泥地表面上已经结痂硬化。

根据法医组和痕检组的判定，这里就是杀死刘大旺的第一凶案现场。

魏骏杰被抓之后，对他的犯罪事实供认不讳。作案凶器用的是刘大旺最初成名的"大旺神手"的一套装修工具。他将刘大旺给他看过的所有代表财富的东西，包括代表财产的房产证，代表地位的保时捷帕拉梅拉，还有奥迪A6L一起剁碎。他承认自己的犯罪事实，但是并不认为自己有错。

在审讯过程中，魏骏杰浑身颤抖，看着冰冷的单向玻璃，看着审讯人员。他似乎很惧怕警局这个地方，因为他曾经被关了七年。但是出狱之后不到半个月，他就再次被抓回了这里。

而这一次他涉嫌故意杀人罪，七年可就出不去了，哪怕心理学家都认为魏骏杰不排除患有精神疾病，也不能无视他的罪行。精神病不能作为犯罪事实的保护伞，不能以有精神疾病为由，逃脱法律的审判和责罚。

在审讯过程中，魏骏杰一直操着一口几乎难以听懂的乡土话问警察："俺有什么罪……俺就而是觉得他太张狂，俺就是觉得不公平！俺跟刘大旺都是出生在一个山坳坳里，凭什么他什么都有，凭什么俺就被关了七年！俺不服，俺不服！"

但是，不服也没什么用，等待他的将会是法律的严惩。

做魏骏杰一案的案情总结时候，吴教授发表了自己的观点。

"当今社会贫富差距越来越大，仇富心理已经形成一种精神疾病，在迅速扩张蔓延，魏骏杰杀了刘大旺其实是一种仇富心理，从心理学角度讲，这个叫选择性心理失衡。"

王剑飞问："什么叫选择性心理失衡？"

吴教授解释说："举个简单的例子，我们可以接受自己一个月工资只有五千块，但是接受不了跟自己同一所大学毕业的同桌月薪一万块，即使这个同桌比你努力一万倍。再比如说，我们都可以接受乞丐买彩票中奖一百万、一千万，因为这些人跟我们没什么关系，我们并不会觉得不公平，心理上也没有什么失衡。但是我们如果得知昨天还一块儿喝酒撸串的好哥们儿今天早上起床中了一百万，就会极度心里不爽……这就是选择性心理失衡。而一个正常人，一旦心理失衡，尤其是熟人之间差距太大，甚至觉得对方是在炫耀，那么冲动和暴躁便很可能战胜了理智，最后走向犯罪道路……"

听了吴教授的解释，所有人都茅塞顿开，恍然大悟。

夏兮兮看着唐钰说："所以说，以后我们消费，唐领导买单，这种事儿我们就得多做。要不然我也容易选择性心理失衡。我到现在还开雅迪呢，你都开奥迪了，一字之差天壤之别啊……"

这个案子结束了，红S组终于可以如愿以偿地放一天假，出去吃一顿大餐，如夏兮兮所言，狠狠地宰一顿领导。

不过，似乎是这群人都没有大吃大喝的习惯，烧烤摊撸串，扎啤，羊腰子，小龙虾，一直吃到大半夜，最后才花了不到三百块钱。

唐钰说："别说不给你们机会宰，自己吃不下去不怪我啦。"

夏兮兮揉了揉肚子说："放开我，我还能继续吃……"

唐钰一乐道："吃吧，老板，再给她来三斤麻辣小龙虾。"

……

所有人都哈哈大笑，唯独我笑不出来。一顿饭没结束，我就早早地回家了。

选择性心理失衡是个可怕的命题，甚至是恐怖的心理扭曲行为，我打算把他以故事的形式写出来，告诫我的所有读者。

接下来的半个月，我的生活非常忙碌。

之前梁宽在我租住的公寓里自杀，哪怕我很喜欢这个公寓，还是不得不搬走。因为刚刚好发了稿费，我手上的资金略有盈余，所以就租了个安全系数更高的公寓式别墅。这个新小区内二十四小时都有人巡逻，监控录像也采用了全新的高科技针孔录像。虽然技术上暂时还是改变不了夜间红外线补光成像的弊端，可是，我心理上的紧张感算是稍稍得到了一点安慰。

不过，我清楚地知道，那个一直躲在背后跟我角逐的"黑衣人"，距离我是越来越近了。

梁宽一案他是始作俑者，杀人凶手不是他，可整个红S组谁都知道，他才是真正可怕的凶手。而在刘大旺被杀一案中，看起来这个黑衣人是没有露面，可是，冥冥之中，魏骏杰所做的事，是存在很大疑点的。

试问，如果不是被人引导犯罪，魏骏杰怎么会知道抛尸之前要将刘大旺的奥迪A6L车牌号摘掉？试问，如果没有人帮助他犯罪且逃脱，魏骏杰怎么会有那么高的智商，能做出杀死武林、制造出武林畏罪上吊的假象？

倒不是我低估了谁高看了谁。我相信，如果没有人引导的话，魏骏杰没有这个智商。

只是我几乎能清楚地感觉到，那个黑衣人与我的距离越来越近了，近得几乎是触手可及。

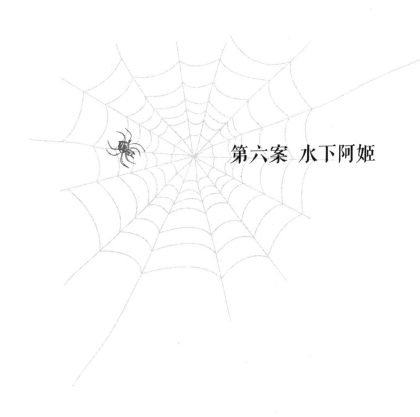

第六案　水下阿姬

第一节 水淹女尸

转眼又过了一周，这段时间我睡眠不好，晚上整夜整夜失眠，以至于第二天 7 点还在睡大觉。

突然间，电话响了。刺耳的来电铃声把我从梦中惊醒。

电话是王剑飞打过来的。我没由来地心里一个激灵，睡意全无。

我顾不上想那么多，赶紧接听了电话："喂？"

"我给你发个地址，你赶紧过来，出现命案了，我们正在往那边赶！"

"好吧，你把地址给我。"

我没接听电话之前几乎就已经猜到结局了，所以，听到这个结果我反倒很平静。

拿到地址之后，我来不及洗漱，只是匆匆沾了凉水抹了把脸，便迅速开上了唐钰的奥迪 Q7，驱车赶往王剑飞给我的案发地址。

哦，忘记说了，上个案子结束之后，吴教授提出"选择性心理失衡"这个命题之后，唐钰笑称担心我们这群人也心理失衡，于是就把上个月新买的最新款 LV 包包送给了夏兮兮，把原本打算送给父亲作为生日礼物的手表送给了王剑飞，还把这辆奥迪 Q7 借给我开，还把两桶油的加油卡都捎带着放在了车里。

豪车开起来感觉是真不错，我开车速度也比较快，十五分钟之后，我来到了凶案现场。

我原本以为经历了这么多凶杀案后，我已经练就了强悍的心理素质，可以坦然面对所有的凶杀现场。然而我没想到，大千世界，无奇不有，偌大一个世界，凶杀案都雷同，受害者却千万种。

凶杀现场是在一个河边，是东阳市外围的护城河。

护城河的河坡修建于 2002 年，距今已经十年有余了，因为年久失修，周围长满了杂草和青苔，倾斜的河坡上面滑溜溜的，哪怕北方冬季天气干燥，这河坡也依旧站不了人，稍有不慎，就要跌落下去。

漫长的冬季逐渐走向了尾声，喜欢冬季的人努力地想要抓住冬天的尾巴，可是春天就是毫无征兆地来了，春风一吹，万物复苏。河水开始渐渐上涨，河岸边小草发出嫩芽，夹杂着去年枯黄的干草，青黄色交相辉映。最近这段时间，护城河旁边出现了不少春游和野钓的人，他们踩在柔软的天然地毯上，直冒鼻涕泡。河边偶尔吹来一阵夹杂着湿润水汽的冷风，但是并不能感觉到那种刺骨的冰寒了，二八月的风不沾身，说的就是这个理儿。

凶案现场已经拉起了警戒线。外围围观群众不少，指指点点，讨论着案情。

法医组、痕检组还有重案组的成员各司其职，有的在打捞，有的在四周巡视，看看能不能找到什么线索。

王剑飞看到我开车过来，叫上夏兮兮从警戒线下面钻出来，迎了过来。

"什么情况了？"我皱眉拿出烟盒，给王剑飞递了一支，自己也赶紧点上一根儿。

夏兮兮说："发现了一具尸体，是个小女孩儿，初步判断不是溺死，所以接到报警之后就直接联络重案组了。"

现阶段治安形势严峻，所以一般情况下出现敏感的时候，都是重案组先行，红 S 组随后就到，联合行动。

"小女孩儿？"我瞪大了眼睛，"不是失足溺死的？报警的是什么人？"

"具体的死因要等到尸检之后才能确定，但是暂时可以排除溺死的可能，因为女孩儿的家长曾经在 24 小时之前报过失踪，否定了女儿曾经来河边玩耍的可能。而且，发现尸体的也不是孩子的父母，是今天早上来这儿钓鱼的渔民……"

"是的。"王剑飞抽了一口烟，解释道，"早上 5 点多钟钓春鱼的人就来了，根据钓鱼人的描述，他来到河边之后先打了个窝，因为开春的春鱼都比较饿，经过漫长寒冬，打窝子之后鱼儿都抢着上钩，所以这段时间来钓鱼的渔民络绎不绝的，可是今天早上，这位宋先生打窝子之后，刚刚把鱼钩扔下水，打算调鱼漂呢，鱼钩就勾到了重物……因为护城河里面鱼虾比较多，还常年不定时地有人放生，所以不乏大鱼或者是乌龟等，宋先生就叫来了同行的两个同伴拿来抄网，以为是碰到了大家伙……却没想到勾出来了一条奇怪服饰的袖子，然后就看到了一只手……一开始这位宋先生还以为是看错了，请几个同行的朋友看，仔细看清楚之后，确认是一个泡得发白的人的胳膊，所以吓得扔了鱼竿，赶紧就报了警！"

"走吧，现场看看。"我说。

"嗯。"

尸体已经被打捞起来了。吴教授在旁边观察得很是仔细，不过还是频频蹙眉，我估计他暂时还没看出什么端倪来。

"受害人是个小女孩儿，初步判断年龄应该在十二到十五岁之间，死亡时间超过二十四个小时，在水下泡的时间也超过了十二小时以上，皮肤已经泡得发白肿胀溃烂，面部、四肢等裸露的地方有鱼虾之类的啃食痕迹，面部有淤青，手腕儿和四肢上有青紫色痕迹，初步判断在遇害之前曾经经历过拉扯和捆绑……死者肺部没有积水，可以判断是死亡之后凶手才将她扔在河里的，但并不是简单地扔在河里这么简单……"一个法医介绍道。

"伴随着尸体打捞上来的有一套穿在小女孩儿身上的衣服，还有一把塑料玩具剑，女孩儿头上戴着红色的假发，装扮很是卡通，手上、脚上都绑有透明的丝线，腰部也捆绑了一根绳子，绳子下面坠有石头，颈部被插入了钢针。初步判定，凶手大概是打算让受害人在水下呈现出活人的姿态，所以用丝线绑住四肢，使其四肢拉伸，用钢针支撑颈椎，让她抬起头来，然后用重物下坠尸体，使尸体的上浮力和下坠力保持平衡，进而能够让尸体以直立状态，'站'在水中央……其他的，暂时还没有打捞结果，打捞队还在继续工作……"痕检组的一位同志补充道。

"太变态了……"夏兮兮打了个寒战，"这还是个孩子啊……"

这时候，吴教授扶了扶眼镜框，黑着脸皱着眉头，看了看我说道："现在你们年轻人的世界，我们这些老年人是真的搞不懂了，杀人就杀人，还做出形态来干什么？小川，你认不认识这种服装？我看着倒是像什么动画片里的造型，对不对？"

我看了一下这女童身上穿的衣服。

这是一种广袖的汉服，设计很是复杂，里三层外三层的，很是古风古韵。不过并不是真正意义上的正统汉服，因为正统的汉服究竟造型怎么样，都已经在博物馆里面封存了。这件衣服的设计，有很大程度的模仿和想象式设计在里面。比如电视剧里的服装道具也是根据史料记载再以后人的想象加以设计，虽然和正统汉服八九不离十，但又绝对不是汉服的那种设计。

我在不露受害人脸的情况下拍了一张照片，在网上搜索这种衣服。

结果，搜索结果出乎意料。原来，这服装设计是最近这段时间国内大火的一部动漫影视剧里面的一个配角的形象设计，大红色的头发，长发披肩，她的名字叫阿姬。

我大概看了一下这部动漫里面阿姬这个角色的剧照，和这位受害者被打捞上来时候的形态如出一辙。阿姬在这部动漫中的角色设定的确是十五岁的杀手少女，穿着汉服，长衣飘飘，手持长剑，替天行道，只要有不公的地方，就有阿姬的身影。

在动漫中，阿姬是一个专门惩治歪门邪道、贪官污吏、行侠仗义的角色，她的口头禅是一句话："我来了，我看见，我征服，我挥洒这座城市的光和热，我要这个世界有大公义！"

在网上浏览相关网页的时候，我看到了"cosplay"这个字眼。

cos 这种文艺活动最近几年国内很火热，狂热的 cosplayer 亦或者是 cosplayer 的狂热粉，几乎到了癫狂的地步！甚至，在百度搜索"cos"这个字符的时候，搜索排名最高的词条叫：cos 福利。

我大概看了一下，其实这种"福利"并不是我们所理解的福利，或者说，不是故意放出来的福利，只是因为这群狂热的 cos 爱好者为了最大化地还原动漫中的人物原型，包括服装道具表情角色性格设定等等，方方面面，几乎力求做到百分百相同。而动漫剧中的人物设定往往比较惹火，身材火辣，服装露点多，这群 coser 穿上动漫人物的惹火服装之后，性感的身材，绝美的容颜，便水到渠成地就成为了"狼友们"口中的"福利"。这同时，也侧面反映了 cosplayer 狂热的时候是有多么可怕。

看到这些，我猜想，杀害这个女孩儿的凶手，其中之一必定是 cosplay 的狂热粉，因为热爱而癫狂，最终因为癫狂而玩出了人命。

就在这时候，痕检组的小赵冲过来，对我们说："有、有重大发现……
我们在吊着受害人的那块石头下面发现了一段雕刻在石头上的文字……"

第二节 石刻

"写的什么字？"所有人都看向了小赵。

小赵立刻安排打捞队的人小心翼翼地将石头抬出来，放在多余的担架上。

那是一块花岗岩，体积不大，肉眼判断重量大概和受害人女童的身体重
量差不多，因为似乎这样才能满足凶手的需求——利用石头下坠的重力用来
抵消尸体向上的浮力，使得尸体在水下呈现出最完美的姿态！

仔细看，花岗岩上面雕刻了一句话：为真正的 cosplayer 正名！为伟大
的艺术奉献生命！

"这是凶手做的！这段话也是凶手留下的！"我说。

吴教授说："怎么判断？"

"受害者穿的服装就是典型的 cos 服装，而凶手杀人之后试图让女孩儿
在水下呈现出他所认为的最美的姿态，从这一点我们可以判断出他是个狂热
的 cos 粉。而同时，我们也可以从侧面分析出，正是这种狂热，直接导致他
对那种业余的 cos 产生痛恨，甚至是厌恶心理。如果他把自己心中所向往的
cos 当成真正的艺术，那么这段话所要表达的意思就很明显了。"

"凶手这是在鄙视伪 cosplayer ！"夏兮兮说，"同时，他这是在做自
己认为真正的 cos 艺术！"

"没错！"我点了点头，"案情并不复杂，但是，这种案子想要确定嫌
疑人范围的话，恐怕会有很大的困难。"

"是的。"吴教授皱着眉头说，"以往跟艺术有关的案件中，或者说，
这种将变态杀人当做艺术的案件中，警方排查真凶的困难系数呈几何倍增，
因为凶手不会留下任何痕迹。搞艺术的人往往智商极高，加之他们所谓的行

为艺术通常是正常人不能理解的，根据常人的思维根本无法去理解他们的需求，所以也没有办法提前预测他们下一步的目的。搞行为艺术的这一群人，行事作风没有逻辑、没有依据、没有参照，甚至单纯就是为了一种变态欲望，但他们自己认为是一种伟大的艺术，所以正常人无法参照他们那天马行空的思维，警方也没办法站在凶手的立场上去思考问题，找到痕迹的可能性几乎为零……"

吴教授所阐述的的确是事实情况。我在警校的时候，曾经看过一本书，书中有一章是专门讲述这种"行为艺术家"做出的这种"常人无法理解"的行为的。可是偏偏这种行为艺术在国际上都广为流传，这种"艺术家"们遍布世界各地，以北美、西欧最多。

2012年，日本艺术家杉山真央用外科手术切除了他的睾丸，试图以此提升公众对"无性人群体"人权的关注。他将睾丸在冰箱里保存了一段时间，然后将其煮熟制成菜肴。甚至有5位客人付了10万日币，享用这顿特殊的"菜肴"。

这能算作艺术吗？没人说得清。不久之后，杉山真央被警方以猥亵暴露罪名提出控告。

在1990年的一场行为表演中，法国艺术家圣奥赫兰通过一系列整形手术不断地改变自己的模样。她希望通过整形手术将自己改造成西方绘画中的理想模样，比如波提切利的维纳斯与蒙娜丽莎。她将这个艺术项目描述为"与天性的抗争"，根据记载，她的一生曾经整容过至少20次！如果按照整容一次需要200刀的话，她的整容医生曾经在她的脸上用手术刀纵横深切过超过4000刀！这就是变态且恐怖的行为艺术！

"死者身份有没有确定？"分析出这些之后，案情大概已经清楚了。

在搞清楚凶手的杀人动机、目的之后，红S组下一步的侦破工作就要放在确定死者身份上，确定致死原因，通过杀人动机逆向确定凶手范围，最终根据蛛丝马迹和留下的微弱线索，锁定嫌疑人身份。

"确定了。"夏兮兮说，"我们已经通知两天前报案的家属去警局了，等一会儿我们回市局就可以安排认尸，根据我们目前掌握的情况来看，这个女童和失踪案描述的那个女孩儿样貌形体特征基本一致。"

"好，一定要做好家属的情绪安抚工作，保护好现场，多拍点照片带回去，红 S 组回局里，开始进入侦破阶段！"

"是！"

等我们回到局里以后，前两天报失踪案的家属已经到了，来者是一对中年夫妻，年龄在三十五岁左右，都是知识分子，双双戴着眼镜。他们已经大概听说了什么消息，所以哪怕已经尽量抑制了自己的情绪，但在见到已经肿胀溃烂的尸体之后，也还是忍不住悲声大放，夏兮兮和唐钰都在极力安抚他们的情绪。

而在这个时候，我们几个则分析起了从现场带回来的照片和资料。

由于日本动漫的盛行，所以大多数人都认为 cos 是起源于日本、广大于世界的，但其实不然。最早的 cos 出现在北美、西欧两地。据我了解，类似以 cos 为起因的凶杀案，在美国曾经出现过一起。

当时凶手名叫威廉姆斯德，他是 cos 的最初创造者，后来收到了无数人的追捧，越来越多喜欢 cos 的人买来服装道具，自己穿上化妆，将自己装扮成自己喜欢的角色。

但是，这种行为却在无形之中激怒了威廉姆斯德！威廉姆斯德认为，这些业余的人侮辱了这项艺术，亵渎了这份伟大的执着。而后，愤怒的情绪在威廉姆斯的内心生根，像是病毒一样蔓延，最终，狂躁的威廉姆斯连杀数人，受害人全都是业余的 cosplayer，或者，只是威廉姆斯认为的"业余"而已。

吴教授说："其实搞行为艺术的人很趋向于将自己变成众人追捧的公众人物，说白了，他们很想'火'一把，所以他制造这起案子，我分析，这个凶手甚至带着潜水眼镜和防水相机，在完成这一伟大艺术之后，进行过拍照甚至是水下录像。如果我们等得起的话，或许在几年后的艺术节上，能见到这一项'伟大的作品'呢！"

我说："他或许不仅仅只是变态，还是个真正的艺术家。"

王剑飞问："依据是什么？"

我说："搞艺术的人通常都有独处的心理，最典型的表现就是，在作品还没有完成，或者是他自己认为还不够完美之前，是不会让任何人看到的，他绝对不会让一个他自己认为有瑕疵的作品暴露在任何人的视线之下！所以，我们可以分析，这块石头上的字，也是他亲自雕刻上去的……这块石头是典型的花岗岩，莫氏硬度达到 6 到 7 之间，虽然花岗岩随处可见，但是能够雕刻花岗岩的工具以及有能力雕刻的人却不多。我们不妨先在本市内几家石雕馆开始排查，如果这石头是石雕馆出来的作品，那么雕刻师傅肯定见到过凶手的真面目。如果石雕馆查无所获的话，那就说明这很有可能是他自己雕刻的，确定嫌疑人的时候我们就可以进一步缩小范围。"

"好主意！"王剑飞打了个响指，"我立刻就安排！"

吴教授说："我更倾向于第二种可能，那就是凶手自己懂得雕刻。因为他把整个过程视为伟大的艺术，将自己当成伟大艺术的产出者，他是绝对不允许任何人参与这部作品的完成过程的，否则那就是对艺术的亵渎和侮辱。"

王剑飞黑着脸道："这……那排查难度就比较大了，如果全程都是他自己完成，又不留痕迹的话，根本无从查起啊……"

我摇了摇头说："其实不然，我们可以利用凶手的表现欲……"

吴教授和王剑飞都瞪大了眼睛问："你什么意思？"

我笑了笑说："这大概需要唐领导和夏兮兮委屈一下，配合我，先给广大网友们发放点'福利'啦……"

第三节　绝美阿姬

"什么福利？"

"什么意思？"

王剑飞和吴教授双双瞪大了眼睛，满脸狐疑地看着我。

我笑了笑说："这个事儿嘛……还是要先跟唐领导和夏兮兮商量，她们本人要是不同意，这个办法就行不通了。但是，如果她们同意的话，我觉得对案情侦破会有重大帮助！"

其实我之所以会有这个想法不是没有根据的，在案发之后，我曾经特地在网上看了不少关于 cos 的帖子，在一个论坛上找到了一群装扮爱好者，这是他们的聚集地。这论坛里面，每个人都分享着自己 cos 的照片，分享着自己的伟大作品，和有共同爱好的人相互交流分享 cos 经验，同时还包括互换服装道具甚至拍摄艺术写真，或者参与某些动漫公司的旋转推广、做动漫人物模特、参加漫展，等等，其中甚至不乏一批不法分子在拉皮条！

拉皮条的道理很简单，这世界上总有一批口味爱好独特而又荒诞的人，比如有一部分男人就特别钟情 cos 动漫作品女主角的女孩子，他们愿意花大价钱买一夜温情，不过似乎大多数 cos 的姑娘并不接受这种行为。同时我又惊讶地发现，有一部分姑娘对 cos 是真的热爱，她们或许看不上那些买欢的男人的钱，却会因为一套出彩的 cos 服装而和别人过夜。

可见，cos 圈子是真的疯狂到极致！

而同时我又发现，在这个论坛里，存在那么一小撮的人，对那些狂热的装扮爱好者极其鄙视！因为他们会在别人发的 cos 照片下面各种批评辱骂，有的还评论道："服装道具装扮全都不是真实还原，和最初的角色设定背道而驰！简直搞笑！"

透过这些字，我们大概能看出这背后的人对论坛上这群"伪 cosplayer"是多么鄙视和痛恨。

而我的想法是，既然背后这个凶手如此热爱"阿姬"这个角色，倒不如让唐钰和夏兮分另类一把，还原阿姬的动漫人物形象，将自己变成 cos 粉，把照片放在论坛上。如果凶手见到阿姬的 cos 照片，他一定会忍不住留言的。到时候，我们可以锁定他的 IP 地址，等待他的就是法网恢恢了。

我将这个想法跟吴教授和王剑飞说了。

王剑飞当即拍手赞同，还表示，这简直就是不费吹灰之力，画一个圈圈让凶手自己钻进来！简直完美！

吴教授却说："办法是个好办法，但是太过于理想化了，如果我们倾尽全组之力都来做这个，假如凶手就是不露面，我们所做的岂不都是无用功了？而且这种事情也太过荒诞，传出去影响也不好，人民警察不仅要抓贼维护治安，还要维护自己的形象。"

我点了点头说："也是这么个道理，那我们就兵分两路、双管齐下呗。"

下午，我去找了唐钰和夏兮兮，说了这个事儿。

"让我扮演动漫阿姬？你跟我开什么玩笑，我可算得上是三十岁的老阿姨了，你就不怕我把论坛里那群小朋友给吓死？不行不行，这绝对不行！再说了，那阿姬的服装我看了，设计得太暴露了，我这辈子都没穿过那么暴露的衣服，我可接受不了……"

唐钰也说："亏你想得出来！我不干！"

"好吧。"我点头说，"这也就是我的一个想法，具体能不能执行，还是你们说了算的。既然不行，那就还是按照原来的思路，一一排查吧。"

下午，我、王剑飞、小猛三个人，协同重案组的一线干警走访调查了整个东阳市范围内所有具备在石头上刻字的大型专业石雕馆。但是，石雕馆的雕刻师傅们见到这块石头的照片之后都纷纷表示不是自己的作品，还承认了这块石雕的高超艺术水准。

王剑飞说："你再好好看看，或者从笔迹上能不能分辨出是什么人刻的？"

那石雕师父说："这是很普通的正楷字，雕刻手法很特殊，恐怕是专门学过，但是想要通过字迹风格就分辨出具体是什么人刻的话，几乎是不可能的。雕刻毕竟不是手写，都是临摹的。"

"走吧。"

我拍了拍王剑飞的肩膀。

这种地毯式摸排的工作本来就收效甚微，没什么作用，这在大家的意料之中。和我最初的判断差不多，背后这个杀人凶手自认为是伟大的行为艺术家，在自己的作品没有完成之前，是绝对不允许任何人染指的，更不会让任何人知道这个消息。

"线索就这么断了？这让我们怎么继续摸排……"王剑飞黑着脸点了根烟，也没心情抽，靠在车上皱着眉，烦躁不堪。

"先回去吧，一切命令听指挥，回去看看领导怎么说。"我倒是很平静。

王剑飞愣了一下，看了我一眼，道："你小子，该不会是憋着什么坏心思呢吧？"

我一乐，道："走着瞧呗！"

晚上 18 点，红 S 组办公室。

我跟王剑飞刚一回去，唐钰就红着脸冲我干咳了一声，示意我过去。

"怎么了？"我凑过去，"什么话不能在会议上说，还要单独把我叫过来？"

唐钰支支吾吾问："你们……下午摸排结果怎么样？"

"还能怎么样？你这么聪明，早该猜到了，什么效果都不会有，凶手肯定不可能给我们留下什么线索的。"

"那就是说……我……我……我不得不穿上 cos 服装拍照了？"唐钰的脸更红了。

"不不不……"我赶紧义正辞严地摇头，"领导，这是有辱形象的，你可以选择接受，你也可以选择不接受，接受不了我们就继续回到案件本身，一步一步来，不着急，你可千万别委屈自己，毕竟是警花一朵……"

"滚！"唐钰黑着脸骂了我一句，"我……我就是想问问你，cos 那个阿姬的话，我能不能穿得稍微多一点？那……穿得太少我是真难为情，让我爸知道，还不得打死我！堂堂一个刑侦队大队长，我……说出去羞死人了啊！尤其穿那种衣服拍照！"

我一看唐钰上钩了，便清了清嗓子说："我又没说真的让你高度还原！你恰恰就应该多穿点，你得给凶手传达这么一个信息：你想 cos 阿姬，但又画虎不成反类犬，这样才能让凶手忍不住跳出来指责你的错误……你觉得呢？"

"原来如此！好吧，那我可以试试。"

唐钰破案心切，我就知道她肯定忍不住的。现在看来，一切都是水到渠成。

有了唐钰这个领导打头阵，夏兮兮自然是无话可说。

晚上 20 点开始，整个红 S 特别行动组全都行动起来，唐钰和夏兮兮分别穿了两套从本地 cos 论坛买来的阿姬服装，互相给对方拍照。

说实话，这些拍出来的照片，简直美得不像话。唐钰身材高挑，皮肤白皙。夏兮兮犹抱琵琶半遮面，带了点儿古灵精怪的劲头。她戴上红色假发，拿上刀枪棍棒，摆出绝佳姿势，倒还真有影视剧里面行侠仗义的女主角"阿姬"的三分神韵！

看到照片之后，我打了个响指，高兴地说："ok！今天晚上就以 cos 爱好者的身份在论坛上注册账号，发布照片出去！"

吴教授问我："然后呢？"

我笑了笑，点了根烟，长出口气道："然后，当然是等着鱼儿上钩呗！"

第四节 大猫艺术社

唐钰已经重新换上了黑色干练的性感小皮衣，把照片传给我之后，闭口不谈照片的事。

唐钰说："用照片在论坛上引蛇出洞的工作，我们可以按照原计划进行。但是，我同意吴教授的想法，我们是在办案，不是过家家，在这个办法没有效果之前，我们不能就这么干等着。"

说完，唐钰直接拿起了遥控器，大屏幕上显示出几张照片，还有几条"接活"的信息。

"接活"的具体内容，包括但不限于拍写真、帮助动漫公司找模特，当然还有少量的拉皮条信息。

夏兮兮说："经过我们的调查，在东阳市湾区一处老旧的居民楼里有一家文学社，名叫大猫艺术文学社，虽然打的是文学社的名头，其实那里就是cos狂热粉们的地下聚会场所和生意场。初步调查判断，这里面应该有不少非法活动，因为我们还发现一些从事色情服务的女性也进入了这个圈子，穿上cos服装，变相从事卖淫活动。这家文学社应该是本市最大的地下cos活动基地，几乎集中了百分之九十九cos爱好者。论坛里面的人也不止一次提到这个地方，据说是必须熟人介绍才能进去，论坛里面的人都以加入过这家大猫艺术文学社、成为会员为荣……根据我们初步判断，如果这起案件的杀人凶手是cos狂热粉，又十分偏爱阿姬这个动漫角色的话，或许能在这家地下文学社找到线索……"

等到夏兮兮说完，唐钰站起来，看了看我和王剑飞：说"王剑飞、叶小川，论坛的照片接下来交由我和夏兮兮负责，你们两个今天晚上想办法进入这家文学社，看看能不能找到什么有用的线索，双管齐下！没问题吧？"

唐钰这是要报这"一箭之仇"啊！

不过，见了这么多网上的狂热粉，我还真想看看这种线下的爱好者聚集地，能做出什么出格狂热的举动来！

晚上21点，华灯初上。城市依旧车水马龙，远处霓虹闪烁。

高楼林立的大厦闪烁起了耀眼的灯光，仿佛这个世界都是那么的干净、纯真、美好，车来人往，熙熙攘攘，秩序井然。然而，你永远不知道在秩序触碰不到的地方存在多少黑暗的角落，那里蛇虫鼠蚁横行，怪力乱神迭出，可怕到令人发指。

大概10点，我跟王剑飞开车到了湾区，根据地址，找到了这家文学社。

这是一排老旧的居民房，四周是居民区。因为远离市中心，开车都要一个多小时的路程，再加上大型公司都不聚集在这儿，所以人口居住密度并不大。

这条街和东阳市市中心的环境格格不入，就好像是掉入了空气发霉、路灯昏暗的冰窖里一样。没有高大上的餐厅，也没有明亮的路灯，没有时不时传来的机车党的噪音，只剩下破旧的小饭馆、低矮的旧屋，和路边堆积成山的垃圾一起，衬托着这里的荒凉和寂寥。

我们兜兜转转，走过了三个胡同，才找到了一个楼梯道。

"就是这里了！"

这个楼梯漆黑漆黑的，墙壁上粘贴了无数的小广告，卖桶装水的，换液化气的，治牛皮癣的，开锁的，长途大巴线路的，应有尽有。

我们顺着楼梯口上去，找到了一个破旧的单扇铁门。外面放了几双鞋子，有男鞋也有女鞋。初步判断，里面是有人的。

王剑飞敲了敲门，但没人应。

"有人吗？"

"砰砰砰！"

还是没人应。

"地址也没错啊，怎么会没人呢？"王剑飞嘀咕了一句。

我抬头看了看楼道拐角处天花板上红外线一闪一闪的摄像头，拉着王剑飞赶紧就走。

我们一路下了楼，找了一家小餐馆，这才坐下来。我要了两碗烩面，一瓶啤酒。

王剑飞问我："跑什么？还有啊，你要啤酒干什么，执行任务期间禁止饮酒！"

"咱们执行的任务特殊，必要的时候不能按规矩来，喝！"

我直接把两瓶啤酒都起开。

之后，我看了看周围，小声提醒王剑飞："你之前没听唐钰说吗？就这一间破房子，里面藏着大乾坤呢，人家不认识你，凭啥给你开门？实话说，咱们很可能已经打草惊蛇了，就在咱俩敲门的时候，我看到楼梯间那360°全景摄像头转圈了！有人在里面看着我们，故意不给开门的。"

"你确定？"王剑飞惊讶地说。

"确定。"我压低声音，"但是咱们这次过来是摸排线索的，要稳住，先喝酒，别让人看出来你是警察，然后再找机会进去看看……"

"还是你诡计多端！"王剑飞赞许地看了我一眼，直接端起一杯啤酒喝了起来。

我一阵没好气，翻了个白眼道："你这是夸我呢还是骂我呢。"

一碗烩面大概吃了二十分钟，这时候，那楼梯口不知道什么时候停了一辆车，是一辆黑色的轿车，凯美瑞。驾驶室下来一个年轻人，剃着光头，下车之后点上一根烟，并没有着急上去。

看来这个人财力不错，二十来岁的小伙子都已经开上凯美瑞了，又来到这大猫艺术文学社，他多多少少也得知道点内情。

"来机会了，走了！"我拍了拍王剑飞的胳膊，餐桌上放了一百块钱，立刻走人。

王剑飞走到那小伙子旁边，拿出了一包烟，道："哥们儿，借个火！"

那人上下打量了我俩一眼，没说话，给了一个打火机。

"呵呵……"王剑飞憨厚一笑，抽烟的时候靠在了凯美瑞车上，回头看了看，装得神神秘秘的，"哎，哥们儿，你是这家文学社的人吧？"

这个光头的眼神跳动了一下，再次仔细打量一下王剑飞，迟疑片刻，说道："什么文学社？"

"呵呵，行话，我知道。"

王剑飞拿出钱包，拿出了一千块钱塞到这光头的上衣口袋里，顺便打开手机，找到了一张网上搜来的阿姬的 cos 照片。

"你什么意思？干什么啊你？"那光头青年依然不为所动。

王剑飞也不着急，一脸坏坏的表情，说："哥们儿，大家都是内行人，就不藏着掖着了，那些钱，你拿着买烟抽就是。我听说，这里有极品 cos 阿姬的姑娘，你别看兄弟我年纪大了，我就这点儿爱好，特喜欢嫩的，就是喜欢 cos 动漫剧的那种！只要年纪不要太大，价格不是问题。你只要能给兄弟安排，回头兄弟再给你追加一个大红包！"

说着，王剑飞捻了捻食指和拇指。

听王剑飞这么一说，那家伙果然眼前一亮。

这年头，出门在外，谈什么都没用，只要谈钱，谁都得被牵着鼻子走。开门见山就谈钱，别觉得莽撞，毕竟钱最实在，是硬货。

那人狠狠地抽了一口烟，再也没有其他举动，我就知道有戏了。

果然，停顿了几秒之后，光头青年冲着王剑飞，又看了看我，问："行是行，那他呢？他也好这口？"

"哦，对，他也喜欢这个！能给安排不？"王剑飞问道。

第五节　血花应在水下绽放

王剑飞点点头，赶紧又拿出了两根烟，派给这光头青年一根。

光头青年看了看我，把我从头打量到脚，最后长出口气道："今天晚上不行，你们俩留个手机号等我电话吧，有消息了我给你们准信儿。不过，这种事么，要先给定金的。"

"没问题。"王剑飞直接挥了挥手，"交定金没问题，不过，哥们儿，兄弟我着急啊，你大概得什么时候能给安排到位？"

"猴急什么？最近查得严。"光头青年皱皱眉头，"手机号留下，有消息我就联系你了，再给我留下五千块钱当定金，这钱不黑你们的。"

"好吧。"王剑飞点了点头。

为了破案，也只能认栽了。只不过我们俩把身上的现金全都拿出来也没凑够五千块钱，只有两千。那光头青年有些不乐意，但最后还是接下了。

告辞的时候，王剑飞提出要留对方一个手机号，被光头青年拒绝了。

"你们留我手机号没用，安排好了我就给你打电话了。回去吧，放心，会很快的，等我消息就是了。"

"好。"

我和王剑飞驱车离开。开车走的时候，我坐在副驾驶，一直从后视镜里面看这个光头青年的反应。最后，我看到他冲着我们的车尾诡谲地笑了一下。

我跟王剑飞说："我总觉得哪有点不对劲。"

王剑飞说："不对劲儿就对了，这家文学社肯定有问题。回头我们俩进去看看具体是什么情况，抓到任何涉嫌违法的证据，直接抓人！我把他们的老窝直接给抄了！"

"不能这么着急，这群人疯狂着呢。"我提醒道。

回局里之后，我们先是汇报了工作，记录了今天的行动收获，之后迅速进入交管系统核查那辆丰田凯美瑞的车牌号。经过调查，那辆为东A668B9的车牌号车主系本地人，名叫鲁进宫，我们调出了鲁进宫的照片，确定那个光头青年就是鲁进宫。

鲁进宫在公安系统中没有过案底，干净清楚，看起来一点儿问题都没有。

但是，王剑飞说："有时候越是干净就越是证明这个人不简单。做这个事儿还能做得滴水不漏，看来不是小角色啊！如果他背后再有什么大鱼的话，情况更不简单。看来我们低估了这个案子的复杂程度了，cos圈远远不是我们想象的那么简单。"

"嗯。"我点头，"接下来只能老老实实等他的电话了，况且我们也没有其他的选择。"

之后，我登录本地最大的地下cos圈论坛，找到我注册的名为"无敌多寂寞"的ID。我发照片那帖子，已经有了一百多个账号的回复。我仔细看了几个：

天仁交战：666，好漂亮的阿姬啊，这对姐妹花是我见过最漂亮的阿姬了！

用户547845：真不错，这照片拍得撸点满满，简直是顶级福利……

大老头：唯一的遗憾是穿得有点多了，不符合阿姬最初的样子，严肃批评！

我爱罗：微微一硬，表示尊敬……

我翻看了这一百多层楼的留言，最终一无所获。最多的全都是这种觉得照片不错、流口水的键盘侠，除此之外，并没有发现什么有价值的信息。

不过，这个帖子才短短几个小时时间已经被顶到最高处了。我判断，只要保持这个热度，背后的凶手就一定会看到。只要他看到，就一定忍不住发帖回复，到时候，就一定会留下点儿什么蛛丝马迹。

接下来两天的时间里，翻看论坛回复、等鲁进宫的电话，成了我们所有的工作。

吴教授说："你们俩稀里糊涂地就把定金交了，那小子该不会是在骗人吧？"

王剑飞摇头说："不会，我看得出来。"

夏兮兮翻了个白眼道："电话不是还没打过来呢吗？你们这馊主意真是出得一个比一个离谱，一边给人骗了几千块，我和唐领导还要为了破案而'献身'，我的天啊……我怎么觉得我比窦娥还冤、比孟姜女还苦呢……"

"滴滴……"

就在这时候，论坛帖子忽然再次闪烁了起来。我来不及回答夏兮兮他们，赶紧去翻看论坛。

果不其然，皇天不负有心人。

有一个人名为"血花应在水下绽放"的人回复了帖子：呵呵，这也叫阿姬？你们俩简直是在侮辱阿姬！

我顿时精神一振，不管是回复人的账号昵称还是回复内容，都十分可疑！

看到这条回复之后，所有人的情绪都紧张了起来。

夏兮兮说："这个昵称感觉怪怪的，正常人谁会用这种昵称啊，而且，我们发现的女童尸体，不就是在水下……"

王剑飞点了点头说："没错！而且，他的话表现出来的愤怒情绪，也很符合小川分析出的心理特征，他对这种模仿不到位的行为感到非常憎恨。"

吴教授也表示赞同："他还连用了三个感叹号，说明已经非常愤怒了。"

唐钰兴奋地挥了挥手，吩咐夏兮兮："兮兮，配合我马上核查这个账号的网络 id！争取一次把他揪出来！"

唐钰又看着我说："小川，你继续以阿姬的身份回复他，争取让他暴露出更多信息。"

"ok。"我点了点头，双手立刻放在键盘上，迅速回复：你什么意思？我不是阿姬吗？真可笑，我这才是最绝美的阿姬，我是阿姬的 cos 巅峰担当！

王剑飞看了看我的回复，冲我竖了竖大拇指，说："那小子看了你这回复怕是要气死！"

果不其然，两分钟之后，论坛又提示回复了。

我立刻提醒唐钰和夏兮兮道："加速网络 ip 排查！他这会儿正在上网，我继续回复，速度要快，等他下线了我们就找不到他了。"

"好。"唐钰和夏兮兮双双点头。

血花应在水下绽放：无知的凡人，简直是愚蠢！不过没关系，你们会有机会见到真正的阿姬的，那是我的阿姬，也是世界的阿姬。我会让你们知道，真正的伟大艺术是什么样的。

我立刻回复：装什么 X，有本事拿自己的 cos 照片来看看啊！

不过，接下来，对方就再也没有回复消息了，对方的个人资料显示已经不在线。

"这人的反侦察意识很强。"王剑飞说完，赶紧去看唐钰和夏兮兮的进度。

"怎么样，追查到网络 ip 了吗？"我问道。

唐钰一记粉拳砸在了键盘上，气呼呼地说："查到了！可是……那是个虚拟网络 ip，根本没有什么搜索价值！他明显是提前隐藏了所有有价值的信息。"

吴教授吃惊地瞪大眼睛说："这个人真是不简单啊！懂得 cos，还懂得石雕技术，还是个电脑高手？不可思议，太不可思议了！"

"提前隐藏了网络信息……"我迟疑一下，疑惑道，"那会不会……这个人之前也曾经在网上随意发表自己的言论，或者参与过什么违法活动，隐藏网络就是为了防止警方的追踪，并不是刻意因为回复这个论坛才隐藏的，而是从一开始就隐藏过呢？"

唐钰眼前一亮，立刻道："小猛，马上调查东阳市最近一年来所有公安机关记录在案，被警告或是被抓过有案底在身的网络造谣者和键盘侠们，尤其是和艺术有关的愤青！记住，要一个个排查。"

"是，我这就去。"

然而，就在这时候，王剑飞的手机忽然响了起来，是个本地的陌生号码。

王剑飞拿起手机，看了看众人，所有人先是一愣，旋即全部屏住了呼吸。

这个电话，极有可能是鲁进宫打过来的……

第六节 恐怖画作

唐钰立刻命令："马上监听！确定电话位置！"

"是！"夏兮兮点了点头，葱白玉指，十指炫舞，操作起桌子上的笔记本电脑。

王剑飞则是长出口气，努力使自己平静，然后接通电话。

果然是鲁进宫。

他的声音略显嘶哑，我对他的声音印象很深。

"小王？"电话另一端问道。

王剑飞没有留真名，毕竟是刑侦队主要成员，用真名保不齐人家就听说过，所以当时只留了"小王"二字。

"咳咳，是我，哥们儿，你怎么这时候才打电话来，我都快急死了！"王剑飞佯装着急地说。

"你着急什么？"鲁进宫冷哼一声，"这事儿不是喝酒吃饭，哪有那么容易？不说废话，货齐了，今天晚上22点你俩过来，不用到上次的地方，把车停远点，走路过来，汇合之后坐我的车过去。"

货齐了，这是道上的黑话，意思就是要的人找到了。

"好的好的。"

王剑飞跟我使了个眼色，点了点头，电话上说定之后，挂断了电话。

"定位到了吗？"我赶紧问夏兮兮。

"定位了。"夏兮兮说，"电话是从湾区附近打过来的，不过号码不是实名认证。"

王剑飞面色凝重道："水究竟多深多浅，今天晚上走一遭就是了。"

唐钰原本提醒我们俩带上配枪的，可是又担心摸不清状况被对方发现会打草惊蛇，王剑飞索性说不带了，只要对方没什么防备心，我们不露出什么破绽，应该不会有危险。唐钰也只好同意。

就在这时候，小猛急匆匆地从档案室回来了。

"唐队！根据刚才的指示，我去找档案室的同事核查了最近一年以来在网络上有过发帖记录的所有情况特殊的人群，经过筛选排查，找出了一个人。"

说着，小猛把一沓资料分发给我们所有人。

破案不是耍耍花拳绣腿，也不是请客吃饭，没那么简单，任何一个线索都可能是一个重大的侦破方向。鲁进宫约定的时间是晚上 22 点，现在是 18 点，还有四个小时，倒是不用着急，于是我们几个人迅速看了筛选出来的这个人的资料。

此人名为马金国，是个典型的变态行为艺术家。

根据案件资料显示，半年前，这个马金国曾经因为一起民事案件被派出所拘留。

马金国自称自己是一个伟大的画家，并在网络上化身"达·芬奇精神传承者"，广发帖子，散播谣言，并指名道姓地骂某某画家是"瞎画"，甚至还发表了不少攻击言论，说："现在这年头，什么人都自称画家了，你们画的是什么玩意儿？总会有一天，我会让你们看看什么才是真正伟大的作品！什么才是轰动世界的画作！"

原本马金国在网上发表这些言论的时候根本没有人理会他，只是偶尔有两个人在帖子下面回复一个表情。

没想到，这寥寥几个回复，却彻底激怒了这个马金国。为了博取关注，让自己能够在网上得到大量的反响，证明自己才是"伟大画家"，马金国以"达芬奇精神传承者"为名在网上发帖，说他要直播杀人烹尸、熬制尸油，把尸油制作成这个世界上最美的颜料，用最美的颜料画出这个世界上最美的作品，让所有人都看看，什么才是真正伟大的艺术，什么才是真正的艺术天才。

果不其然，这个帖子迅速在网上走红，无数八卦小报争相报道，惹来一片非议。

在得到关注之后，马金国居然"说到做到"，真的开始作画。当时还没有直播平台，他就先自己作画，然后拍照，以照片的形式放在网络论坛上。

唐钰迅速将当时马金国拍的照片找了出来，大多数都属于暗黑恐怖系列，白森森的骷髅，骷髅的眼睛里面还插着一朵朵妖艳的花。还有一些是黑暗色调的恐怖屋，仔细地看，恐怖屋的破旧窗户处有一双眼睛在朝外面看。甚至，还在画中以"雕刻"的视觉体验，给骷髅上面刻字，字曰：这将是轰动世界的伟大艺术。

后来，马金国的画自然而然引起了警方的关注。随后，警方经过摸排调查等一系列的身份信息确定，最终一举抓获了马金国，并查处了他作画用的"尸油颜料"。

不过搞笑的是，经过鉴证科的检测和鉴定，马金国在网上吹嘘的"尸油作画"，那些颜料是真正的尸油没错，不过却并不是来自于人，而是动物。但是考虑到虐杀小动物熬制尸油作为画画的颜料也同样过于变态，社会影响极坏，再加上网上的帖子引起了太多人的不适，所以，当时警方对马金国进行为期一周的三观矫正教育工作，并罚款五千元。

一周之后，马金国被释放，案件结束。

吴教授说："很多所谓的行为艺术家们的心理和生理活动都是扭曲变态的，他们的爱好和痴狂的方向也会随着时间的推动而发生变化，比如曾经他会以为自己是一个画家，后来认为自己是一个诗人，再可能还会认为自己是一个作家……这都是有可能的。但是不得不承认，这个马金国的艺术细胞是有的，他的画的确不是随便乱画，是有一定的思想性和艺术性在里面的。但是，从心理学的角度去理解，这种暗黑恐怖系的画风，倒是可以侧面反映出他的扭曲心理的。"

"行为艺术家"这个概念自古以来就有，历史上最著名的一个案例，发生在民国时期。

民国有位著名的"三不知将军"，名叫张宗昌，一不知道自己有多少钱，二不知道自己有多少兵，三不知道自己有多少姨太太。民国军阀里，他个性鲜明，名声最臭，吃喝嫖赌样样都在行，不过他却有一个让人意想不到的萌点——写得一首"好诗"，放到现在，这个技能肯定秒杀一票段子手。

山东是孔子的故乡，张宗昌本人也是山东人，身上却不带一点斯文气，张宗昌颇觉得自己浪费了与孔子的这番渊源。他报了一个一对一的写作班，苦苦练习后，终于感觉自己有了点艺术气息，写下一本诗集，流传至今。他的诗歌语言粗浅直白，有种诡异的萌感，读来别有一番趣味。

张宗昌有两首诗最为著名，一个是《混蛋诗》，全文如下：

你叫我去这样干，

他叫我去那样干。

真是一群大混蛋，

全都混你妈的蛋。

另外一个是《俺也写个大风歌》，内容如下：

大炮开兮轰他娘，威加海内兮回家乡。

数英雄兮张宗昌，安得巨鲸兮吞扶桑。

不过，这种另辟蹊径的艺术，玩得好就叫行为艺术，玩得不好就是彻彻底底的笑柄。

王剑飞说："从这个案件的笔录以及详细调查上面看，这个马金国无论是说话方式、风格还是所做的事，和如今 cosplay 凶杀案的凶手存在很大的相似性。不排除凶手就是马金国的可能。这个人至少是一个侦查方向，我们要重视起来。"

"没错。"唐钰说，"我刚才翻看了当时已经被封的帖子，当时马金国在提出'尸油作画'的时候说的是'杀人烹尸'，也就是说，这个所谓的行为艺术家马金国在当时就有一定的杀人倾向，只不过当时并没有真正去做，可是这种变态扭曲的心理如果没有得到行之有效的治疗的话，会逐渐形成一种变态的杀人渴望……"

小猛点了点头说："除了这个马金国之外，我们暂时没有找到其他跟这次案件存在相似性的案例。"

王剑飞问:"档案里有没有记录他的地址信息?比如是个人家庭住址什么的,有没有办法能够找到这个人?"

小猛摇头道:"这上面记录的是个租房地址,这小子也是个漂流户,居无定所的,搞这种偏门艺术的大多数都没有稳定的经济来源,自然没有稳定的住处,从地址追查的意义不大了,更何况这个地址距今都一年了。"

王剑飞表示理解,同时也很无奈。

我说:"你把马金国的照片拍出电子照片发到我手机上,或许,文学社的人有认识他的也说不定,我有预感,今天晚上肯定能有所斩获。"

王剑飞很赞同我的想法,说:"给我也发一张。"

漫长的两个小时一闪而过,晚上 21 点半,我和王剑飞一起,出发去湾区大猫 cos 文学社。

第七节　装扮阿姬的女人

大概 22 点 20 分左右,我和王剑飞把车停在距离大猫 cos 文学社较远的距离,又将衣服纽扣换成 cps 定位监控器之后下车,朝着那一排老旧的居民房走去。

居民房的景象和以往一样,路上鲜有行人,空气中散发着腐败发霉的味道。

刚走近,我们就看到了那辆 68B 车牌号的凯美瑞。

王剑飞回拨了鲁进宫的手机号。黑暗中,凯美瑞的车门打开,招呼我们过去。

很快,我们俩坐上了车。

光头青年今天穿了一件做旧的战地吉普牛仔外套,把车窗摇下来一半,眯着眼睛点了一根烟,冲我俩捻了捻手指,简单粗暴地说:"一个五千块,两个一万块,除了定金两千块,你们俩还要给八千。"

王剑飞清了清嗓子，冷笑一声道："哥们儿，咱都是出来混的，规矩大家都懂，货都还没见到就交尾款了啊？不太好吧？"

"什么？"那光头青年听到王剑飞这么说，瞬间皱了皱眉头，当即有些生气，拍了拍车门，"不玩就下车。"

"我……"王剑飞也是个暴脾气，当场也有些生气。

我们俩商量好一个唱红脸一个唱白脸，王剑飞戏演得不错，我一看时机成熟了，赶紧开口打圆场："嘿，别激动别激动，哥们儿，不是那个意思，我兄弟的意思是，人都没见着，这钱是不是花得早了点儿？"

光头青年一脸不爽地说："你们当我是干什么的？卖菜的？还一手交钱一手交货？你们俩要是想玩，现在就交钱，我带你们去。要是不玩，那就赶紧滚蛋，没人拦着你们！还有，那两千块钱定金就别要了。"

"得得……"我赶紧摇头，拿出斜挎包，数了提前准备好的现金，抽出八千块钱递给了光头青年。

"你说了算，赶紧给安排！"我说。

光头青年晃了晃脖子，捏着八千块钱大致上数了一下，情绪稍微有些缓和，之后指了指我的斜挎包、手机，说："你们俩把手机和钱包都放车上，我带你俩过去，手机丢不了，放心吧。"

王剑飞摸了摸鼻子道："哟，还有这规矩啊？"

这一次光头青年没那么暴躁，拿了钱心情自然好了些，解释说："理解点儿吧兄弟，这年头生意不好做，这也是上头的规矩，我就是个办事儿的，我也要按规矩来。现在警察遍地都是，安全比啥都重要，你们俩也不想被抓去蹲号子吧？"

"那是。"我表示没问题，之后将手机和钱包放在了他的凯美瑞上面，三人一块儿下车。

见我们配合，光头青年也不废话，带着我们直接上了那一排楼道里贴满了小广告的居民楼。

还是那个我们敲不开的大铁门。

光头青年先打了个电话，之后敲了敲门，果然，门开了。

进去之后，一开始我也没发现什么特别的，就是一个个的房间，也没有什么特别的装扮，门口放了不少外卖盒子，还摆着一个柜台，柜台上放的东西不多，无非就是各种饮料以及神油，还有避孕套。

光头青年跟柜台处的一个胡子拉碴的男子打了个招呼，带着我们继续往里面走。

一连转了好几圈进去之后，才发现这里面真的是大有乾坤。

初步估计，这内部的面积至少是三个大三居打成的大空间，又后期装修成为一间一间的小格子间的。

进入内部之后，风格一改之前的老式居民楼模样。墙壁上、客厅里到处都是动漫角色人物，女性角色海报占了大多数，男性动漫角色也有，画风很是清奇，这里的动漫人物的穿着很是暴力，红色的头发，带着发卡，年龄都不大，看这画面，愣是给人一种到了动漫展的感觉。不过这漫展的风格相比于正常的漫展，倒是大胆了些。

我平时不太看动漫，也就是偶尔在网上接触到一些，大概能认得出墙壁上张贴海报的部分人物。有一部分是cos王者荣耀上的女性角色的，比如妲己、甄姬、紫霞仙子什么的。还有一部分是影视剧，比如什么狐妖、小红娘之类，有的是真人cos拍摄的照片挂在外面的。

在走廊尽头处，我终于看到了最近这段时间正在热播的一部动漫里面的女主角"阿姬"的形象。但是这个阿姬的装扮简直比动漫剧中的更加露骨大胆，一看就能让人荷尔蒙激升，沦为下半身动物。

光头青年带着我们穿过一个又一个格子间。王剑飞沉默不语，眼神闪烁面色凝重，我知道他这是在记路。

这里面的装修就像是迷宫一样，如果不刻意记住转了几个弯走过几个房间的话，很容易出不来。这群人做得也很是隐蔽，要不是这次的案子是我们红S组和重案组联合行动，我估计扫黄一千次也未必能这里来。

"到了，阿姬已经在里面等你们了。好好玩儿，两位兄弟，玩得开心！"

光头青年笑了笑，转身离开。

"呵呵，谢谢。"王剑飞说完，看了我一眼，推门进去。

刚一进去，就看到床上坐着一个已经装扮成阿姬模样的女人。这个女人，不管是妆容还是服装，都和影视剧照有很大的相似性，表面上看不出具体年龄，但我分析大概是二十五岁左右。

"飞鹏，你们终于来了。我阿姬，今天一定灭了你们！"我们俩刚一进去，"阿姬"就站起来，拿起塑料长剑指着我们喊了一句。

"王剑飞下意识爆了粗口，吓得一个哆嗦，完全不知道这是什么路数。

亏得我反应快，且提前做过功课。我知道，这个阿姬口中的"飞鹏"，正是影视剧中的大反派。在这部动漫的剧情中，飞鹏一直觊觎阿姬的美貌，但是阿姬作为女一号，自然是男主角的女人，飞鹏自然无法得到阿姬。

王剑飞愣了足足好一会儿才算是反应过来，用眼神跟我交流道："太吓人了，怎么还有这种口味的人，我的天……"

我说："来这里玩的都是 cos 的狂热粉，再漂亮的女人对 cos 粉来说都没什么吸引力，偏偏是虚拟人物最让人疯狂。"

"口味太重了。"王剑飞打了个寒战。

"咳咳……"我清了清嗓子，小心翼翼地关上门，打算找个机会侧面问点儿什么。

不过这个女人似乎很入戏的样子，她似乎看出王剑飞的恐惧，便拿着"剑"对王剑飞一阵乱砍，搞得王剑飞抱头鼠窜，老脸红得很不得找个地缝钻进去。

我实在没忍住，笑出了声。

这时候，阿姬注意到了我，直接找上了我。

"打住打住。"我对阿姬可没什么兴趣，赶紧拦住她，清了清嗓子，正色道，"妹子，别这么猴急……"

"怎么？你们不猴急？"阿姬问我。

我停顿了一下，上下打量她一番，认真盯着她的眼睛问："你这个阿姬，装扮得不太像啊，这衣服也不对，妆也不对……"

果不其然，我这么一说，妹子一秒钟出戏，直接把"剑"扔在了床上，盯着我问道："哥们儿，这就是 cos，我是装扮阿姬，不是真的阿姬好不好？最近怎么全都是你们这种变态？老娘真是伺候不起你们了！"

王剑飞立刻提高了警觉，瞬间站起来问道："最近还有人说你装扮的阿姬不合格？对不对？那个人也来找过你，甚至还骂你侮辱了阿姬这个形象，是不是？"

第八节 抓捕

"是啊。"女子摘掉了红色的假发，抱怨不已，"我是真不能理解你们这种变态了……不就是男女之间那点事儿吗，非要花大价钱玩什么 cosplay，玩什么剧情带入，我的天啊，我真是受不了你们这群神经病了！"

我看时机成熟了，赶紧拿出了提前打印出来的马金国的照片。

王剑飞吃惊地看着我，他可能好奇我怎么还留着马金国的照片。那个光头青年让我们把手机留在外面是个意外，因为马金国的照片没了，我们的侦破会受到影响。尤其是听到这个女子说最近也遇到一个变态的时候，王剑飞更是着急，因为我们首先就要确定这个女子遇见的是不是就是马金国。遗憾的是照片在手机上，手机在外面的车上。

所以现在我拿出了照片，他很惊讶。

我没说话，直接拿出了照片给这位女子辨认。其实在此之前我就想过，在这帮人这么谨慎小心的情况下，想要把手机带进来几乎是不可能的，所以就提前去技术部打印了一张照片放在身上，现在看来果然派上了大用场。

王剑飞暗暗冲我竖大拇指。

我问女子："你说的变态，是不是这个人？"

女子看到马金国之后瞬间就激动了起来，"对对对，就是这个变态！我真是服了他了，一会儿说我的衣服不对，一会儿说我的发型发色也不对，还说我这是在侮辱阿姬，还说我侮辱艺术！我的天，我就是出来赚个钱的，我懂哪门子艺术啊！什么口味！我这辈子第一次见到还这么较真儿的……也算是个人才了。"

女子抱怨完，我和王剑飞交换了个眼神，心中长出了口气。

如今线索清晰了，我们俩胸口悬着的一块儿石头也算可以落地了。至少我们已经找到马金国的踪迹了，这一趟就没白来，甚至可以说是收获颇丰。

可是没想到，就在这时候，女子似乎是意识到什么了，先是一愣，之后踩着高跟鞋站了起来，她眼神闪烁，惊恐地看着我和王剑飞说："你们俩……你们是警察？"

我估计王剑飞是再也不想被这位"阿姬"拿着剑砍了，索性拿出了警官证。

"没错，警察办案。"

"啊……"女子惊呼了一声，浑身立刻就吓得颤抖了起来，"你……你们，警察同志，我不是……你们误会了，我不是做这个的，我就是cos爱好者啊我……"

王剑飞挥了挥手，重新恢复了一身正气的模样，清嗓子道："你究竟是不是cos爱好者你自己心里有数，但是你现在能做的就是把这个人怎么来的、说了什么、去了哪儿，一五一十全都说出来，别耍花样，我算你一个立功表现。"

"可是……警察同志，这真的跟我没关系啊，我什么都不知道……"

"那你就说点你知道的。"我指了指马金国的照片，"这个人什么时候来的？"

"我……"女子浑身颤抖，再也没有了刚才阿姬的形象，瞪大了眼睛，充满着害怕和恐惧，支支吾吾问道，"警察同志，我错了，我再也不来了，我肯定洗心革面重新做人，我一定……"

王剑飞皱了皱眉头问："问你什么你回答什么！"

女子吓得一个哆嗦，回忆了一下，这才道："大、大概是三天之前了，也是这个时间点，就在这个房间里，可是，我们俩什么都没做，你要相信我！"

"他说了什么？在这儿待了多久？"王剑飞问道。

"他见到我之后就说我这个阿姬太不合格了，说我侮辱'艺术'这两个字，也侮辱了cos文化，然后就气呼呼地走了，他在这儿待了也就五分钟的样子，然后骂骂咧咧地就出去了，其他的我就不知道了……"

"他怎么来的？开车还是步行还是打车？走的时候去了哪个方向？"王剑飞问道。

女子带着哭腔摇头道："我是真的不知道了啊警察同志，我哪知道那么多啊，要不你们出去问问，活都是他们拉的，我顶多算是个终端服务商啊……"

我给王剑飞使了个眼色道："看来她是真不知道，通知唐钰，收网吧。"

"ok。"王剑飞打了个响指，速战速决，敲了敲纽扣处的摄像头，把纽扣提到耳边，"收网！要小心，加派人手。"

这时候，女子趁我们不注意，一个转身，疯狂夺门而出。

外面的人听到动静，立刻一阵脚步声冲过来。很快，光头青年带着两个五大三粗的汉子就冲过来了，我们俩还没出得了这个房间，就被这三个人拦住了。

光头青年晃了晃脖子，盯着王剑飞道："哥们儿，真没想到，原来不守规矩的是你们俩啊……"

王剑飞直接拿出了警官证，一身正气地说："你们三个放下武器！靠墙蹲下！快！"

"呵呵……"光头青年眯起眼睛，带着一股凶戾之气，"哥们儿，冒充警察可是重罪啊。"

说完，光头青年挥了挥手："兄弟们，把这两个冒充警察的人抓起来。"

"是！"

王剑飞一看情况不对，也只能动手了，我也第一时间出手。

五秒钟之后，三个人全部被撂倒，老老实实地趴在了地上。

光头青年睁大了眼睛，不可思议地看着我和王剑飞，显然没想到我们两人居然会这么能打。

随后，唐钰带着重案组直接围攻上来，当天晚上，我们一直忙乎到深夜2点钟，一共抓获 cos 文学社窝点主要和次要成员 17 人，这算是个意外收获。

但是同时，我们也通过大猫文学社外围的监控找到了三天之前马金国曾经出现以及离开的方向。

根据监控记录显示以及街道的监控综合对比，重案组最终确定了马金国的行踪。

马金国三天之前来到大猫文学社，开了一辆本地车牌号的比亚迪 F3。经过交管部门的核查，这辆车的确是属于马金国的。也就是说，马金国并没有刻意想隐藏什么。

吴教授分析道："马金国只不过是因为狂热爱好阿姬这个角色，所以才进入大猫文学社这个窝点的。根据心理学的分析，在行为艺术家的世界中，警察只是他们眼中存在于艺术中的一部分、一个角色，所以，他们根本不会刻意去做什么反侦察手段来规避警方的调查和追踪。"

第二天上午 8 点，我们根据综合信息的比对，最终确定了马金国最近这段时间的住处。

唐钰审批逮捕之后，王剑飞带队，我们直奔目的地而去。

马金国住在城中村一处便宜的社区里，房租很便宜，一个月两百块。

警方赶到的时候，并没有在住处找到马金国，却在出租屋里面找到了一部分素描画，还有一些颜料等，这些东西都已经放在角落里蒙尘了。而在他的房间里，床上放着大量的 cosplay 的服装，都是全新的，其中最多的就是阿姬的动漫剧照以及服装。

夏兮兮迅速破解了马金国的电脑密码，打开了电脑。

我们在一个隐藏文件夹中，找到了一组照片，照片的内容，正是在水下拍摄的十五岁的受害女童照片。

看得出来，受害人在被其扼死了之后又残暴地被扔下水，凶手以暴力手段，在水下用鱼线牵引着四肢，脚下坠了大石头使尸体直立在湖水下正中央，颈椎处插入钢钉，使死尸的脑袋直立起来，从而制作成了的一幅水下阿姬组图，然后拍下照片和视频……

第九节 叔叔来帮你

痕检组在这间房子里一共提取出两组指纹，经过对比确定，其中一组属于受害人丽丽，另外一组正是属于马金国。而马金国的笔记本电脑上只有马金国一个人的指纹，所以基本可以判定，马金国就是杀人凶手。可惜的是，我们并没有找到马金国那部支持水下录像拍照的摄像机，也没有马金国本人的踪迹。

根据社区里两个小青年回忆，今天一大早就看到一个邋里邋遢的中年男子背着一个帆布包出门去了，说是要去什么小河边等什么神圣画面的到来。

夏兮兮说："这个变态没有什么反侦察意识，他口中的河边，肯定是抛尸现场。"

吴教授点点头说："我也觉得是这样。"

于是，我们一行人又立即奔赴河边抛尸现场。在小河边，我们找到了一个静静地在河边打坐，面向河水，面向被害人被抛尸方向的男人。

"马金国！"王剑飞喊了一句。

那男子下意识地回头。

两个早有准备的干警直接上前抓捕。整个抓捕过程很顺利，马金国非但没有反抗，也没有为自己辩解，反而在哈哈大笑，对着不远处自言自语，说着一些奇奇怪怪的话。

吴教授说："在心理变态的行为艺术家眼中，警察并不是执法者，而是他的作品中的一个必定出现的角色。警察抓他在他的意料之中，他不觉得意外，而且还会把警察的出现视为整个过程中的亮点之一。前段时间还有一位行为艺术家主动去找警察，让警察以莫须有的罪名抓他，然后再放了他，再要求警察对外公布说他是越狱出去的，好让他证明邪恶是无法镇压正义的。你说变态不变态？他想要让警方配合证明他是正义的，警方是邪恶的。"

王剑飞点点头说："这个案例我也看了，最后警方以妨碍公务和涉嫌危害公共安全的罪名抓了他，现在还关着呢。"

唐钰皱着眉头道："大千世界，无奇不有啊。"

夏兮兮说："地大物博，人才济济啊……"

马金国被抓捕的时候，一直对着一个方向大喊道："哈哈，你们看到了吧？我的伟大作品已经惊动了警方了！他们终于找到我了，他们这段时间一直在找我！这次你们知道我的作品有多么伟大了吧？期待吧？颤抖吧，无知的凡人们！请你们拭目以待，我马金国的伟大作品将会在半年之后的艺术节上展现出来！到时候，一定会举国震动！"

王剑飞晃了晃脑袋，盯着马金国说："你涉嫌故意杀人罪、危害社会公共安全罪，你还想半年就出来？"

马金国不耐烦地盯着王剑飞看了一眼，说："你懂什么？神父会救我的！我，一定会得救的！"

"我看你就是个疯子！"王剑飞挥了挥手，"带走！"

我朝着马金国说话的方向走去。

唐钰看到我的举动，在背后喊我："小川，你干什么去？"

我没搭理她，她却迅速跟上来了。

"糟了！这小子居然在直播抓捕过程！"

我们在河边的一堆枯黄色灌木丛里面找到了马金国的摄像机，这是他唯一值钱的个人财产了。

唐钰说："还真是为了艺术献身啊，被抓的过程都要直播出去！这是想要告诉众人，他的作品很不同寻常？"

我打开联网手机的直播页面看了下，道："但是很遗憾，这个世界还是正常人居多的，他的直播间里面只有寥寥几个粉丝，评论也不多，而且出奇地一致……"

"说了什么？"唐钰问我。

我叹了口气说："全都骂他。"

唐钰无语。

抓捕马金国归案之后，马金国对自己的犯罪事实供认不讳，但他自始至终依旧不认为自己这是在犯罪。根据调查结果，我们大概还原了马金国犯罪当晚的具体情况。

一个小女孩在上完了晚上的漫画课外兴趣班之后，已经是晚上21点半了。

家长工作太忙了，要供车贷，还要供房贷，要承担孩子的教育，要管理老人的医疗，无暇顾及其他。再加上小女孩已经十五岁，所以大多数时候选择让孩子放学之后一个人回家。

这天晚上，天很黑。小女孩背着书包去公交站牌的路上，碰到了一个着装怪异的男人。

男人盯着小女孩很久了，他知道小女孩喜欢画画，也喜欢动漫，喜欢文学，也喜欢文字。

公交站牌处鲜有行人，没有人注意到男子的异常举动。

小女孩吓得瑟瑟发抖。

男子说："小姑娘，我是个画家，我想在你的手上画画，请给我这个机会，好吗？"

女孩拼命摇头，她打算报警。可是男子突然暴起，狂躁地摔了女孩的手机。

"为什么要报警？我们明明是有着同样爱好的同一类人！我还可以做你的导师！我将会带你进入伟大的艺术殿堂，我会让你见识到什么才是真正的艺术，什么是真正的达·芬奇精神，什么是真正的 cosplay！你居然打算报警？你把我当什么了？你把一个伟大的人民艺术家当什么了？为什么？你为什么要这样？人与人之间的信任呢？"

男子眼睛血红，额头上青筋崩裂，浑身都在疯狂颤抖着。小女孩吓坏了，眼泪在眼眶里打转。

"叔叔，求求你放了我吧，求求你了，我妈妈还在家等着我呢……"

"放了你？你连答应我这么一点点小小的要求都不愿意，你又为什么会认为我可以放了你呢？"男子冷笑着说出自己的变态逻辑。

最终小女孩点了点头，近乎哀求地伸出了右手，拿出了画笔说："你……可以画画，画完了之后让我回家好吗？"

"好好好，那当然好了！姑娘，你是第一个愿意欣赏我作品的人呢。你很幸运，我也很幸运，我觉得我们可以成为最好的朋友呢。"

女孩想要求救，但是她不敢，因为周围鲜有行人，即使偶尔路过一两个人，也都是冷漠地走开了。她只能选择妥协。

"哈哈哈哈……"

男子发出了兴奋凄厉尖锐的笑声，拿起画笔，迅速在小女孩的掌心画了一个柱子。

马金国表示，他当时在小女孩的手心画的是人体艺术，但夏兮兮说，她估计他画的应该是男性的生殖器。

小女孩看到这画之后，确定自己遇到了变态了，惊恐之余，索性掉头就跑。

可是，一个十五岁的小姑娘怎么可能是一名成年男子的对手？

男子看着小女孩慌不择路地跑向了黑漆漆的小胡同，他在黑暗中嘴角上扬，阴森森地笑了，一边笑还一边自言自语道："这可是你逼我的，你连这点信任都不肯给我，亏我还打算做你的导师！亏我还想把伟大的艺术传承给你！你简直是在侮辱艺术以及侮辱我本人！一个不知道感恩的人简直就是艺术界的败类，败类啊！我不会放过你的！我会代表飞鹏惩罚你的！"

男子加快了脚步，冲向了小女孩的方向。

小女孩没有了手机，想要求救也没人应。

在下一个黑乎乎的胡同口，小女孩看到了一个对着她傻笑的男人，手里还拿着自己的画笔。

"不要，不要，救命啊！"

小女孩吓得一个哆嗦，大喊救命。可是，她刚一转身，便双腿一软，趴在了地上。

男子冲上来之后，一拳砸在了小女孩的心脏上，女孩呼吸不畅，加上强烈的惊吓，晕了过去。

黑暗中，一个男子背着一个姑娘，像是背着自己的女儿一样，背回了自己那一间除了他自己之外从来都没有人去过的小屋。

在屋子里，男子脱光了她的衣服，并以自己的方式，对已经昏迷毫无知觉的小女孩进行了性侵。小女孩醒了过来，见到血之后疯狂地大喊大叫。

男子担心被邻居听到，就戴上沾有香油的橡胶手套，活生生掐死了小女孩。

对此，吴教授解释道："凶手在行凶之前把橡胶手套沾上香油或是洗洁精一类光滑的东西，再去扼住咽喉，是因为皮肤表层光滑，不会导致皮肤挫伤和皮下血液滞留，自然不会留下太强烈的淤青。再加上河水的泡大发福，受害人被害之后几乎看不出脖颈间的痕迹。"

男子对女子进行数次侵犯之后，又帮她穿上了提前准备好的 cos 服装，把她做成了他眼中最完美的艺术品，深夜里背着她走到荒无人烟的护城河畔，将她沉入了水底，还对着她的尸体各种拍照和拍视频……

第十节 让人感动的战友情

案件结束了之后的半个月，全体红 S 组休假。

我和王剑飞、夏兮兮三人屡破大案要案，一时间，名声大噪。当然，我也不知道什么叫名声大噪，反正在侦破了马金国一案之后，上到省厅，下到市局，对我们整个红 S 组和重案组通令嘉奖。

市局的领导跟我们说："这是我们东阳市整个刑侦案件告破史上，头一次获得了这么大的荣誉。由此呢，上级领导决定，把你们三个其中的一个送到更高级的地方去学习深造。为期半个月，旨在让你们提升自己、学习进步，以便于将来更早实现自己的人生价值和人生目标，更好地为人民服务。原本上级领导是让我亲自挑选一个出来的，可是你们都同样优秀，具体情况又各不相同，实话说，我也是实在为难，所以就让你们自己商量着来吧。明天上午 9 点之前，你们把这个指标确定出来，咱们也好走下一步流程。"

领导原本以为我们会进行一次惨烈的厮杀角逐，甚至还主动建议道："你们可以找吴教授调取一些全国范围内的经典案例，做一次模拟侦破，算是一次比赛。如此一来，赢了的，赢得光明正大，输了的，也是心服口服。不过输了也不要气馁，以后肯定还有机会。"

局长慷慨激昂地说完，现场一片安静。

我率先摇了摇头，却没想到，我摇头之际，王剑飞和夏兮兮居然也在疯狂摇头。

局长沉思片刻，满脸狐疑地看着我们说："你们的战友情真是让我感动啊，但是，纪律就是纪律，指标只有一个，这也是没办法的事，你们就不要互相推辞了。我以后一定会向上级领导申报批准，争取让你们每一位都有学习机会的。这次只能先去一个，其他两个人，就先委屈一下了……"

王剑飞又开始摇头。

"不不不，局长，以后继续申报就不用了，这次的指标……咳咳，能不能用完都还不一定呢！"王剑飞小声嘀咕道。

"啊？"局长听了之后诧异无比，盯着王剑飞，"不，小王啊，你这个话我就有点不明白了，这次都用不完？这是什么意思？"

场面一度十分尴尬。

王剑飞清了清嗓子，正色道："报告局长，我觉得这种难得的学习机会还是要留给新人。我这种老刑警就不能浪费机会了，对吧？我的意思就是，这个指标还是给小川和兮兮他们任意一个就可以了。"

"好。"局长点点头，"我也正有这个意思。"

之后，局长把目光放在了我身上，说："小川，你的父亲呢……咳咳，过去的事情就不说了，这次机会，你是怎么考虑的？"

我第一时间摇头。

"局长，我现在还是编外人员，顶多算是个半吊子警察，虽然我在红S，但是我这……也能占用这么难得的机会啊！再说了，我还是个作家，我要对得起读者们的支持，十五天时间实在是太久了，机会来得猝不及防，我实在是调不开，我就不去了。"

局长愣了片刻，说："我真是没想到，短短一个月时间不到，你们已经建立了这么深厚的感情，居然都主动提出把好机会留给战友，把困难留给自己，让人感动，让人感动啊！明天开早会我一定重重地表扬你们！你们这种精神，值得我们市局上下所有人学习！"

说完，局长扭头看向了夏兮兮："兮兮，那你去吧！他们两位都从实际情况出发，主动放弃了这个名额，我为你感到骄傲！你应该感谢你的这两位好战友！"

说着，局长把一套《刑侦百科全书》双手送到夏兮兮面前。

"别别别！"

夏兮兮瞬间瞪大了眼睛，看我和王剑飞的眼神，连杀了我们俩的心都有了。

"局长，我的实际情况，好像也……不是那么合适，我都跟我妈商量好了，这次案子结束之后我还要回家相亲呢……我也老大不小了，我妈该着急了！子欲养而亲不待啊，我也是忽然发现，这么多年没给我妈钓个女婿回去，挺对不住老太太的。这个机会，您还是再考虑考虑吧，我可没他俩那么伟大，我就是因为个人问题不能给组织添麻烦，也不能让组织挂念，对的吧局长？"

局长愣了愣，眼泪几乎要夺眶而出："我真的是没想到啊！没想到你们竟然这么为战友着想！你们真是我见过的最优秀的团队了。"

最后，局长转身把那套书扔给了王剑飞，说："我算是明白了，我们局里的大功臣们全都是活雷锋啊！是不是啊，王剑飞？"

局长的语气瞬间变了，王剑飞赶紧干咳了一声，清了清嗓子，正色道："咳咳咳，报告领导，为了不给组织添麻烦，把难得的机会留给战友，这是我们的光荣传统。"

"嗯，很好，你就把这个机会白行消化掉吧，我走了。"

说完，局长转身离开。

"我去……"王剑飞石化当场，差点儿没直接哭出来，"局长，不要啊！我的天……"

"哈哈哈哈……"

等到局长的脚步声逐渐远去之后，整个红S组办公室所有人实在是憋不住了，瞬间爆发出了雷鸣一般的笑声。

最后的最后，这个"难得的机会"落在了王剑飞的身上，他抱着一大堆资料叫苦不迭。

晚上，我们在ktv聚会，我们喝得都有点儿多，一直到晚上24点还没有散场。王剑飞喝得最多，用他的话来说，他这是打算一觉睡到十五天之后了。

吴教授清了清嗓子，干咳道："听说这次在高级培训班讲课的是我的一个学生，回头我给打个招呼，你到那边之后也能行事方便点。"

"我的天……"王剑飞想死的心都有了，"大师傅都在我们面前站着呢，我为什么还要长途跋涉去外地听他徒弟的课？上级领导真是一片苦心啊……"

唐钰说："我很同情你的遭遇，不过同时我还想起了一个典故。"

夏兮兮说："什么典故？"

"两个拾金不昧的小孩子在上学路上捡到一个钱包，钱包里面装了银行卡、身份证、驾驶证，还有一大笔现金，两个小朋友第一时间找到了警察同志，并且在警察同志的帮助下找到了失主。后来，失主为了感谢这两位小朋友，拿出钱包里面一半的现金，给这两位学生买了三千块钱的习题册……"

"噗！"

"哈哈哈……"

听了唐钰的话之后，所有人都爆笑到发狂。

"三千块钱的习题册！啧啧，那得多厚一摞啊！"

吴教授认真说道："我估计那两个小朋友这辈子再也不会拾金不昧了，宁可扔河里去……"

"岂止是不能再拾金不昧了，我估计杀人的心都有了！"夏兮兮笑道，"我这一辈子都没做够三千块的习题册，哈哈……"

一向沉默寡言的小猛喝了口啤酒，拍了拍王剑飞的肩膀，一脸凝重地说："飞哥，一路走好。"

"呸！呸呸呸！"夏兮兮赶紧摇头，"小猛，不是我说你，你不会说话就不说话，至少别乱用成语吧？什么叫'一路走好'？这话能符合王队现在的心情吗？我觉得吧，应该叫节哀顺变！是吧吴教授？"

吴教授一乐，指了指我说："作家在这坐着呢，不知道成语该怎么用你们可以请教一下小川嘛！"

所有人都看向了我。

我大概想了想，抽了一口烟，眯着眼睛说："什么一路走好、节哀顺变的，不能用点儿好词吗？"

唐钰拍了拍我肩膀说："你说吧，用什么来形容最合适？"

"要不就叫奥特曼？毕竟拯救万民于水火，是英雄啊，伟人啊！"

全场又是一阵大笑，所有人都兴奋到了极致。

我又点上一根烟，不经意间，看了看包厢门口。包厢的门是虚掩着的，小猛刚刚出去上厕所之后没关。

然而，就在我一个不经意看过去的时候，居然发现……